Emilia Doyle
Im Zwielicht der Gesellschaft
Regency-Roman

Emilia Doyle

Im Zwielicht der Gesellschaft

Regency-Roman

Bibliografische Information der Deutschen Nationalbibliothek:
Die Deutsche Nationalbibliothek verzeichnet diese Publikation in
der Deutschen Nationalbibliografie; detaillierte bibliografische
Daten sind im Internet über http://dnb.dnb.de abrufbar.

Impressum:
© 2025 by Emilia Doyle

Coverfoto:
Paar: Mercy & Anatoli
periodimages.com
Hintergrundbilder:
Landscape-34153
Cloud11
pixabay.com
Covergestaltung:
Emilia Doyle

Lektorat: Elsa Rieger:
https://www.elsarieger.at/lektorin/

ISBN: **978-3-8192-4788-0**

Verlag: BoD · Books on Demand GmbH,
Überseering 33, 22297 Hamburg,
bod@bod.de
Druck: Libri Plureos GmbH,
Friedensallee 273, 22763 Hamburg

Im Zwielicht der Gesellschaft

Erneut wurde Violet in dieser heruntergekommenen Unterkunft allein gelassen. Sie sollte die Zeit nutzen, um in Ruhe ein paar Teile ihrer Leibwäsche am nahe gelegenen Bachlauf zu waschen, ohne dass die Männer ihr dabei neugierig über die Schulter schauten. Jedoch war sie derart unruhig, dass sie sich keiner Tätigkeit widmen konnte, nicht einmal einer banalen Aufgabe wie Wäschewaschen.

Violet empfand eine tiefgreifende Angst im ganzen Körper, insbesondere in den Momenten, in denen ihr Bruder Ashton sich mit dieser Gruppe unzivilisierter Banditen herumtrieb. Stets stellte sie sich die Frage, ob er wohl unversehrt zurückkehren würde. Was würde geschehen, wenn der Arm des Gesetzes ihn erwischte oder schlimmer noch – falls ihm bei diesen riskanten Unternehmungen etwas zustoßen sollte?

Was würde dann aus ihr werden? Allein konnte sie nicht überleben; sie brauchte ihren Bruder, selbst wenn ihre gegenwärtige Lebenssituation zutiefst erniedrigend und beschämend war.

Bereits zum gefühlt hundertsten Mal befand sie sich unter dem Türbogen mit der windschiefen Eingangstür und blickte in die grüne Landschaft oder umrundete das Gebäude, welches einst ein kleines Bauerngehöft gewesen war. Es stand seit vielen Jahren leer und der Zahn der Zeit hatte an ihm seine Spuren hinterlassen. Das Dach war an mehreren Stellen undicht und der hintere Teil sogar einsturzgefährdet.

Und doch mussten sie und ihr Bruder derzeit mit dieser Unterkunft vorliebnehmen, zusammen mit vier

Männern übelster Sorte: Burke und seinem Sohn Finn, Hank sowie Warren. Diese Männer waren anstößig, ungebildet und verströmten einen penetranten Geruch nach menschlichen Ausdünstungen aller Art.

Bislang hatte es niemand von ihnen gewagt, ihr zu nahe zu kommen, doch die lüsternen Blicke und ihre derben Sprüche waren dennoch schwer zu ertragen. Lediglich die Tatsache, dass Ashton ihnen wertvolle Informationen für ihren Beutezug liefern konnte, hielt sie davon ab, von ihren Trieben Gebrauch zu machen. Wahrscheinlich war es nur eine Frage der Zeit, bis sich der Erste über Ashtons Anordnung hinwegsetzte und über sie herfiel.

Violet seufzte schwer. Wie konnte ihr Leben so aus den Fugen geraten? Ihre beste Freundin Amelia war mittlerweile mit einem Marquess verheiratet und genoss ein angenehmes, privilegiertes Leben, es war eine Heirat aus Liebe gewesen. So sehr sie der Freundin dieses Glück auch gönnte, konnte sie ihren Neid darauf nicht leugnen. Violet war nicht auf ihrer Hochzeit gewesen, weil sie sich genötigt gefühlt hatte, unter einem Vorwand abzusagen. Sie besaß keine angemessene Garderobe und befürchtete, sich auf der Feierlichkeit zum Gespött zu machen. Die Freundinnen standen sich immer nahe, doch vom finanziellen Ruin ihrer Familie ahnte Amelia nichts und das sollte auch so bleiben.

Dabei träumte auch Violet von einem Leben mit einem Ehemann, dem sie in Liebe verbunden war, doch wie es aussah, musste sie sich von diesen romantischen Träumen verabschieden – für immer. Niemand des *ton* durfte je erfahren, wie tief sie gesunken waren.

Offiziell weilten sie auf ihrem Landsitz in Dorset, im Südwesten Englands, doch er existierte längst nicht mehr, ebenso wie das gemütliche Stadthaus in London.

In ihrer Kindheit hatte sie viele glückliche Stunden in dem seit Generationen in der Familie Saunders befindlichen Landhaus verbracht, das nun Fremden gehörte, weil Ashton das Geld aus dem Verkauf benötigt hatte, um seine hohen Spielschulden zu begleichen.

Das alte Gebäude besaß seinen eigenen Charme. Violet erinnerte sich gern an das Leben in Dorset, das so ganz anders war als im hektischen London. Sie liebte die langen Sandstrände, an denen sie einst das Reiten erlernt hatte, die nicht ungefährlichen Klippen, die sanften Hügel und den Duft der großen Heidelandschaften. All das würde sie niemals wiedersehen; sie waren obdachlos und befanden sich sozusagen auf der Flucht vor weiteren Gläubigern.

Ashtons letzter Besitz, ein Stadthaus am Grosvenor Square, hatte vor ein paar Monaten bei einem Kartenspiel seinen Besitzer gewechselt, weil er einem gewissen Earl of Cunningham eine beträchtliche Summe schuldete. Genaueres wusste sie nicht über das Geschehene, und sie kannte den Namen lediglich, weil ihr Bruder oft schimpfte, dass dieser verabscheuungswürdige Mensch für ihr Unheil verantwortlich sei.

Stunden waren vergangen, es war längst tiefste Nacht und Ashton und seine Kumpane waren immer noch nicht in Sicht. Ihre Angst verstärkte sich und das ungute Gefühl nahm zu. Die Dunkelheit war zwar deren Verbündeter, dennoch hätten sie längst zurück sein müssen.

Im Hause Crofford war ein großer Ball angekündigt und zahlreiche Reiter und Kutschen würden auf den Zufahrtswegen unterwegs sein. Ein Abend, der gute Beute versprach.

Es war falsch, harmlose Reisende um ihr Hab und Gut zu erleichtern. Den Schrecken, den diese Menschen durchlitten, wollte Violet sich nicht ausmalen. Sie fühlte tiefes Mitgefühl mit ihnen. Männer verkrafteten solche Erlebnisse vermutlich leichter als die sensiblen Damen der Gesellschaft.

Umso dringlicher war es, so schnell wie möglich die benötigte Summe Geld aufzutreiben, damit sie ihre Reise fortsetzen konnten. Obwohl sie es beileibe nicht eilig hatte, ihren Zielort zu erreichen.

Dort säße Violet auf unbestimmte Zeit auf dem Lande fest und müsste ein einsames und trostloses Dasein im Hause ihrer Tante Florence fristen. Bei Florence handelte es sich um die ältere, alleinstehende Schwester ihres Vaters und die einzige noch lebende Verwandte. Die Tante war nie verheiratet gewesen und somit eine alte Jungfer, noch dazu eine Person, die sie und Ashton bisher nicht kennengelernt hatten.

Wider Erwarten war sie, mit den Armen unter dem Kopf auf dem klapprigen Küchentisch ruhend, eingeschlafen. Sie schreckte hoch, als sie ein Geräusch wahrzunehmen glaubte; mit zittrigen Gliedern stolperte sie auf die Beine und zum Fenster. Draußen wurde es bereits hell, sie musste länger geschlafen haben, als sie vermutet hätte.

Ein einzelner Reiter näherte sich und es handelte sich tatsächlich um ihren Bruder. Doch wo waren die anderen? Nicht, dass sie deren Verbleib wirklich interessierte. Sie hastete zur Tür und riss sie ungestüm auf, das altersschwache Konstrukt gab dabei ein bedenkliches Knarzen von sich. Dem Herrgott sei Dank, Ashton war zurück.

Ihre Erleichterung erhielt rasch einen Dämpfer, als sie den leblos anmutenden Mann entdeckte, der gefesselt quer über dem Pferderücken baumelte.

»Wer ist das?« Erschreckt riss sie die Augen auf und legte die Hände vor Nase und Mund.

»Erkläre ich dir später! Hilf mir lieber!«, drängte Ashton.

Violet schluckte, aber tat, was er sagte. Gemeinsam hoben sie den Bewusstlosen vom Pferd und trugen ihn ins Haus. Offensichtlich handelte es sich um einen Gentleman aus der besseren Gesellschaft. Doch warum brachte Ashton ihn gerade hierher, in ihren geheimen Unterschlupf? Der Mann hatte eine leichte Kopfverletzung, wie eine getrocknete Blutspur an seiner Schläfe verriet. Ein leises Stöhnen entglitt seinen Lippen, als sie ihn auf die Pritsche legten.

Violet betrachtete fasziniert sein Gesicht. Markante Wangenknochen, eine glattrasierte, ausgeprägte Kinnpartie und gleichsam geschwungene Lippen. Fast bedauerte sie, die Farbe seiner Augen nicht sehen zu können. Er musste etwa in Ashtons Alter sein, höchstens zwei oder drei Jahre älter, und er sah attraktiv aus, verdammt attraktiv. Ein ungewohntes Flattern machte sich in ihrem Magen bemerkbar, während ihr Blick über seinen Körper wanderte. An seiner eleganten Kleidung erkannte sie, dass er wahrscheinlich zu den Gästen von Lady Croffords Ball gehörte.

Hut oder ein Mantel fehlten seinem Erscheinungsbild, ansonsten trug der Mann eine cremefarbene bestickte Weste über einem schneeweißen Rüschenhemd, dazu eine schwarze Hose, die sich eng um muskulöse Oberschenkel spannte, sowie schwarze glänzende Stiefel.

»Was tust du?«, keuchte sie entsetzt, als sie bemerkte, dass ihr Bruder begann, ihn zu entkleiden.

»Ich brauche seine Sachen«, lautete die harsche Antwort. Ashton sah über seine Schulter und Violet entging nicht, dass er gehetzt wirkte. »Geh und hol eine Decke.«

Für den Moment war sie zu verstört, um Fragen zu stellen, und folgte nur seiner Anweisung. Als sie zurückkehrte, sah sie die Kleidung des Mannes auf dem Boden liegen.

Ungläubig starrte sie auf den unordentlichen Haufen, als Ashton ihr forsch die alte Wolldecke entriss und den Mann damit bedeckte. Violet beobachtete sprachlos, wie er den hilflosen Unbekannten an seinen Hand- und Fußgelenken an die Pritsche fesselte und den Halt der Stricke überprüfte. Zufrieden mit sich selbst erhob er sich und kam auf sie zu.

Violet hatte so viele Fragen, dass sie nicht wusste, welche sie zuerst stellen sollte und ihn nur fassungslos anstarrte.

»Sieh mich nicht so an!« Ashton wich ihrer stummen Musterung aus. »Ich hatte keine Wahl.« Er stieß den Atem aus und fuhr sich mit den Fingern durch sein vom Reiten ohnehin zerzaustes Haar.

»Was hast du mit ihm vor?«, brachte Violet schließlich heraus. Sorge breitete sich in ihr aus, zum einen wegen des bedauernswerten Unbekannten, zum anderen um ihren geliebten Bruder, der inzwischen unruhig durch den Raum tigerte. »Was hat das alles zu bedeuten?« Sie konnte nicht verhindern, dass ihre Stimme zitterte.

Ashton war kein gewalttätiger Mensch, weshalb sie sein Verhalten nicht mit dem bewusstlosen Mann in Verbindung bringen konnte. Einen Moment hielt Ashton inne und starrte mit leerem Blick vor sich hin, bevor er anfing, seine eigene Kleidung abzulegen und die des anderen anzuziehen.

»Wir müssen hier weg, so bald wie möglich.« Mit offenem Hemd hastete er in den Nebenraum und kehrte mit einem großen Beutel zurück, den er auf dem Boden ausleerte. Es handelte sich um edles Geschmeide, mit Diamanten und Juwelen besetzte Schmuckstücke und Colliers, Broschen, Armreifen und Ohrringe, aber auch wertvolle Taschenuhren. Beute aus diversen Raubzügen. »Such dir aus, was dir gefällt.« Er hielt ihr ein Paar Rubinohrringe mit dazu passender Halskette entgegen. »Das hier würde wunderbar zu deinem dunklen Haar passen.«

Violet schaute beiläufig auf die Schmuckstücke in seiner Hand. Sie waren wirklich wunderschön, doch der Gedanke, dass sie einer anderen Frau unrechtmäßig entwendet worden waren, schnürte ihr beinahe die Kehle zu.

»Ich will nichts von alledem. Ashton, ich möchte wissen, was los ist?« Sie war kurz davor, ihren Bruder an den Schultern zu packen und zu schütteln.

»Ich lasse sie zurück, vielleicht überlegst du es dir doch noch anders. Es wird das Einzige sein, das ich dir jemals bieten kann«, entgegnete er ungeachtet ihrer Worte und stopfte sich die besonders wertvollen Stücke in die Taschen.

Langsam überkam sie die Wut. »Du sagst mir jetzt augenblicklich, was passiert ist.« Sie stemmte die Hände in die Seiten und funkelte ihn verärgert an. Endlich schien sie zu ihm durchzudringen.

Resigniert ließ er die Hände sinken und schaute sie aus traurigen Augen an. »Es tut mir leid, kleine Violet. Ich habe im Leben alles falsch gemacht, aber ich habe unserer Mutter versprochen, mich um dich zu kümmern, und ich halte mein Versprechen. Ich werde dich zu Tante Florence bringen, damit du in Sicherheit bist. Für mich hingegen gibt es keine Rettung mehr.« Sein Blick fiel auf den gefesselten Gentleman, der immer noch bewusstlos dalag. »Er hat sich zur Wehr gesetzt, als ich ihn ausrauben wollte. Dabei ist meine Maske verrutscht und er hat mich erkannt.«

Violets Augen weiteten sich angstvoll, als sie in das Gesicht ihres Bruders blickte.

»Bist du dir ganz sicher?«

»Ja, leider. Gestatten, dass ich ihn dir vorstelle«, sagte er voller Ironie. »Vincent Sheridan, der Earl of Cunningham.«

Die Kinnlade klappte ihr buchstäblich herunter. »Der Mann, dem du so viel Geld schuldest!« Sie musterte den Fremden erneut. Anhand von Ashtons Erzählungen und den Ausdrücken, mit denen er ihn stets betitelte, hatte sie sich diesen Mann vollkommen anders vorgestellt. Älter, furchteinflößender, ein menschlicher Abschaum mit stechenden Augen, obwohl sie Letzteres noch nicht beurteilen konnte.

Es war ja nicht so, dass sie sich in der Gesellschaft auskannte. Sie hatte bisher keine Saison in London und würde sie auch niemals haben, da machte sie sich nichts mehr vor. Für diese Extravaganz war kein Geld vorhanden, geschweige denn für neue Kleider und Accessoires, die sie bräuchte. Potenzielle Gentlemen des *ton* waren ihr deshalb nie vorgestellt worden und so war ihr auch der Earl of Cunningham nicht bekannt.

Alles, was sie über die Mitglieder des *ton* wusste, hatte sie aus Klatsch- oder Skandalblättern, wobei sie sich nicht erinnern konnte, den Namen des Earls in ihnen gelesen zu haben.

Ashton hingegen verkehrte in der feinen Gesellschaft, zumindest bis vor vier Monaten, bevor er den kläglichen Rest ihres Besitzes auch noch verloren hatte und sie auf der Straße saßen. Wahrscheinlich ahnte kein Mensch, dass der Viscount Ashton Saunders eine Schwester hatte.

»Ich war gezwungen, Sheridan niederzuschlagen«, brachte Ashton sich in Erinnerung, »um zu verhindern, dass er mich verpfeift.«

Violet nickte, ohne die Augen vom Earl abzuwenden. Ihr Bruder musste so handeln, das leuchtete ihr ein, bedauerte jedoch zugleich, dass es überhaupt so weit gekommen war.

»Warum konntest du nicht die Finger von den Kartenspieltischen lassen?«

»Machst du mir jetzt Vorwürfe?«, schnauzte er sie plötzlich an. »All die Jahre hast du dich nicht beklagt.

Hast du dich jemals gefragt, woher das ganze Geld gekommen ist, das deine noble Schule verschlungen hat?«

Violet schluckte betreten. Nein, das hatte sie sich tatsächlich nie gefragt. Sie hatte immer zu ihm aufgeschaut, aber nie etwas hinterfragt. Warum eigentlich nicht? Sie kam sich reichlich naiv vor.

Jahrelang war sie ausgebildet worden, um eines Tages eine gute Partie zu machen. Sie lernte, einen großen Haushalt zu führen, und erhielt Unterricht in Tanz, Etikette sowie Konversation. Doch zu welchem Zweck? Nichts davon würde für sie von Bedeutung sein, da sie längst ruiniert war. Nicht im körperlichen Sinne, sondern weil sie mit vier Kerlen der untersten Gesellschaftsschicht unter einem Dach lebte. Wenn das herauskäme und man erfuhr, dass ihr Bruder, ein Viscount, ein Dieb war, der sein und ihr Leben mit Überfällen bestritt, wäre das ein riesiger Skandal.

Tränen stiegen ihr in die Augen. »Nein, ich mache dir keine Vorwürfe«, sagte sie hastig, als sie sah, dass er auf eine Reaktion wartete. »Ich habe nur Angst um dich.«

Er musterte sie eine Weile, dann nickte er. »Es wird bald vorbei sein, dann wird alles wieder gut. Ich reite jetzt los, um einige Pfandleiher aufzusuchen, und hoffe, so viel Geld wie möglich für die Stücke zu bekommen. Sobald ich zurück bin, werden wir verschwinden.«

»Du willst mich zurücklassen? Mit ihm?« Sie deutete auf die Pritsche. »Was ist, wenn er zu sich kommt? Und was soll ich den anderen erzählen, wenn sie auftauchen? Die werden nicht begeistert sein.«

Ashton zog sich seine Jacke aus feinstem Leder über, die noch aus besseren Tagen stammte. »Burke und Finn werden die nächsten Tage garantiert nicht aufkreuzen, sie sind weiter gen Norden geritten, und Hank und Warren verprassen ihren Anteil mit Alkohol und Hur… ähm, und anderen Beschäftigungen.«

»Huren, sprich es ruhig aus. Ich bin nicht so naiv, als dass ich nicht wüsste, dass es diese speziellen *Damen* gibt.«

Ashton zog die Augenbrauen hoch. »Es wäre aber wünschenswerter, wenn du von solchen Dingen nichts wüsstest.«

Violet lachte unfroh auf. »Du scheinst vergessen zu haben, zu wem du mich in der einen Nacht abgeschoben hast, als du angeblich etwas so Dringliches erledigen musstest. Denkst du, ich hätte nicht gemerkt, dass diese Frau keine mütterliche Freundin war, wie du weismachen wolltest? Sie war eine Bordellbetreiberin, und genau deshalb war es dir so wichtig, dass ich das Zimmer bis zu deiner Rückkehr auf keinen Fall verlasse.«

Einige Sekunden lang sah er ihr tief in die Augen. Sie bemerkte eine gewisse Traurigkeit darin, vielleicht war es auch ein schlechtes Gewissen – sie war sich nicht sicher.

Ohne auf ihren Vorwurf einzugehen, wandte er sich um, steckte den restlichen Schmuck zurück in den Beutel und bat sie, diesen gut zu verstecken. Er griff nach seiner abgewetzten Schultertasche, die er achtlos am Eingang liegengelassen hatte, als sie den Earl hineingetragen hatten, packte eilig etwas Essbares hinein und war zum Aufbruch bereit.

»Warum kann ich nicht mitkommen?«, fragte Violet und nagte an ihrer Unterlippe, während sie auf seine Antwort wartete.

»Es ist zu gefährlich, und allein bin ich schneller. Mach dir keine Sorgen, ich bin spätestens übermorgen zurück.«

»Übermorgen?«, schnaubte sie und fixierte ihn ärgerlich. »Was denkst du dir? Der Earl wird kaum so lange bewusstlos bleiben.«

»Wird er! Sobald er droht aufzuwachen, gib ihm etwas hiervon, und er wird schlummern wie ein Baby.« Er beförderte ein braunes Fläschchen aus dem Seitenfach seiner Schultertasche und drückte es ihr in die Hand.

»Laudanum«, las sie. »Ashton, ich habe keine Ahnung, wie man es dosiert, was, wenn …«

Ashton beruhigte sie, so was konnte er gut, auch wenn sie selbst bis heute nicht verstand, wie er das immer wieder schaffte. Er versetzte ihr einen flüchtigen Kuss auf die Stirn und eilte zur Tür hinaus.

Hilflos folgte sie ihm nach draußen.

»Ich werde mich beeilen.« Er lächelte, schwang sich in den Sattel und war Augenblicke später fort.

Violet schaute ihm nach, bis sie den immer kleiner werdenden Punkt in der Ferne nicht mehr ausmachen konnte. Traurigkeit und eine tiefe Leere erfassten sie, die ihr einen unangenehmen Schauder über den Rücken jagten. So konnte es nicht weitergehen! Sie konnte nicht ihr Leben lang um ihn besorgt sein, daran würde sie zerbrechen. Bis jetzt hatte er Glück gehabt und war bei seinen Taten nicht erwischt worden, doch das konnte sich rasch ändern. Es musste etwas geschehen, und zwar bald.

Wenn er sie erst bei Tante Florence abgesetzt hatte, war es zu spät. Er ließ keinen Zweifel daran, dass er selbst nicht dortbleiben werde. Spätestens am nächsten Tag wollte er zurückreiten und sich bemühen, sein Leben wieder in den Griff zu bekommen, wie immer das aussehen mochte. Doch über Details hatte er nicht mit ihr sprechen wollen, ihr blieben nur Spekulationen, und die waren wenig positiv. Nach endlosen Minuten konnte sie sich überwinden, wieder hineinzugehen.

Den gefesselten Mann auf der Pritsche hatte sie darüber hinaus fast vergessen. Er lag noch regungslos da. Wie sie jetzt wusste, war er nicht nur durch Ashtons Schlag bewusstlos, sondern hatte bereits eine Dosis Laudanum in seinem Körper.

In seine Betrachtung vertieft, stieß sie beim näheren Herangehen gegen den Beutel mit dem restlichen Schmuck. Sie schnaufte und rollte mit den Augen, bevor sie sich bückte, ihn aufhob und ihn im hinteren Raum, hinter einem losen Stein in der Wand, versteckte.

Als sie zurückkehrte, sah sie ihn aus einem anderen, einem besseren Blickwinkel. Wie magisch angezogen schlich sie Schritt für Schritt näher, bemüht, keinen Lärm zu verursachen, obwohl es unsinnig war, schließlich lag er in tiefem Schlummer.

Wie anders hätte ihr Leben verlaufen können – verlaufen sollen. Vielleicht hätte sogar ein Mann wie er, Vincent Sheridan – Earl of Cunningham, auf offiziellem Wege ihre Bekanntschaft gemacht? Sie trat noch dichter an die Pritsche heran; er war ein äußerst attraktiver Gentleman.

Die Decke war bis eine Handbreit unter seine Brustwarzen gerutscht. Fasziniert betrachtete sie den nackten muskulösen Oberkörper und verlor sich in der gleichmäßigen Bewegung seiner Atemzüge, die den Brustkorb hoben und senkten.

Sie hatte bislang keinen Mann geküsst; sie kannte solche Erfahrungen lediglich aus den Erzählungen ihrer Mitschülerinnen, die begeistert davon berichteten.

Hank hatte einmal versucht, sie zu küssen, woraufhin sie ihm eine schallende Ohrfeige verpasste. Er war betrunken gewesen und roch zudem übel nach körperlichen Ausdünstungen. Zum Glück tauchte dann Ashton auf und hatte ihn mit einem Faustschlag ins Gesicht zur Vernunft gebracht.

Aber jetzt war weder Ashton noch jemand von der Bande hier. Sie war ganz allein, allein mit einem gut aussehenden bewusstlosen Mann. Sie stupste ihn gegen die Schulter und wartete ab; er zeigte keinerlei Reaktion. Mutiger geworden, berührte sie mit den Fingerspitzen seine Wange. Ein Lächeln zauberte sich in ihre Züge und ein nervöses Kribbeln machte sich in ihrer Magengegend bemerkbar.

Er war bewusstlos und gefesselt, es konnte ihr nichts geschehen. Nach einem tiefen Atemzug nahm sie vorsichtig neben ihm auf der Kante der Pritsche Platz und studierte sein Gesicht, das vollkommen entspannt wirkte, als würde er normal schlafen. Nur die kleine angetrocknete Blutspur an der Schläfe störte das Bild. Behutsam beugte sie sich vor und tastete seinen Kopf oberhalb der Stelle ab, eine kleine Beule war dort fühlbar. Ein Geruch von Sandelholz stieg ihr in die Nase. Ihr Blick ruhte wieder auf seinem Gesicht. Es war eine Schande, dass dieser Vincent Sheridan so verführerisch gut aussah, wenn man bedachte, dass er derjenige war, der Ashton um sein letztes Geld brachte.

Ohne dass sie registrierte, was sie tat, beugte sie sich abermals vor. Ihr Gesicht stoppte nur Millimeter über dem seinen, sie spürte seinen warmen Atem auf ihrer Haut und schloss die Augen. In Gedanken befand sie sich an einem anderen Ort, vielleicht in einem modernen Londoner Stadthaus oder auf einem schön gelegenen Anwesen auf dem Lande, nur nicht in dieser heruntergekommenen, abgelegenen Bruchbude. Ihre Lippen legten sich sanft auf seine, sie zitterte vor nervöser Anspannung, und doch fühlte es sich aufregend an. Überrascht fuhr sie auf und musterte erneut sein Gesicht. Wie gut, dass er nichts mitbekam, er würde sie wahrscheinlich auslachen, wie ungeschickt sie sich anstellte. Noch einmal senkte sie ihren Mund auf seinen, dieses Mal verharrte sie länger an seinen Lippen, fuhr spielerisch über sie und genoss seine Weichheit.

Eine leichte Bewegung und ein Laut, der einem leisen Stöhnen ähnelte, ließen sie erschrocken aufspringen. Ihr Herz raste, als wäre sie gerannt. Kam er etwa zu sich? Hektisch sah sie sich nach dem Laudanum um und atmete auf, als sie die Flasche unweit von ihr auf dem Tisch entdeckte.

Wie konnte Ashton sie einfach mit ihm allein lassen? Was sollte sie machen, wenn er aufwachte? Manchmal machte ihr Bruder sich die Sache zu einfach. Aber sie wollte nicht ungerecht sein, Ashton hatte stets alles für ihr Wohlergehen getan, auch wenn seine Methoden nicht immer klug gewählt waren.

Violet sah auf den Earl hinunter. Vielleicht war es an der Zeit, dass sie für ihren Bruder eintrat. Ashton brauchte definitiv Hilfe. Er bewegte sich unter Gaunern und Dieben, und die ständige Angst um ihn würde sie irgendwann krank machen.

Konnte sie womöglich mit Vincent Sheridan, dem Earl of Cunningham, verhandeln? Aber was sollte sie sagen? Ihn bitten, ihrem Bruder die Schulden zu erlassen? Der Vorschlag klang selbst in ihren eigenen Ohren lächerlich. Spielschulden waren Ehrenschulden, das hatte Ashton ihr oft genug erklärt. Sie musste also etwas anbieten, doch was sollte das sein, sie besaß schließlich nichts. Aber ein Mann in seiner Position musste gute Beziehungen haben. Sie könnte ihn bitten, ihr bei der Suche nach einer Anstellung behilflich zu sein, und sie verpflichtete sich, ihren Lohn an ihn weiterzureichen, wenn er dafür ihren Bruder in Ruhe ließ. Eines Tages, so fürchtete sie, könnte Ashton in seiner Verzweiflung eine noch größere Dummheit begehen, die ihm das Genick brechen würde.

Violets Puls beruhigte sich, der Earl lag wieder still und bewegungslos vor ihr. Die Decke, die seinen Körper bedeckte, war bei ihrem heftigen Aufspringen weiter verrutscht. Ein Zipfel berührte fast den Boden, wodurch sein Körper an der Wandseite nun bis unterhalb seines Bauchnabels entblößt war. Selbst ein winziger Streifen seines Oberschenkels war bereits erkennbar.

War er etwa unter der Decke vollkommen nackt? Ashton hatte doch nicht ...? Violet wagte nicht, den Gedanken zu Ende zu führen. Oh, sie würde ihm eine kräftige Standpauke halten, sobald er zurück wäre. So etwas konnte er nicht machen! Den Mann zu entkleiden, damit er nicht fliehen konnte, falls es ihm gelänge, sich zu befreien, war eine Sache, aber ihn ... und sie dann mit ihm allein zurückzulassen, eine andere. Sie griff nach der Wolldecke, um sie über seinen entblößten Körper zu ziehen, dabei berührten ihre Finger seine Haut.

Die Berührung durchzuckte sie wie ein Blitz, erschrocken hielt sie den Atem an und ließ den Stoff aus ihren Händen gleiten. Das zusammengeraffte vordere Ende landete unmittelbar auf halber Höhe seines Oberkörpers, drohte aber zumindest nicht mehr vollständig von seinem Körper herunterzurutschen. Sie wollte sich zurückziehen und sich anderen Beschäftigungen widmen, doch ihr Augenmerk wurde wie magisch von seinen symmetrischen Brustwarzen abgelenkt. Ein prüfender Blick in sein Gesicht bestätigte ihr, dass er nach wie vor in tiefer Bewusstlosigkeit lag.

Er war perfekt gebaut und sorgte wahrscheinlich auf jeder Gesellschaft, auf der er auftauchte, für Schnappatmung bei den jungen Damen. Erneut nahm sie auf der Kante der Pritsche Platz, ihre rechte Pobacke drückte sich gegen seine Hüfte, als sie die Hand ausstreckte und sie über seine Brustwarze streichen ließ. Sie war warm, weich und unglaublich zart, bis auf die kleine runde Perle in ihrer Mitte. Mit einem Schmunzeln auf den Lippen glitten ihre Finger über den leichten dunklen Haarwuchs auf seiner Brust zu dem spiegelgleichen Exemplar auf der anderen Körperseite. Sie fühlte sich ein bisschen verrucht bei dem, was sie tat, doch es war unglaublich aufregend.

Währenddessen kaute sie auf ihrer Unterlippe herum, um ihre Scham zu unterdrücken.

Ein paar Mal hatte sie Ashtons unbekleideten Oberkörper gesehen, wenn er sich umzog, aber das war etwas völlig anderes, er war ihr Bruder.

Auch von den Schurken aus seiner Bande hatte sie schon mehr gesehen, als eine Dame ihres Standes sehen sollte. Die Kerle legten keinerlei Achtsamkeit auf korrekte Kleidungsformen, und so standen die oberen Knöpfe ihrer Hemden oftmals offen oder waren nicht mehr vorhanden und enthüllten somit Teile ihres Brustkorbes. Bei Burke, dem ältesten der Truppe, ragten stets dichte grauschwarze Haarbüschel aus seinem Oberteil, was in Violet eher Ekelgefühle hervorrief. Warren war etwas beleibter, und wenn er am Feuer hockte, straffte sich sein Hemd über dem Bauch, der dabei nicht selten über seinem Hosenbund weiß und behaart hervorquoll. Diese Männer waren keine Schönheiten.

Am ehesten ging noch Hank als akzeptabel durch, vorausgesetzt, dass er gerade ein Bad im Bach genommen hatte. Er war groß und schlank, besaß aber dennoch beeindruckende Armmuskeln. Dies hatte sie bemerkt, als sie ihn beim Holzhacken beobachtet hatte. Eigentlich war Hank der Vernünftigste dieser Truppe und auch derjenige, dem ihr Bruder am nächsten stand. Was Ashton aber nicht davon abgehalten hatte, ihm die Faust ins Gesicht zu rammen, nachdem er versucht hatte, sie zu küssen.

Violet hatte oft bemerkt, dass Hank ihr nachspionierte oder sie lüstern ansah, doch sein offensichtliches Interesse wurde von ihr nicht erwidert. Er war der erste Mann, der ihr überhaupt Beachtung schenkte, und es wäre leicht für sie gewesen, neue Erfahrungen in dieser Hinsicht zu sammeln. Doch allein die Vorstellung, von ihm berührt zu werden oder ihn anzufassen, weckte in ihr ein Gefühl des Widerwillens – selbst wenn er sich zuvor gewaschen hatte.

Wie konnte es dann geschehen, dass dieser gefesselte Mann auf der Pritsche sie so sehr in ihren Bann zog? Während sie in Gedanken versunken war, schien ihre Hand ein Eigenleben zu führen. Sie erschrak, als sie bemerkte, dass sie seinen Brustkorb hinabgewandert und mittlerweile bei seinem Bauchnabel angekommen war. Für einen Moment hielt sie inne, wie lange mochte er noch bewusstlos bleiben? Wie viel Laudanum hatte Ashton ihm verabreicht? Vielleicht sollte sie ihm schon die nächste Dosis einflößen? Ashton hatte nicht gesagt, wann sie dies tun sollte. Wie viel Zeit war vergangen, seit er losgeritten war? Jegliches Zeitgefühl war ihr verloren gegangen.

Sie eilte zur Tür und trat ein paar Schritte hinaus. Außer dem Zwitschern der Vögel und dem entfernten Rauschen des Baches war alles still. Keine Spur von Ashton, aber zum Glück auch nichts von Burke, Finn, Hank oder Warren. Sie ging wieder hinein und schob den rostigen Riegel vor. Im Ernstfall bot er zwar keinen Schutz, vermittelte ihr aber wenigstens ein kleines bisschen Sicherheit.

Wo mochte Ashton jetzt stecken? Würde er die Schmuckstücke versetzen können, ohne dass der Ladenbetreiber Verdacht schöpfte?

Sie erwog, sich einen Tee aufzubrühen, um ihre angespannten Nerven zu beruhigen. Das Wasser im Kessel war noch warm, also füllte sie zwei Löffel Kamillenblüten in die deckellose Kanne, bedeckte sie mit dem Wasser und ließ es ziehen.

Es war unverantwortlich und rücksichtslos von Ashton, sie hier mit seinem Opfer zurückzulassen. Darüber war das letzte Wort noch nicht gesprochen. Was, wenn er sich ohne sie aus dem Staub gemacht hatte und gar nicht wiederkehrte? Ein Anflug von Panik ereilte sie. Was sollte sie dann tun? Nach ein paar hektischen Atemzügen zwang sie sich zur Ordnung. Das würde ihr Bruder nicht wagen, so gewissenlos war er gewiss nicht. Darauf musste Violet vertrauen, auch wenn sie ihn die letzten Jahre wenig zu Gesicht bekommen hatte und nicht viel über sein Leben wusste, seit ihre Eltern verschieden waren.

Mit einem nachdenklichen Ausdruck wandte sie sich erneut ihrem unfreiwilligen Gast zu, der weiterhin in unveränderter Position dalag. Ihr Augenmerk wanderte zu jener Stelle zurück, an der ihre Hand ihn zuletzt berührt hatte, dabei wurde ihr bewusst, dass sie bis jetzt nicht herausgefunden hatte, ob er unter der Decke wirklich vollkommen nackt war.

Ein kleiner Blick konnte nicht schaden, nur um Gewissheit zu haben. Es war albern, Scham zu empfinden. Niemand würde etwas mitbekommen, am allerwenigsten Vincent Sheridan selbst. Sie musste Klarheit haben, ob ihr Bruder wirklich so skrupellos gewesen war, einen Mann vollkommen entkleidet und gefesselt sich selbst zu überlassen.

Vorsichtig hob sie den Wollstoff an und zog ihn zurück. Sie riss die Augen auf und ein entsetztes Keuchen entfuhr ihr. Abrupt ließ sie die Decke fallen, als ihre Augen nichts als nackte Haut erblickten. »Oh Ashton, du verfluchter Schweinehund, wie konntest du?« Tränen sammelten sich in ihren Augen, als sie aufgebracht neben der Bettstatt mit geballten Fäusten auf und ab marschierte. »Wie konntest du das nur tun?« Früher hatte sie nie geflucht, eine Dame fluchte nicht, aber seit ihrem Aufenthalt hier hatte sich vieles geändert.

Ohne zu zögern, hatte Ashton ihn ausgezogen, während er sie weggeschickt hatte, um eine Decke zu holen. War ihr Bruder so weit gesunken, dass ihm jede Moral und jeder Anstand fremd geworden waren? Dieser Mann war schließlich nicht vom Schlag seiner vier Kumpane, mit denen er sich umgab. Er war ein Mitglied der Gesellschaft und kein Geringerer als der Earl of Cunningham.

Violet schniefte. »Es tut mir so leid, Lord Sheridan.«

Sie musste ihn wieder bedecken, um ihm wenigstens einen Rest seiner Würde zu lassen. Sie tat einen hastigen Schritt, griff mit einem Arm über ihn, um die Decke zu fassen, und zog sie gleichmäßig über seine Blöße. Dabei fiel ihr Blick unweigerlich auf seine männlichen Attribute. Sie schluckte nervös, kam aber nicht umhin, diesen intimen Bereich seines Körpers bewegt und voller Faszination zu betrachten. Ihr war zuvor gar nicht aufgefallen, dass das Kernstück seiner Männlichkeit aus seinem Bett schwarz gelockter

Schambehaarung herauslugte und in Richtung seines Bauchnabels wies. Das Ding war groß, viel größer, als sie vermutet hätte, und es schien zu pulsieren.

Einst hatte sie Zeichnungen in einem Buch gesehen, das unter den Mädchen der Schule heimlich umhergereicht wurde. Anhand dieser Skizzen hatte sie die männliche Anatomie irgendwie anders in Erinnerung, wesentlich kleiner und weit weniger … prachtvoll.

Das seltsame Kribbeln, das sie zuvor schon in seiner Gegenwart verspürt hatte, kehrte machtvoll zurück und schoss von ihrer Magengegend abwärts bis in ihre eigene Intimregion. Ein aufregendes Gefühl, das sie nie zuvor an sich verspürt hatte. Vor Aufregung wurde ihr Mund ganz trocken und sie benetzte ihre Lippen mit der Zunge.

Sie mochte nicht darüber nachdenken, wie schamlos sie sich gerade verhielt – sie starrte einem wehrlosen Gentleman auf sein entblößtes Geschlechtsteil. Seit wann war sie so durchtrieben und verdorben? Ein verständnisloses Seufzen entwich ihr und dennoch reizte sie die Frage, wie sich dieses Teil, von dem sie inzwischen wusste, dass Männer es gern als *Schwanz* bezeichneten, wohl anfühlen würde.

»Gefällt dir, was du siehst?«

Mit einem entsetzten Aufschrei ließ sie die Decke fallen und sprang einen Schritt zurück, wobei sie beinahe über ihre eigenen Füße gestolpert wäre.

Der Earl of Cunningham war wach, seine Augen waren geöffnet und er schaute sie direkt an. Violet wünschte, der Boden würde sich unter ihr auftun und sie verschlingen. Nie zuvor war sie in einer peinlicheren Lage wie dieser gewesen. Und dennoch war sie unfähig, sich zu bewegen. Sie konnte nichts weiter tun, als ihn aus Augen anzustarren, die sicherlich so groß wie Untertassen sein mussten. Wie lange mochte er bereits bei Bewusstsein sein? Ihr Herz hämmerte so heftig in ihrer Brust, dass sie glaubte, es müsste jeden Augenblick herausspringen.

*

Vincent Sheridan fühlte sich noch benommen, aber er wusste, dass er nicht fantasiert hatte. Diese Frau existierte und war kein Produkt abstruser Träume. Sie war real und hatte ihn voller Hingabe gestreichelt. Es war, als könne er immer noch spüren, wie sie mit den Fingerspitzen über seine Brustwarzen strich und ihn gegen seinen Willen erregte. Doch wer war sie? Er konnte sich nicht entsinnen, ihr jemals begegnet zu sein.

Sie wies ein ansprechendes und harmonisches Antlitz auf und strahlte selbst in ihrer bescheidenen Bekleidung eine bemerkenswerte Attraktivität aus. Ihre Anmut ließ nicht darauf schließen, dass sie die Frau oder Tochter einer Pächterfamilie war.

Er hatte sie beobachtet, als sie zur Tür hinaus war und sich umschaute, als würde sie auf jemanden warten. Trotz ihrer Aufmachung sagte ihm seine Intuition, dass sie einem behüteten Elternhaus entstammen könnte. Inzwischen war sie entweder eine Mätresse, die ihren Gönner verloren hatte, oder eine Hure aus einem der billigen Etablissements, das würde zumindest ihr unverhohlenes Interesse an seinem Körper erklären.

Männer des *ton* besuchten eher selten die billigen Absteigen, in denen sich das einfache Volk vergnügte. Kein Wunder, dass sie sich begierig über die Lippen leckte, weil sie hoffte, einen guten Fang gemacht zu haben.

»Warum machst du nicht weiter?«, fragte er, weil sie ihn nach wie vor anstarrte, als sei sie einem Geist begegnet. »Du wolltest doch meinen Schwanz.«

Es tut mir so leid, Lord Sheridan, hatte sie gesagt, das hatte er deutlich vernommen. Sie wusste also, wer er war. Er hob den Kopf, so weit es ihm möglich war, spannte die Armmuskeln an und zerrte heftig an seiner Fesselung. »Na los doch, worauf wartest du noch?«, zischte er, verärgert über seine missliche Lage. Wer immer ihn verschnürt hatte, hatte seine Arbeit gründlich gemacht. Resigniert fiel er zurück und schloss mit einem Stöhnen die Augen, um sich zu sammeln.

Und plötzlich, er wagte kaum zu atmen, war sie wieder näher an ihn herangetreten, und er spürte tatsächlich ihre Hand an seinem besten Stück, bevor sie sich zaghaft auf den äußersten Rand seines Lagers niedersetzte. Für den Moment war er gewillt, sie gewähren zu lassen und zu genießen, was sie ihm angedeihen lassen wollte. Er konnte eh nichts an seiner Situation ändern, er lag nackt, wie Gott ihn erschaffen hatte, vor ihr wie auf einem Gabentisch. Es war ja nicht so, dass es ihm unangenehm war, unbekleidet den Blicken einer Frau ausgesetzt zu sein. Unzählige Damen hatten ihn schon auf diese Weise bewundert, schließlich haftete ihm der Ruf eines Schürzenjägers an. Dennoch war dieses hier etwas ganz anderes, eine völlig andere Ausgangslage.

Wenn er nur wüsste, wem er dieses erniedrigende und unfreiwillige Vergnügen zu verdanken hatte. Könnte Edwina dahinterstecken? Seine Mätresse, der er vor knapp zwei Monaten den Laufpass gegeben hatte, weil sie ihn schon seit Längerem langweilte? Sie war ziemlich aufgebracht gewesen und hatte getobt, als er ihr erklärte, dass ihre Liebschaft beendet sei. Könnte sie sich mit dieser Aktion an ihm gerächt haben? Zuzutrauen wäre es ihr, sie besaß ein ungezügeltes Temperament, was wahrscheinlich an ihren italienischen Wurzeln lag. An jenem Tag hatte er sie nicht mehr angerührt und seither auch kein anderes Vergnügen genossen.

War das einer der Gründe, warum er so stark auf dieses unbekannte Frauenzimmer reagierte? Seine Beine begannen vor Erregung zu zittern, und er stieß ein unwilliges Stöhnen aus. Sie schien es darauf anzulegen, ihn hinzuhalten und ihn mit ihren unbeholfenen Berührungen in den Wahnsinn zu treiben. Wenn er nur seine Hände frei hätte, dann würde er sie packen und es ihr mit gleicher Münze heimzahlen, bis sie ihn anflehte, sie zu erlösen.

Verflucht, er würde sich gleich durch die Hand einer Frau auf seinen eigenen Unterleib ergießen, ohne jede Möglichkeit, anschließend die Spuren seiner Schwäche zu entfernen.

Gequält stöhnte er auf. »Warte!«

Sie zog sofort ihre Hand zurück und sprang auf die Beine, als habe sie sich verbrannt.

»Verfluchtes Weib«, fluchte er innerlich. Keuchend versuchte er, seinen inneren Aufruhr zu bändigen, während er seine Muskeln anspannte und die Hände zu Fäusten ballte.

»Es … es tut mir leid«, stammelte sie. »Bitte verzeihen Sie, wenn ich Ihnen Schmerzen zugefügt habe, das … das habe ich nicht gewollt.«

»Schmerzen?«, schockiert sah er sie an und entdeckte Tränenspuren auf ihrem Gesicht. Nur eine absolut unerfahrene Frau würde annehmen, sie könnte ihm durch simples Berühren seiner Männlichkeit wehtun.

Bestürzt schloss er die Augen, wie hatte er die Sache so fehl einschätzen können? Sie hatte keine Ahnung von der Anatomie eines Mannes und ihre scheuen, dilettantischen Berührungen waren der Beweis dafür. Diese Erkenntnis hatte die Wirkung eines Eimers mit Eiswasser. Herrgott, was war er doch für ein vollkommener Idiot! Vincent stieß einen frustrierten Wutschrei aus, doch dieses Mal richtete sich sein Zorn gegen sich selbst. Aus dem Augenwinkel bemerkte er, dass sie erschrocken einen Schritt zurückwich. Sie wirkte verstört und sie hatte offensichtlich Angst vor ihm.

Verdammt, er konnte ihr nichts antun, selbst wenn er es gewollt hätte – er war gefesselt! Ganz abgesehen davon, dass er noch nie einer Frau gegenüber gewalttätig gewesen war, gleichgültig, was sie angestellt hatte.

»Wie heißt du?«, fragte er, so gelassen, wie es ihm nach der vorangegangenen Situation möglich war.

»Violet«, kam die zaghafte Antwort.

»Violet.« Vincent ließ den Namen auf seiner Zunge zergehen, während er überlegte, ob es tatsächlich ihr richtiger Name wäre. »Du hast nichts Falsches getan, es war meine Schuld. Du hast mich nicht verletzt, verletzt wurde allenfalls mein Stolz.«

Ihr Gesichtsausdruck zeugte von Verwirrung, aber er erwartete auch nicht, dass sie ihn verstand. Nichtsdestoweniger lag er nach wie vor, bis zu den Oberschenkeln entblößt, auf einer primitiven Pritsche.

»Mir ist kalt«, log er. »Würde es dir etwas ausmachen …« Er nickte mit dem Kopf zu der fadenscheinigen braunen Decke.

»Ähm … oh ja … natürlich.« Sie beeilte sich, der Bitte nachzukommen, bemüht, bloß keinen Blick auf seine Intimregion zu werfen. Die flammende Röte, die ihr ins Gesicht stieg, konnte sie jedoch nicht unterdrücken.

Allmählich klärte sich sein Verstand, jetzt, wo nicht mehr die untere Körperregion seine Sinne trübte. Was war mit ihm geschehen? Wie war er hier, wo immer das sein mochte, gelandet?

Die Frau stand wie angewurzelt am selben Fleck, während ihre Augen stetig von ihm zu dem kleinen Tisch hin und her schwenkten. Vincent folgte ihrem unsicheren, fast ängstlichen Blick. Er schien dem unscheinbaren braunen Fläschchen zu gelten, das dort stand. Schlagartig kehrte seine Erinnerung zurück: Laudanum! Jemand hatte ihn mit Laudanum außer Gefecht gesetzt. Nicht irgendjemand, sondern niemand anderer als Viscount Ashton Saunders.

Dieser widerliche Bastard, dafür würde er büßen! Wut ersetzte seine Frustration. Nicht nur, dass Saunders ein miserabler Spieler war, nun war er zudem ein Dieb, der Kutschen und einzelne Reisende überfiel und ausraubte.

Vincent war auf dem Weg zum Ball seiner Freunde Wayne Stanton, dem Earl of Crofford und seiner reizenden Gemahlin Lydia gewesen, die jetzt, drei Monate nach der Geburt ihres Erben, ihren ersten Ball veranstalteten.

Zunächst wollte Vincent nicht hingehen; seit sein bester Freund vor knapp einem Jahr in den Ehestand getreten war, sahen sie einander kaum, da ihre Interessen nun anders lagen. Es war eine Liebesheirat gewesen, und so sehr er Wayne das Glück gönnte, so hinterließen ihre Treffen jedes Mal einen faden Beigeschmack, weil sein eigenes Leben derzeit nicht so rosig verlief.

Im letzten Moment entschied er sich um und plante, wenigstens für ein oder zwei Stunden auf der Veranstaltung zu erscheinen. Im Anschluss würde ihm ausreichend Zeit bleiben, um seinen Club aufzusuchen und sich im White's abzulenken.

Diese Ablenkung erschien ihm notwendig, schließlich war ihm bewusst, dass Lydia heiratswillige Damen einladen würde, in der Hoffnung, dass eine von ihnen sein Interesse weckte. Ihre Kuppeleiversuche waren zwar wohlwollend gemeint, doch stand ihm derzeit nicht der Sinn nach einer Eheschließung. Deshalb hatte er ursprünglich die Einladung ablehnen wollen, andererseits mochte er seinen Freund Wayne nicht vor den Kopf stoßen. Also ließ er, um flexibler zu sein, seinen Wallach satteln, anstatt die Kutsche zu nehmen, und begab sich auf den Weg zum Anwesen der Stantons.

Und nun lag er hier, wie ein Paket verschnürt und unbekleidet, auf einer unbequemen Pritsche, irgendwo im Nirgendwo.

»Binde mich los«, befahl er, ohne sie aus den Augen zu lassen. »Sofort!«

»D... das kann ich nicht tun.«

Er sah, wie sie mit sich haderte. Sie nagte an ihrer Unterlippe und mied seinen Blick, während sie die Handflächen aneinander rieb. Es war unübersehbar, dass sie sich unwohl fühlte. Wer war sie, und warum hatte Saunders sie in diesen Schlamassel hineingezogen?

Er bemühte sich, seine Stimme ruhig klingen zu lassen. »Du brauchst keine Angst zu haben, ich werde dir nichts zuleide tun. Ich werde mich lediglich ankleiden und verschwinden, und du solltest das Gleiche tun, wenn du klug bist.«

Sie rührte sich nicht und seine Geduld wurde empfindlich auf die Probe gestellt. »Violet!«, wiederholte er ein wenig schärfer und sah sie zusammenzucken.

»Es tut mir leid, es geht nicht!« Endlich kam Bewegung in sie, aber nicht die, die er erwartet hatte; sie machte auf dem Absatz kehrt und stürzte aus dem Raum.

Er versuchte gar nicht erst, den Fluch, der ihm auf den Lippen lag, zu unterdrücken.

*

Violet lehnte sich mit dem Rücken gegen die Wand. Sie zitterte am ganzen Körper und ihre Beine fühlten sich an, als würden sie aus Gummi bestehen. Langsam ließ sie sich zu Boden sinken und umklammerte die angezogenen Beine. Ihr Bruder war zu weit gegangen, in jeder Hinsicht, und er hatte sie mit ihm zurückgelassen. Sie schnaubte verärgert. Sobald Ashton zurück wäre, würde sie ihm gehörig die Meinung sagen. Das hier konnte er nicht mit ihr machen. Nur zu gern wäre sie dem Befehl des Earls nachgekommen und hätte ihn losgebunden, damit er verschwinden konnte, bevor ihr Bruder zurückkehrte. Doch dieses Risiko durfte sie nicht eingehen, sie war schutzlos.

Lord Sheridan könnte sie als Geisel nehmen oder Schlimmeres. Sie wollte sich keine der Situationen ausmalen. Wenn sie wenigstens eine Waffe besäße, mit der sie ihn in Schach halten könnte, bis er verschwunden war. Aber so gut gebaut wie Sheridan war, trainierte er bestimmt regelmäßig im Gentleman Jackson's Boxclub und könnte sie sogar mit geladener Schusswaffe spielend überwältigen.

Sie durfte ihn nicht losbinden, selbst wenn er Wort hielt, und sofort verschwand. Er war überfallen und gedemütigt worden, und das ließ kein Mann auf sich sitzen. Lord Sheridan würde unverzüglich dafür sorgen, dass der lange Arm des Gesetzes griff und die Männer der Bow Street auf sie hetzten. Man würde sie beide verhaften und nicht zögern, Ashton wegen seiner Vergehen an den Galgen zu bringen. Violet ballte die Hände zu Fäusten, sie befand sich in einer aussichtslosen Lage. Wohl oder übel musste sie auf Ashtons Rückkehr warten und sich fragen, ob er sich wenigstens Gedanken gemacht hatte, was mit dem Earl geschehen sollte, bevor sie aufbrachen. Schließlich konnten sie den Mann nicht im gefesselten Zustand zurücklassen, der Mann könnte sterben, wenn ihn niemand fand oder es ihm nicht gelänge, sich zu befreien.

»Oh Ashton, was hast du nur getan?«, murmelte sie und wischte sich energisch eine Träne von der Wange. Alles konnte passieren und sie wäre machtlos, wenn die beiden aufeinander losgingen. Ihr graute vor dem erneuten Aufeinandertreffen ihres Bruders mit dem Earl. Was sollte sie tun? Es gab niemanden, den sie um Rat bitten, geschweige denn, um Hilfe anflehen konnte. Außerdem wäre Ashton vermutlich verärgert, weil sie sich nicht an seine Anweisungen gehalten und ihm das Laudanum verabreicht hatte. Sie hatte es vermasselt und den rechten Zeitpunkt verpasst, weil sie so fasziniert von seinem maskulinen Körper gewesen war. Violet vergrub ihr Gesicht in den Händen. Herrje, war das peinlich. Ihr schoss jetzt noch die Schamesröte ins Gesicht, wenn sie daran zurückdachte. Kein Wunder, dass er sie für eine Hure hielt; sie hatte sich schließlich wie eine aufgeführt.

Nichtsdestotrotz war es ein aufregendes Gefühl gewesen. Der Mann fühlte sich gut an, warm und weich, obwohl sein Körper hart und muskulös war. Sie seufzte.

Wenn sie erst bei Tante Florence weit draußen auf dem Land weilte, würde ihr vermutlich nie wieder ein Exemplar wie Vincent Sheridan unterkommen. Und eines Tages wäre sie eine ebensolche schrullige alte Jungfer wie die Tante. Ashton versuchte, ihr einzureden, dass sich die Alte aufgrund des Verwandtschaftsgrades ihrer annehmen musste, doch Violet hegte ihre Zweifel, schließlich war sie eine Fremde.

»Violet?«

Violet hielt den Atem an und wagte sich kaum zu rühren.

»Violet? Ich habe fürchterlichen Durst, könnte ich bitte einen Schluck Wasser bekommen?«

Nach einem tiefen Atemzug und einem kurzen Schließen der Augen erhob sie sich. Sie musste sich dem hier stellen, ob sie wollte oder nicht. Sie griff nach einem Becher aus dem Regal und füllte ihn mit Wasser aus dem Eimer. Während sie auf ihn zuging, versuchte sie auszublenden, was zuvor geschehen war.

»Hier, bitte.« Sie hielt ihm mit ausgestrecktem Arm den Becher hin. Lord Sheridan schaute sie aufmerksam an. Seine Augen waren von einem hellen Nebelgrau, das einem Bergsee im Morgentau ähnelte.

»Ich kann den Becher nicht entgegennehmen, ich bin gefesselt«, sagte er. Sie glaubte, einen amüsierten Unterton herauszuhören. Wie zum Beweis seiner Worte spannte er seine Armmuskeln an. »Du wirst mir schon behilflich sein müssen.«

Verdammt! Mit nervöser Anspannung setzte sie sich auf die Kante, hob mit der einen Hand seinen Kopf an, während sie mit der anderen den Becher an seine Lippen setzte, damit er trinken konnte. Sie bemühte sich, die Hand, die den Becher führte, so ruhig wie möglich zu halten. Dennoch ging einiges daneben und rann ihm über die Kieferknochen in den Nacken. Mit einem Zipfel ihres Kleides wischte sie die nassen

Spuren weg, nachdem sie den Becher auf dem Boden abgestellt hatte.

Sie spürte, dass er sie intensiv musterte; Hitze stieg in ihr auf. Seine Nähe strahlte etwas Beunruhigendes aus, das allerdings nicht mit Furcht vergleichbar war. Er war gefährlich für ihr Wohlbefinden; seine Gegenwart machte sie nervös und verwirrte ihre Sinne. Ihr Unterbewusstsein mahnte sie, sich nicht länger als unbedingt nötig in seinem Sichtfeld aufzuhalten. Nur so konnte sie die Kontrolle über ihr Handeln und ihre widersprüchlichen Emotionen wahren.

»Geh nicht!«, bat er, als sie die Flucht ergreifen wollte. Seine Hand bekam ihre Röcke zu fassen und hinderte sie daran, sich zu erheben. Es gelang ihr nicht, ein erschrockenes Aufkeuchen zu unterdrücken. Mit aufgerissenen Augen starrte sie auf seine verdrehte Hand, an der ein goldener Siegelring mit grünem Stein glänzte. Deutliche Rötungen und aufgescheuerte Hautpartien zeigten sich unter dem groben Seil am Handgelenk.

»Bitte, es wird zu bluten anfangen, wenn Sie nicht stillliegen.« Ohne nachzudenken, legte sie ihre Hand auf seine, um ihn am weiteren Herumzerren zu hindern. Er entließ augenblicklich den Stoff aus seiner Faust und sie zuckte zusammen. Nicht weil sie sich erschrocken hatte, sondern weil ein Blitz durch ihren Körper fuhr, als stattdessen seine Hand ihre Finger umschlossen. Sein Griff war nicht fest oder befehligend, sondern sanft, fast spielerisch. Ihr Blick flog zu seinem Gesicht, während sie flugs ihre Hand zurückzog und aufsprang. Ihr Brustkorb hob und senkte sich in schneller Abfolge und sie kam sich vor wie eine Närrin.

»Verzeih, ich wollte dich nicht erschrecken, Violet.«

Sie schluckte und nickte stumm. Seine Augen verrieten ihr, dass er die Wahrheit sprach.

»Es ist äußerst müßig, nur starr dazuliegen und der Dinge zu harren, die mich erwarten werden. Wir können uns ebenso gut unterhalten und uns gemeinsam die Zeit vertreiben, bis dein Partner zurückkommt und seine Absicht vollendet.«

»Er ist nicht mein *Partner!*«, schoss sie zurück, immer noch vom Drang beseelt, aus dem Raum zu flüchten, seiner Nähe zu entkommen.

Sie brauchte Abstand. Herrgott, er war immer noch vollkommen unbekleidet, und nur diese hässliche alte Wolldecke bedeckte seinen nackten Körper, den sie so schamlos berührt hatte. Sie sollte gehen, stattdessen ertappte sie sich dabei, wie sie sich umsah und schließlich den alten Holzschemel aus der Ecke heranzog, um sich in sicherem Abstand zu ihm neben der Pritsche niederzusetzen.

Vielleicht konnte sie ihn dazu bringen, einen Deal mit ihrem Bruder auszuhandeln, damit er ihnen zumindest das Stadthaus überließ, damit sie weiterhin eine Bleibe besaßen. Aber sie wusste nicht, wie sie beginnen sollte. Wenn sie anfinge zu flehen und zu betteln, würde er sie höchstwahrscheinlich auslachen, und sie würde vor Scham noch tiefer im Boden versinken. Innerlich verfluchte sie ihren Bruder für das, was er ihr mit dieser Sache zumutete.

*

Vincent konnte den Blick nicht von ihr abwenden. Sie war von elfengleicher Schönheit. Wenn diese Frau in eleganter Abendgarderobe einen Ballsaal betreten würde, wäre sie sofort der Mittelpunkt des Abends. Ihre abgenutzte Kleidung und der einfache Knoten, mit dem sie ihr Haar bändigte, konnten sein Urteil nicht trüben. Ihr Gesicht war symmetrisch, ihr Teint unter der angeschmutzten Oberfläche makellos und zusammen mit ihrer ebenmäßigen Nase und den sinnlichen Lippen verband sich alles zu einer harmonischen Einheit.

Wie kam dieser Dummkopf Saunders zu einer solchen Frau und in welcher Verbindung stand sie zu ihm? Wenn er diesen Mistkerl in die Finger bekäme, würde der Viscount für all seine Vergehen teuer bezahlen, dafür würde er sich persönlich einsetzen. Die Überfälle, die er zusammen mit seinen Komplizen begangen hatte, waren eine Sache, der Rest war persönlicher Natur. Es war allein Viscount Saunders Werk, ihn nach dem Überfall zu betäuben, um ihn dann unbekleidet und gefesselt in dieser Behausung einer offenbar unschuldigen jungen Frau zu überlassen. Alles zielte darauf ab, ihn zutiefst zu demütigen, was Saunders auch gelungen war. Er würde diese elendige Laus zerquetschen, ohne mit der Wimper zu zucken.

Außerdem war es einer Foltermethode gleichgekommen, als diese Frau ihn mit ihren Berührungen dermaßen erregt und an die Grenze des Wahnsinns getrieben hatte, in der er beinahe jegliche Selbstbeherrschung verloren hätte, was ihm nie zuvor passiert war. Zwar bezweifelte Vincent, dass das ebenfalls zu Saunders Plan gehörte, doch sollte der Mann jemals von dem Vorfall erfahren, wäre er eine Lachnummer, an der er selbst die Schuld trug.

Und trotzdem war er schon wieder erregt. Seine Männlichkeit pochte hart und verlangend unter dem Schutz der schäbigen Decke, seit sie sich über ihn gebeugt und den Becher an seine Lippen gehalten hatte.

Er verfluchte sich selbst für seine Schwäche. Es entsprach nicht seiner Art, wie ein unerfahrener Jüngling zu reagieren, der seine Triebe nicht zu kontrollieren vermochte. Selbst wenn er seine ehemalige Mätresse Edwina aufsuchte, hatte er ihr Heim niemals mit einer ausgeprägten Erektion betreten, obwohl ihm nur zu bewusst war, was ihn in den folgenden Stunden erwartete. Erst durch Edwinas aufreizende Art und ihre gezielten Berührungen war sein Schwanz langsam zum Leben erwacht.

Vincent unterdrückte ein gequältes Stöhnen und hoffte, dass der Faltenwurf der Decke seinen Zustand verbarg. Offenbar hatte er sie bereits einmal schockiert, das wollte er kein zweites Mal. Keine Frau sollte sich vor ihm ängstigen müssen. Sie saß auf dem alten Hocker, die Hände sittsam in ihrem Schoß ruhend, und schaute ihn erwartungsvoll an. Nur das andauernde Malträtieren ihrer Unterlippe zeugte von ihrer Nervosität.

»Also gut, unsere erste Begegnung entsprach nicht dem üblichen Wege und geriet etwas … sagen wir, außer Kontrolle. Dafür möchte ich mich entschuldigen«, begann er vorsichtig und beobachtete ihre Reaktion.

Sie senkte den Blick, während sie einen sehr konzentrierten Eindruck auf ihn machte. Irgendwas schien sie zu beschäftigen. Inwieweit war sie in Saunders Machenschaften involviert? Billigte sie seine Taten oder war sie ein zufälliges Opfer, welcher Art auch immer?

»Du weißt, wer ich bin, Violet. Verrätst du mir jetzt deinen vollen Namen und was du mit dem Viscount zu schaffen hast?«

Sie hüllte sich in Schweigen, also versuchte er es anders.

»Bedrängt er dich? Setzt er dich unter Druck?«

»Nein!« Ihr Blick flog zu ihm auf und zeigte eine Spur von Feindseligkeit. »So etwas würde Ashton niemals tun.«

»*Ashton?*« Er zog, überrascht von dieser Vertrautheit, die Augenbrauen hoch.

»Was verwundert Sie daran? Er ist mein Bruder!« Sie streckte ihren schlanken Hals und verschränkte die Arme vor der Brust.

Vincent musste sich bemühen, sie nicht voller Entsetzen anzustarren. Er hatte keine Ahnung gehabt, dass Saunders eine Schwester hatte, zumal sie ihm kein bisschen ähnlich sah.

»Im Gegensatz zu meinem Bruder bin ich ganz nach unserer Mutter geraten«, erklärte sie, als könne sie in seinem Gesicht lesen.

»Verstehe«, würgte er betreten hervor. Das änderte alles! Verflucht, er hatte die Schwester eines Viscounts genötigt, ihn intim zu berühren. Sollte Saunders davon Wind bekommen, hatte er jedes Recht, Genugtuung zu verlangen und ihn zum Duell zu fordern. Zu seinem Bedauern besaß er keine Kenntnis davon, wie gut Saunders mit einer Pistole umgehen konnte. Andererseits, welcher Bruder ließ seine Schwester in einer solch prekären Situation allein und schutzlos zurück? Nicht, dass sie Schutz vor ihm benötigte, doch sollte sich eine Gefahrenlage ergeben, wäre er vollkommen machtlos, um zu reagieren. Besaß dieser Kerl überhaupt kein Gewissen?

Mit einem empörten Schnauben machte er sich Luft. »Ihr Bruder ist ein verblendeter Vollidiot, wie kann er es wagen, seine Schwester in seine krummen Geschäfte hineinzuziehen? Ist er sich überhaupt annähernd der Konsequenzen bewusst? Sie sind ruiniert, wenn die Klatschpresse davon erfährt.«

»Kein Grund, plötzlich förmlich zu werden, nur weil Ihnen verspätet das Offensichtliche klar geworden ist«, schleuderte sie ihm mit spitzer Zunge entgegen.

»Das Offensichtliche?«, echote er und spannte seine Muskeln an, um den Kopf gezielt in ihre Richtung zu drehen, soweit es seine Lage zuließ. »Hier war nichts offensichtlich, rein gar nichts, junge Lady.«

»Das sehe ich anders, Lord Sheridan.« Sie erhob sich und sah mit stoischer Miene von oben auf ihn herab. »Wer sollte ich wohl sonst sein, wenn nicht seine Schwester?«

Er schwieg mit verkniffenem Gesichtsausdruck. Im Grunde hatte sie recht, das hätte ihm spätestens bewusst sein müssen, nachdem er erkannt hatte, dass sie keine Professionelle war. Er schob es auf seinen umnebelten Zustand, bedingt durch den Schlag, mit dem Saunders ihn ins Reich der Dunkelheit geschickt hatte. »Mit Verlaub, Sie sehen nicht aus wie die Schwester eines Adeligen, eher wie eine … eine …« Er suchte nach der richtigen Bezeichnung.

»Schäbige Küchenmagd?«, half sie aus.

In ihren Augen blitzte es gefährlich, aber das war es nicht, was ihn berührte, sondern der Tonfall, in dem sie die beiden Worte äußerte. Er sprach von Kummer und Verletztheit. Selbst wenn ihr diese Attraktivität gefehlt hätte und sie tatsächlich eine einfache Küchenmagd gewesen wäre, hätte er sie niemals als schäbig bezeichnet. Niemand verdiente eine solche Titulierung. Er zollte dem niederen Stand, der für sein Auskommen arbeiten musste, Respekt. Egal welcher Art von Arbeit sie nachgingen, vom Hauspersonal bis zum Kutscher und den Stallknechten. Es war eine Form der Höflichkeit, auch wenn viele Mitglieder des Adels anders damit umgingen, weil sie das Privileg genossen, einen Titel zu besitzen. Seine Bediensteten wurden großzügig entlohnt und er wechselte ebenso das ein oder andere persönliche Wort mit ihnen, erkundigte sich nach ihren Familien oder philosophierte über alltägliche Dinge des Lebens. Den ungezwungenen Umgang mit dem Personal war er von seiner Mutter gewohnt und hatte ihn nach ihrem Tode beibehalten.

»Ich würde mich nicht erdreisten, solch beleidigende Worte zu gebrauchen«, stellte Vincent klar. Er sah jedoch an ihrer Reaktion, dass sie ihm keineswegs glaubte. »Ich hatte wirklich keine Ahnung, dass Viscount Saunders eine Schwester hat, das müssen Sie mir glauben. Ich habe Sie nie auf einer Gesellschaft gesehen, geschweige denn …«

»Das konnten Sie auch nicht, Lord Sheridan«, fiel sie ihm ins Wort. »Ich war nie auf einer Soiree, einem Ball oder einer vergleichbaren Veranstaltung.«

Er musste sich bemühen, sie nicht mit offenem Mund anzustarren. Seine Wut auf den Viscount stieg ins Unermessliche. Soweit ihm bekannt war, besaß Saunders keine lebenden Verwandten, und nun stellte sich heraus, dass es eine Schwester gab. Vincent schätzte, dass er demnach Violets Vormund sein musste, doch als solcher hatte er ihr gegenüber eine Verantwortung, eine Verpflichtung. Wie konnte dieser Mistkerl seine Schwester so rücksichtslos behandeln, sie vor der Welt verbergen und derart vernachlässigen?

»Wie kann das sein?«, fragte er verblüfft, während ihm tausend Szenarien im Kopf herumspukten.

»Es geht Sie zwar nichts an, aber ich war bis vor knapp einem Jahr auf einer Mädchenschule in Südengland.«

Das erklärte natürlich einiges. Vincent war sich sicher, dass er sich an sie erinnert hätte, wäre sie ihm vorgestellt worden. Selbst aus der Menge der ihm unbekannten Damen wäre sie herausgestochen und ihm sofort aufgefallen.

»Und jetzt sind Sie mit ihrem Bruder auf der Flucht vor seinen Gläubigern, unfassbar!« Er konnte ein abgrundtiefes Schnauben nicht unterdrücken. »Die Saison in London ist in vollem Gange. Sie sollten auf Bällen tanzen, in Ihrem Salon von unzähligen Blumenarrangements umgeben sein oder sich von Ihren

Verehrern in einer Kutsche durch den Hyde Park chauffieren lassen. Aber auf keinen Fall sollten Sie hier in dieser baufälligen Behausung hocken und auf Ihren unfähigen und niederträchtigen Bruder warten müssen, der sein Leben nicht geregelt bekommt und Sie mit in den Abgrund zieht.« Vor Empörung ballten sich seine Hände, wobei sich die Stricke um die Handgelenke tiefer in die Haut rieben, als er, frustriert über seine Lage, heftig an ihnen zerrte. Mit einem wutdurchtränkten Aufstöhnen ließ er sich wieder zurückfallen und starrte zum Dach seines Lagers empor, dessen undichte Stellen dilettantisch mit Brettern vernagelt worden waren.

*

»Sie haben kein Recht, meinen Bruder zu beleidigen. Er ist kein schlechter Mensch!« Violet sprang von dem Hocker auf und sah den Gefangenen verkniffen an. Natürlich war ihr bewusst, dass Lord Sheridan mit seinen Worten richtig lag, genau so hätte ihr Leben aussehen sollen, aber das tat es nicht. Ihre Verletztheit über diesen Umstand wollte sie jedoch um jeden Preis vor ihm verbergen. All die Jahre, die sie auf diesem schrecklichen Mädchenpensionat zubringen musste, wo man ihren Geist und ihren freien Willen gebrochen hatte, um aus ihr eine fügsame Lady zu formen, waren umsonst gewesen. Sie versuchte, die aufsteigenden Tränen zurückzudrängen.

»Dann sind Sie also glücklich mit diesem mehr als bescheidenen Heim hier?« Seine Frage triefte vor Sarkasmus und es fiel ihr schwer, Haltung zu wahren.

Selbstverständlich war sie das nicht! Es war ein Behelf, ein Dach über dem Kopf, das lediglich ein wenig Schutz vor Wind und Nässe bot.

»Ausgerechnet Sie wagen es, meinen Bruder und mich zu verurteilen, wo wir diese Situation doch Ihnen zu verdanken haben, Lord Sheridan. Hätten Sie Ashton nicht das Stadthaus abgeluchst, säßen wir heute nicht in diesem *bescheidenen Heim*.«

Der Earl drehte den Kopf zu ihr und der Blick aus seinen nebelgrauen Augen traf sie. »Es ist nicht meine Schuld, wenn Ihr Bruder ein lausiger Spieler ist, der nicht erkennt, wann es an der Zeit ist, den Spieltisch zu verlassen und seine Niederlage zu akzeptieren, Miss Saunders.«

Violet verfügte über keinerlei Kenntnisse, was das Kartenspielen betraf, und konnte nicht beurteilen, ob Ashton das Spiel wirklich derart schlecht beherrschte oder gelinkt worden war, wie er ihr gegenüber behauptete. »Wer sagt denn, dass Sie nicht falschgespielt haben?«

Die Augenbrauen des Earls zogen sich nach oben. »Ich habe es nicht nötig, beim Spiel zu betrügen, das ist unter meiner Würde!«

»Aber sich ohne Skrupel das Erbe Ihres Mitspielers anzueignen, war anscheinend nicht unter Ihrer Würde.«

Sheridan zischte etwas, das verdächtig nach einem Fluchen klang. Sie sah, wie er kurz die Hände ballte und sie wieder öffnete, wobei er einen Schwall Atemluft ausstieß, bevor er sie wieder ansah. »Ich habe Ihren Bruder gewarnt, Miss Saunders, und ich war nicht allein in dem Bestreben, Viscount Saunders zur

Vernunft zu bringen. Er bot sein Stadthaus als Einsatz an, nachdem ihm jegliche finanziellen Mittel entglitten waren und ein Schuldschein keine Option mehr darstellte. Doch dieser verblendete Idiot war der festen Meinung, er habe ein zu gutes Blatt und könne dieses Spiel gar nicht verlieren. Klarer Fall von Selbstüberschätzung!«

Violet stand stocksteif da und starrte auf den Earl hinunter. Ashton wich ihr stets aus, sobald sie versuchte, mehr über den ominösen Abend zu erfahren, an dem er ihren letzten Besitz verspielt hatte, aber Lord Sheridan konnte ihr nicht ausweichen.

»War Ashton betrunken? War er deshalb ein leichtes Opfer für Ihre Spielrunde?«

»Nein, er war nicht betrunken, aber gereizt, nervös und unkonzentriert.«

»Trotzdem! Wenn Sie ein Gewissen gehabt hätten, hätten Sie ihn daran gehindert, sein Eigentum zu versetzen, Lord Sheridan«, beharrte sie trotzig. »Was haben Sie mit Ihrem Gewinn vor, werden Sie es verkaufen oder selbst nutzen?«

Das Stadthaus verband sie mit wertvollen Erinnerungen an die frühe Kindheit, als ihre Mutter noch lebte und sie während ihrer London-Aufenthalte dort wohnten. Danach war es viele Jahre vermietet gewesen, und erst mit dem Ableben der Witwe Lady Russell wieder frei. Seither wurde es von ihrem Bruder genutzt, wann immer er in London weilte, was die letzten drei Jahre ständig der Fall war.

Violet hatte sich auf dem Land stets wohler gefühlt, aber ihr Landhaus gehörte nicht mehr zum Familienbesitz; lange hatte sie diesen Verlust heimlich beweint. Es empörte sie noch heute, wenn sie darüber nachdachte, warum Ashton es veräußern musste. An seiner Stelle hätte sie lieber das Stadthaus verkauft, doch Ashton war nie ein großer Freund des Landlebens gewesen, dafür versprach London für einen Mann zu viele Amüsements.

»Ihr Bruder ist ein erwachsener Mann und sollte imstande sein, zu wissen, was er tut.« Verärgerung schwang in der Stimme des Earls mit. »Und um Ihre Frage zu beantworten, Miss Saunders: Ihr Stadthaus interessiert mich nicht, ich besitze selbst ein komfortables Stadthaus in London! Dennoch sollten Sie froh sein, dass es mir zugefallen ist und nicht Lord Fawcett. Der war nämlich ganz versessen darauf, es in die Finger zu bekommen. Es ist bekannt, dass seine Besitzungen arg renovierungsbedürftig oder verschuldet sind. Sofern es ihm nicht gelingt, zeitnah eine Frau mit einer beträchtlichen Mitgift zu ehelichen, um die Gebäude instand setzen zu können, sieht es finster für ihn aus. Ein Stadthaus wie das Ihrige wäre ihm sehr gelegen gekommen und hätte ihm fürs Erste ausreichend Geldmittel verschafft, wenn er es entsprechend verkauft hätte.«

»Dann soll ich Ihnen also noch dankbar sein?« Violet schnaubte und schüttelte ungläubig den Kopf. Die Arroganz dieses Mannes war schockierend.

»Ja! Vielleicht sollten Sie und Ihr Bruder mir tatsächlich dankbar sein, denn ich erhebe keinen Anspruch auf dieses Gebäude. Da es aber offiziell mir gehört, ist es somit vor der Spielleidenschaft Ihres Bruders geschützt. Ursprünglich bezweckte ich, Viscount Saunders lediglich einen Denkzettel zu verpassen, aber da wusste ich noch nichts von seinem neuerlichen *Gelderwerb*, geschweige denn, dass er eine Schwester hat, die ebenfalls durch den Verlust der Immobilie betroffen ist.«

»Jetzt wissen Sie es!« Sie verschränkte die Arme vor der Brust und musterte ihn nachdenklich; sie wurde nicht recht schlau aus diesem Mann. Würde sie ihn womöglich dazu bringen können, Ashton das Stadthaus zurückzugeben? Konnte sie auf sein Mitgefühl hoffen, wenn sie sich aufs Flehen und Betteln verlegte? Doch wie würde Ashton reagieren, wenn er erfuhr, dass sie sich vor dem Gegner erniedrigen musste, um ans Ziel zu gelangen? Sie schätzte, dass er in dem Fall zu stolz wäre, die erkämpfte Großzügigkeit des Earls anzunehmen. Männer besaßen einen ausgeprägten Stolz, das wusste sie inzwischen über das andere Geschlecht.

Unvermittelt flog ihr Blick zu seiner unteren Körperregion, deren Geschlechtsattribute unter der alten Decke sorgsam verborgen lagen. Bei der Erinnerung daran, was sie noch vor wenigen Minuten getan hatte, schoss ihr erneut die Röte ins Gesicht. Abrupt wandte sie den Blick von dem Mann ab und kehrte ihm den Rücken zu. Ihre Haut glühte abermals vor Scham und sie verfluchte sich innerlich. Sie hätte auf Ashton hören und seinen Anordnungen folgeleisten sollen. Sie stürzte auf den alten Tisch zu, auf dem das braune Fläschchen mit dem Laudanum stand, doch wie sollte sie ihm die Tropfen verabreichen? In einem Becher mit Wasser oder ihm das Medikamentenfläschchen direkt an die Lippen setzen?

»Es tut mir leid, es lag nicht in meiner Absicht, Sie zu verletzen, Miss Saunders. Binden Sie mich los und wir reden über die Sache«, hörte sie Sheridan hinter ihrem Rücken sagen. Vermutlich ahnte er, mit welchem Gedanken sie gerade haderte. Der Earl war kein Dummkopf, sie musste auf der Hut sein. Mit beiden Handflächen auf der Tischplatte abgestützt, versuchte sie, ihre aufgewühlten Emotionen unter Kontrolle zu bringen.

»Miss Saunders?«

Er war gefesselt und konnte sich nicht verteidigen. Ihr drohte keine Gefahr, wenn sie ihn für ein paar Stunden ruhigstellte, und sie selbst könnte auch zur Ruhe kommen, während sie auf Ashtons Rückkehr wartete. Sie griff nach dem Fläschchen und umklammerte es wie einen Rettungsanker. Wie lange war es her, seit er fortgeritten war?

»Miss Saunders? … Violet? Bitte seien Sie doch vernünftig.«

Verärgert über ihre Unfähigkeit und eigene Schwäche stellte sie das Laudanum zurück und fuhr zu ihm herum. »Was wollen Sie, Lord Sheridan?« Die Frage war heftiger ausgefallen, als sie beabsichtigt hatte, und sie sah, wie sich eine steile Falte auf seiner Stirn bildete, als er sie nun musterte.

»Machen Sie mich los, und ich verspreche, ich werde Ihnen helfen.«

»Nein!«

Er stieß ein frustriertes Knurren aus. »Ihr Bruder wird nicht zurückkommen, sehen Sie das ein. Er ist auf und davon und hat Sie zurückgelassen, also machen Sie mich endlich los.«

»Sie irren sich! Er wird zurückkommen, er hat es versprochen. Ashton würde mich niemals zurücklassen«, beharrte sie und hoffte inständig, dass sie recht behielt. Es gab so vieles, das Ashton ihr verschwiegen hatte, wie gut kannte sie ihn wirklich?

In den wenigen Wochen im Jahr, in denen sie zusammen Zeit verbrachten, hatte er stets versichert, dass alles in Ordnung sei und gelegentliche kleine finanzielle Engpässe keine Besonderheit darstellten. Sie hatte ihm geglaubt und sich daher nicht groß gewundert, wenn im Landhaus plötzlich ein paar Gemälde oder andere Gegenstände fehlten; in der Regel befanden diese Dinge sich bei ihrem nächsten Besuch wieder an ihrem Platz. Doch bei ihrem letzten Besuch im Landhaus war das halbe Haus leer geräumt gewesen und sie hatte ihn zur Rede gestellt. Da erfuhr sie erst, dass sich seine Finanzen am Spieltisch entschieden. Vor ihrer Abreise zurück ins Mädchenpensionat hatte er ihr hoch und heilig versichert, sich um die Angelegenheit zu kümmern und künftig die Finger von den Kartentischen zu lassen. Mit mulmigem Gefühl war sie abgefahren, ohne zu ahnen, dass sie ihr Zuhause nicht wiedersehen würde. Sie hatte das Ausmaß seiner Probleme offensichtlich unterschätzt.

»Was ist jetzt?«, hakte Sheridan ungeduldig nach und riss sie damit in die Realität zurück.

*

»Es tut mir leid, aber das kann ich nicht tun. Ich wäre eine Närrin, wenn ich Sie befreien würde.«

51

»Falsch! Sie wären eine Närrin, wenn Sie es nicht tun.« Er fluchte innerlich und bemühte sich, seine Frustration zu verbergen. Wenn er sie anschnauzte, würde er nur das Gegenteil erreichen, doch seine Geduld geriet allmählich an ihre Grenzen. Die Muskeln schmerzten ihn aufgrund der unbequemen, steifen Lage und die Haut juckte von der kratzigen Decke. Er musste sie irgendwie dazu bringen, dass sie ihn von seinen Fesseln befreite; mit Viscount Saunders würde er sich später befassen.

»Und was wäre, wenn ich den Drang verspüre … einem menschlichen Bedürfnis nachgehen zu müssen?«

Ihre Augen wurden vor Schreck tellergroß und eine fleckige Röte überzog ihr hübsches Gesicht, während ihr Blick ratlos zu jener Stelle der Decke flog, wo sein Schwanz ruhte.

»Aber … aber, ich … kann Sie nicht losbinden. Sie würden sofort die Gelegenheit nutzen und mich überwältigen. Und wenn mein Bruder zurückkehrt, dann … nein, ich kann Sie nicht befreien, das geht nicht.« Sie schien einer Panik nahe zu sein.

Noch verspürte er nicht wirklich den Drang, sich erleichtern zu müssen, darüber war er froh, ansonsten hätte er ein ernst zu nehmendes Problem, das zum peinlichsten Moment seines Lebens werden könnte. Als wäre es nicht schon schlimm genug, von Saunders seiner Kleidung beraubt und splitterfasernackt an ein karges Bettgestell gefesselt worden zu sein. Eines Tages würde dieser Schweinehund dafür büßen.

»Beruhigen Sie sich, ich werde es gewiss noch ein Weilchen aushalten. Dennoch sollten Sie sich mit dem

Gedanken vertraut machen, dass Sie mich irgendwann befreien müssen.« Er hielt kurz inne, um ihre Reaktion zu ergründen. »Was haben Sie vor, sollte Ihr Bruder tatsächlich kommen, um Sie zu holen? Er ist fortgeritten, um die Beute zu Geld zu machen, habe ich recht?« Die junge Frau antwortete nicht, also fuhr er fort. »Und wie geht es dann weiter? Wollen Sie Ihr ganzes Leben auf der Flucht sein?«

Violet stand immer noch da und starrte ihn an, doch er konnte erkennen, dass sie Angst hatte und verunsichert war.

»Eines Tages wird man ihn fassen und anklagen. Ich werde sicherlich nicht der Einzige bleiben, der ihn erkannt hat, oder man wird über die gestohlenen Wertsachen auf seine Spur stoßen. Es ist nur eine Frage der Zeit, und was wird dann aus Ihnen, Miss Saunders?«

»Seien Sie endlich still!«, zischte sie. »Es geht Sie zwar nichts an, aber Ashton wird mich zu unserer Tante bringen, sie lebt auf dem Lande. Sie wird sich um mich kümmern, während er seine Angelegenheiten in Ordnung bringt, sofern Sie ihm nicht in die Quere kommen, weil Sie auf Rache aus sind.«

Für den Moment war Vincent von der Aussage zu überrascht. Es existierte eine Verwandte? Noch eine Person, von der er nichts wusste. Sicherlich besaß diese Frau keinen Schimmer, in welchen Schwierigkeiten ihr Neffe sich manövriert hatte. Saunders musste sie geschickt getäuscht haben, somit dürfte sie eine böse Überraschung erleben, sobald die zwei eintrafen. Doch warum hatte diese Tante sich nicht längst mit eigenen Augen vom Wohlergehen ihrer Verwandten überzeugt? Ließ ihr Gesundheitszustand keine Reisen zu? Offensichtlich hatte sie weder die Muße, persönlich zu erscheinen, um die Nichte in ihre Obhut zu nehmen, noch hatte sie ihnen eine Kutsche schicken lassen. Außerdem vermittelte Violet keinen überzeugten oder gar glücklichen Eindruck, was das Vorhaben betraf. Irgendetwas stimmte nicht.

»Wo befindet sich das Anwesen Ihrer Tante? Haben Sie es noch weit?«

»Halten Sie mich für ein dummes Huhn? Ich werde Ihnen die Adresse gewiss nicht verraten, damit Sie Ihre Lakaien auf uns hetzen.«

»Ganz sicher sind Sie kein dummes Huhn, Miss Saunders«, beeilte er sich zu sagen. »Ich wollte nicht neugierig erscheinen, es geht mich schließlich nichts an, wo Ihre Verwandtschaft lebt. Verzeihen Sie mir.« Natürlich hätte er die Antwort gern gewusst, es wäre hilfreich gewesen, Saunders später aufzuspüren, aber er musste Violet bei Laune halten und sie dazu bringen, ihm zu vertrauen. »Ich habe mir lediglich Gedanken gemacht, warum Sie und Ihr Bruder diese beschwerliche Reise auf sich nehmen müssen. Befürchtet ihr nicht, dass sie unangenehme Fragen stellen könnte? Wäre es nicht sinnvoller gewesen, ihr hättet sie gebeten, ihnen ihre Reisekutsche zu schicken? In dem Fall wäre ihr nicht in den Sinn gekommen, dass sie sich das Billett für die Reise nicht leisten konnten.«

Mit einem gequälten Stöhnen ließ seine Wärterin sich wieder auf den klapprigen Hocker nieder und sah verloren an ihm vorbei zur Ecke des Raumes. Sie sah dabei so traurig und verletzlich aus, dass ihr

Schicksal ihn tief im Herzen berührte. Er war kein Unmensch und Violet konnte schließlich nichts für seine Gefangennahme und seine derzeit missliche Lage. Vincent verfluchte den Viscount für das, was er seiner Schwester antat, was er einer jungen, unschuldigen Frau zumutete. Jemand musste diesen Bastard aufhalten und verhindern, dass er seine Schwester mit in den Abgrund riss. Sein Beschützerinstinkt erwachte, und ihm war danach, sie an seine Brust zu drücken und ihr tröstend über den Rücken zu streichen. Betroffen betrachtete er sie, unsicher, wie er mit der Situation umgehen sollte.

Eine dicke Strähne ihres kastanienbraunen Haars hatte sich auf der linken Seite aus dem Zopf in ihrem Nacken gelöst und verdeckte einen Teil ihres Gesichts. Abwesend knetete sie die Hände in ihrem Schoß; Hände, die schon seinen nackten Körper und sein bestes Stück berührt hatten. Gepeinigt presste er die Augenlider zusammen, um die aufsteigenden Bilder zu verdrängen und zu verhindern, dass sich seine Männlichkeit erneut regte. Für gewöhnlich war er nicht so leicht erregbar, aber die Situation, in der er sich befand, war schließlich auch alles andere als gewöhnlich.

»Tante Florence hat keine Ahnung, dass wir auf dem Weg zu ihr sind«, erklang ihre kaum hörbare Antwort. Sie heftete den Blick jetzt auf ihre Hände im Schoß, die sie nach wie vor knetete. »Sie und mein Vater waren schon vor meiner Geburt zerstritten. Ich habe sie nie kennengelernt, selbst Ashton kann sich kaum an sie erinnern. Alles, was ich weiß, ist, dass sie allein lebt und nie verheiratet war.«

Vincent presste erneut Augen und Lippen zusammen. Dieses Mal, um sich davon abzubringen, dem Viscount lautstark die Pest an den Hals zu wünschen. Wie konnte er in Betracht ziehen, Violet bei einer alten, vermutlich kauzigen Jungfer abzuladen?

»Die Frau hat keine Ahnung, dass sie sich plötzlich um eine Nichte kümmern soll, die sie nie zu Gesicht bekommen hat, womöglich nicht einmal von ihrer Existenz weiß?«, wiederholte er, um sicherzustellen, dass seine Ohren ihm keinen Streich spielten.

Violet nickte zaghaft, ohne aufzusehen.

Vincent rollte mit den Augen. »Was ist, wenn sie euch abweist?« Violet reagierte nicht, was ihn glauben ließ, dass sie diese Möglichkeit auch schon erwogen hatte. »Haben Sie nie versucht, Ihrem Bruder ins Gewissen zu reden? Ihm muss doch bewusst sein, wie dünn das Eis ist, auf dem er sich bewegt, und wie leichtfertig sein Plan ist. Warum folgen Sie ihm bereitwillig?«

»Habe ich denn eine andere Wahl?« Sie sprang auf die Beine und er sah Tränen in ihren Augen glitzern. »Er ist mein Bruder, ich habe sonst niemanden.«

*

Es machte sie wütend, dass er sie hinstellte, als sei sie eine Marionette ohne eigenen Willen. Ashton hatte sich immer um sie gekümmert, es gab nur sie und ihn, abgesehen von dieser fernen Tante namens Florence. Violet war nicht nur bettelarm, sondern auch obdachlos, was jede Chance zunichtemachte, vielleicht auf dem Heiratsmarkt einen gut situierten Gentleman kennenzulernen, der nicht auf eine Mitgift angewiesen war und sie zur Gemahlin nahm. Dass sie in einer solchen Verbindung nicht auf Liebe hoffen konnte, war eine Sache, aber zumindest wäre sie abgesichert gewesen und hätte ihrem Bruder finanziell helfen können, bis er wieder auf die Beine kam.

»Wie alt ist diese Tante? Würden ihr Gesundheitszustand und ihre finanzielle Situation es überhaupt zulassen, Sie auszustatten und in die Gesellschaft einzuführen?«, hörte sie den Earl fragen. Sie verdrängte die aussichtslosen Träumereien von einem gütigen Ehemann und einer eigenen Familie und zuckte als Antwort auf seine Frage mit den Schultern.

Ihr Gefangener verdeutlichte seine Meinung mit einem abfälligen Grunzen, ehe er erneut das Wort ergriff. »Sie könnte also genauso gut eine bettlägerige alte Dame sein, die rund um die Uhr umsorgt und gepflegt werden muss.«

»Ich habe keine Ahnung, ich weiß es nicht! Hören Sie auf, mich zu bedrängen, es kann Ihnen doch gleichgültig sein.« Aufgebracht wischte sie die Tränen fort, die sich aus ihren Augenwinkeln gelöst hatten.

»Es ist mir aber nicht gleichgültig!«

»Warum?« Die Frage schien ihn zu irritieren. Verwundert musterte sie ihn. »Plagt Sie etwa das schlechte Gewissen, dass Sie meinen Bruder beim Kartenspiel ausgenommen haben?« Es war ihr nicht gelungen, den Sarkasmus aus ihrer Stimme fernzuhalten.

»Nein! Ich bin nicht für seine Dummheit verantwortlich!«

»Sie sind ein überhebliches und gefühlloses Ekel, Lord Sheridan. Sie mögen sich aus Langeweile und reinem Zeitvertreib an den Spieltisch setzen und es kümmert Sie nicht, wenn Sie hohe Summen verlieren, weil Ihre Bankkonten mehr als reichlich gefüllt sind. Daher machen Sie sich keinerlei Gedanken, welches Leid Sie Ihren Mitmenschen zufügen könnten, die weniger begütert sind als Sie.« Sie war undamenhaft stetig lauter in ihrer Beschuldigung geworden. Mrs Pherson hätte sie heftig gescholten für ihren Mangel an Contenance. Ohnehin wäre die Lehrkraft zutiefst entsetzt gewesen, könnte sie sehen, was trotz all ihrer Bemühungen aus ihr geworden war. Sie hätte theatralisch nach ihrem Riechsalz verlangt, bevor sie von tiefer Ohnmacht übermannt worden wäre.

Verärgert über ihre Schwäche und ihre ausweglose Situation wischte sie sich harsch die Tränen fort, die nun unaufhaltsam ihre Wangen hinabkullerten, und stürmte aus dem Raum. Sie musste fort aus der verheerenden Nähe des Earls, der fortwährend ihren Bruder denunzierte und sie selbst mit ihrer Unzulänglichkeit konfrontierte. Sie brauchte keinen Earl of Cunningham, um sich bewusst zu sein, in welchen Schwierigkeiten sie steckte. Was hätte sie seiner Meinung nach tun sollen? Sie war nicht in der Lage, Einfluss auf Ashton auszuüben; er war der Ältere und vor allem war er ein Mann!

Außerhalb seiner Sichtweite ließ sie sich an der Wand entlang zu Boden gleiten, umarmte die angezogenen Knie und barg ihr Gesicht in den Röcken. Der Stoff dämpfte ihre haltlosen Schluchzer. Sie hörte ihn nach ihr rufen, aber sie ignorierte es. Natürlich missfiel ihr die Spielleidenschaft ihres Bruders und sie war wütend auf ihn, dass er ihr letztes Hab und Gut dieser Leidenschaft geopfert hatte, aber wie hätte sie irgendwas davon verhindern können? Das Einzige, das sie sich vorwerfen konnte, war, dass sie die Anzeichen nicht früher erkannt hatte und sich zu lange, bis heute, von seinen Beteuerungen beruhigen ließ.

Vermutlich schämte er sich und fühlte sich als Versager. Trotz seiner Fehler und Schwächen liebte sie Ashton. Entgegen Sheridans Meinung vertraute sie darauf, dass er zurückkehren und sie holen würde. Aber was würde danach sein? Sie wollte nicht zu dieser ominösen Tante verbannt werden; die Unterhaltung mit dem Earl hatte ihr dies nochmals verdeutlicht. Es war Wahnsinn, darauf zu vertrauen, dass sie gütig sein möge, und sie mit offenen Armen empfing. Laut den Aussagen, mit denen ihr Vater sie im Laufe der Jahre betitelt hatte, war sie alles andere als warmherzig. Ob seine Tiraden allerdings der Wahrheit entsprachen oder seinem Alkoholkonsum zuzuschreiben waren, darüber konnte man nur spekulieren. Was genau zwischen dem Vater und seiner älteren Schwester vorgefallen war, dass sie sich entzweit hatten, entzog sich ihrer Kenntnis.

Allmählich versiegten ihre Tränen, aber sie war zu durcheinander von all den Geschehnissen der vergangenen Stunden, um klar denken zu können. Sie starrte zum Fenster der rechten Wandseite hinauf, wo sie lediglich grauweiße Wolken am Himmel vorbeiziehen sah. Wie lange war Ashton jetzt fort? Es gab keine Uhr in diesem halb verfallenen Gebäude, und ihr Empfinden war mit Sicherheit länger, als es tatsächlich der Fall war, also gab sie es auf, darüber zu grübeln.

Aus dem Nebenraum war kein Geräusch zu hören, vielleicht war der Earl eingeschlafen. Auch sie fühlte sich erschöpft, schließlich hatte sie in der Nacht, als Ashton mit den Männern losgezogen war, vor Sorge kaum ein Auge zugemacht.

Mit dem Zug der Wolken zogen auch Bilder ihrer Erinnerungen an ihr vorüber, und sie konnte ein tiefes Seufzen nicht verhindern. Es half nichts, der Vergangenheit oder dem, was hätte sein können, hinterher zu trauern. Sie konnte ihrem Bruder nur helfen, wenn sie ihn von der Last befreite, für sie verantwortlich zu sein. Das würde bedeuten, dass sie für sich selbst handeln und ihren Lebensunterhalt allein bestreiten müsste. Da sie keine Erfahrung im Umgang mit Kindern und deren Bedürfnissen besaß, konnte sie eine Anstellung als Gouvernante von vornherein ausschließen. Als Küchenhilfe wäre sie ebenso nutzlos, da sie vom Zubereiten einer Mahlzeit nicht die geringste Ahnung hatte, allenfalls als Spülmagd könnte sie sich verdingen.

Gegen ihren Willen kamen ihr wieder Angeliques Worte in den Sinn. Die vollbusige Brünette arbeitete für die Frau, die Ashton ihr als mütterliche Freundin vorzustellen versucht hatte, die aber in Wahrheit Betreiberin eines Bordells war. Ihr war von Ashton zwar strengstens verboten worden, ihr Zimmer zu verlassen, aber sie hatte sich nicht daran gehalten. Mit dem Vorhaben, die vermeintliche Wirtin um ein Glas Limonade zu bitten, um ihren Durst zu löschen, war sie auf Erkundung gegangen.

Die Tür, die zur Treppe führte, über die sie mit Ashton von einer dunklen Gasse aus ins Gebäude gelangt war, war jetzt verschlossen, also nahm sie den anderen Weg. Schmale, verwinkelte Gänge erstreckten sich vor ihr, aber keine Menschenseele war zu sehen gewesen. Schließlich war sie die Stufen hinabgestiegen und durch eine schwere Metalltür in einem seltsam dekorierten Gang gelandet, an dem mehrere Zimmer lagen. Aus einem der Zimmer drangen merkwürdige Geräusche, die einem Stöhnen ähnelten.

Ihr erster Gedanke war, dass jemand verletzt sein könnte und Hilfe benötigte, also war sie näher herangeschlichen, unsicher, wie sie sich verhalten sollte. Durfte sie einfach in das Zimmer eines Gastes hineinplatzen, um nachzuschauen, welches Leid ihn plagte? War die Person allein, oder war bereits jemand bei ihm, der sich um den offenbar Verletzten kümmerte? Um sich zu vergewissern, presste sie ihr Ohr an die Tür und horchte angespannt. Die Stimme gehörte eindeutig zu einem Mann, aber dann vernahm sie im Gleichklang das Wimmern einer Frau. Ein eigenartiges Klatschen untermalte das beinah rhythmische Ächzen, das plötzlich an Lautstärke zunahm und nach einem langen Aufschrei beider Personen versiegte. Verstört war sie von der Tür zurückgewichen. Sie konnte sich keinen Reim auf die merkwürdigen Geschehnisse machen, die sich hinter der Tür abspielten, also beschloss sie, sich besser nicht einzumischen und schleunigst zu verschwinden, bevor jemand sie erwischte. Aber es war zu spät, wie sie Augenblicke später feststellte. Zwei Zimmer weiter stand eine Frau vor einer offenstehenden Tür, lässig im Türrahmen lehnend, und musterte sie, augenscheinlich belustigt.

Es gab keinen anderen Weg, zu entkommen, als sich an der Frau vorbeizuwinden.

»Wer bist du? Ich habe dich hier noch nie gesehen?«, fragte sie Violet im vertraulichen Ton, als würden sie einander kennen. »Suchst du nach dem Verbleib deines Ehegatten oder genießt du es einfach, andere beim Liebesspiel zu belauschen?«

Liebesspiel? Sie glaubte noch heute, die glühende Hitze wahrzunehmen, die ihre Wangen zu versengen drohte. Ihr Gesicht musste die gleiche Farbe wie das dunkelrote Kleid gehabt haben, das diese Frau trug und das recht aufreizend und freizügig geschnitten war. Ihre Brust war lediglich mit einem gleichfarbigen durchsichtigen Stoff bedeckt gewesen, der kaum etwas verhüllte.

Als sie einen Schritt auf sie zukam, teilte sich der Stoff ihres Rockes und offenbarte ein Bein im schwarzen Netzstrumpf, dessen Fuß in einem Schuh mit hohem Absatz steckte und mit rotem Plüsch verziert war. Ihr Aufzug schien ihr in keiner Weise peinlich zu sein, und Violet begann zu ahnen, dass ihr Bruder sie an einen liederlichen Ort gebracht hatte. Einen Ort, dessen Bezeichnung keiner anständigen jungen Dame über die Lippen kommen sollte. Männer suchten solche Etablissements auf, um den Vergnügungen zu frönen, weil sie Junggesellen waren, die Gemahlin unpässlich oder von ihrem Gatten nicht behelligt werden wollte. Über solche Geschichten wurde in ihrem Pensionat nur hinter vorgehaltener Hand getuschelt; was genau man darunter verstand, entzog sich ihren Vorstellungen.

Ohne ein Wort des Grußes war Violet an der rot gekleideten Frau vorbeigestürmt, den Gang hinuntergerannt und nach links auf die breite metallene Tür zu, durch die sie in diesen Trakt des Gebäudes gelangt war. Innerlich flehend, dass sich der Boden unter ihr auftäte und sie verschlingen möge. Da dies jedoch nicht passierte, rüttelte sie in aufkommender Panik an der Tür, deren Knauf sich allerdings trotz Aufwand all ihrer Kräfte nicht bewegen lassen wollte.

»Schätzchen, diese Tür hat einen Sicherheitsmechanismus, weil sie zu den Schlafräumen von Madam Lemaires Mädchen führt.« Die Frau war ihr gefolgt und hantierte nun an irgendetwas hinter Violets Rücken. »Du kannst nur von der anderen Seite ungehindert hindurchgehen, von dieser musst du die Tür zuerst entriegeln.« Plötzlich war ein Klacken zu hören, danach ließ sich die Tür problemlos öffnen. »Ich bin übrigens Angelique und du musst die junge Frau sein, von der ich vorhin hörte, ein Privatgast von Madam Lemaire.«

Violet konnte nur vage nicken, immer noch schockiert von dem Erlebten, aber Angelique erwies sich als freundlich und einfühlsam, und so besann sie sich schließlich auf ihre guten Manieren und nannte ihren Namen.

Angelique besorgte einen Krug mit gekühlter Limonade und eine Schale mit süßen Leckereien, und sie machten es sich in ihrem Zimmer bequem. Nie im Leben hätte Violet sich träumen lassen, sich einmal mit einem Freudenmädchen zu unterhalten, andererseits hätte sie auch nicht erwartet, was ihr ansonsten alles widerfahren sollte – wie, mit einer Horde Banditen in einem abbruchreifen Gemäuer zu hausen.

Zu Beginn traute Violet sich nicht, Angelique direkt ins Gesicht zu sehen, aber mit der Zeit überwog die Neugier ihre Scham. Angelique erzählte zwar keine Einzelheiten über ihre Tätigkeit, erklärte aber, dass die Herren oft sehr spendabel seien. Inzwischen hätte sie genug Geld gespart, um sich bald ein eigenes Haus und ein sorgenfreies Leben leisten zu können. Normalerweise konnten nur Witwen, deren verstorbene Ehemänner ihnen ein Vermögen hinterlassen hatten, als Frau frei und finanziell unabhängig leben. Sie deutete an, dass man lediglich wissen müsse, wie man einen Mann zufriedenstellte. Gelegentlich hatte sie auch schlüpfrige Bemerkungen fallen lassen, da sie es anscheinend genoss, wie Violet jedes Mal vor Verlegenheit errötete.

Damals war ihr das Ganze noch wie ein Abenteuer erschienen, und Angeliques Geschichten klangen wie Erzählungen aus einer fernen, aufregenden Welt. Heute wünschte Violet, sie könnte Angelique noch einmal treffen und sie nach Details fragen, wie man es schaffte, einen Mann *zufriedenzustellen*. Wenn es wirklich möglich war, mit dem, was diese Freudenmädchen taten, genug Geld zu verdienen, um sich ein eigenständiges Leben aufzubauen, dann konnte sie das auch erreichen. Vorausgesetzt, sie wusste genau, was sie im Einzelnen dafür tun musste.

Bereits mehrmals, seit sie und Ashton in diesem heruntergekommenen Gemäuer ihr Dasein fristeten, stellte sie sich diese Fragen. Fragen, die Monate zuvor noch undenkbar gewesen wären, aber da wusste sie auch noch nicht, in welcher Misere sie beide landen würden. Um Ashton zu helfen und ihm die Last von seinen Schultern zu nehmen, wäre sie bereit, das Wagnis einzugehen. Wie schwer konnte es schon sein? Angelique hatte gesagt, dass sie auch auf ihre Kosten käme, was immer sie damit meinte. Wenn sie doch bloß nicht so unwissend in diesen Dingen wäre.

Die Zeit im Mädchenpensionat waren vergeudete Jahre, wenn über die wahrlich wichtigen Themen des Lebens der Mantel des Schweigens ausgebreitet lag. Ihren Bruder konnte sie kaum mit dieser Angelegenheit behelligen, er wäre zutiefst schockiert und würde sie rügen. Er war nach wie vor bemüht, seiner Aufgabe als Bruder und Vormund gerecht zu werden, auch wenn die Aussichten mit jedem verstrichenen Tag düsterer wurden. Im Grunde war sie längst ruiniert. Es brauchte nur jemand des *ton* herausfinden, unter welchen Bedingungen sie lebte. Spätestens, wenn sich Lord Sheridan, Earl of Cunningham, wieder in Freiheit befand und seinen Mund aufmachte, wäre sie ohnehin erledigt.

Ihre Tränen waren längst versiegt. Nachdenklich drückte sie den Hinterkopf gegen die Mauer und starrte zum maroden Dach empor. Ashton ahnte nichts von ihren konfusen Gedanken. Er war in einer derart schlechten Verfassung gewesen, als er ins Haus der vermeintlich *mütterlichen Freundin* zurückkehrte, sodass sie ihm den kleinen Ausflug ins untere Stockwerk verschwiegen hatte. Wahrscheinlich wäre er furchtbar ungehalten geworden, hätte sie ihm von ihrer Bekanntschaft mit Angelique berichtet. Außerdem wollte sie vermeiden, dass die gute Angelique möglicherweise Ärger mit Madam Lemaire bekäme.

Violet seufzte, was sollte sie nur tun? Die Aussicht, zu Tante Florence abgeschoben zu werden, behagte ihr ohnehin nicht, und Lord Sheridan hatte dieses Unbehagen mit seiner Fragerei noch verstärkt. Was, wenn sie tatsächlich eine bettlägerige alte Dame wäre? Sie wussten rein gar nichts über diese Frau. Besaß Ashton womöglich Informationen, die er ihr verheimlichte?

Allmählich stieg auch die Wut auf ihren Bruder. Was dachte er sich dabei? Würde er in Kauf nehmen, dass sie auf dem Land versauerte? Sie entsann sich seiner Worte und Versprechungen, dass er danach versuchen wolle, sein Leben wieder in Ordnung zu bringen, doch konnte sie sich darauf verlassen, oder würde er mit den Überfällen weitermachen wie bisher? Warum hatte er nicht längst begonnen, sein Leben in geordnete Bahnen zu lenken? Wollte er sie womöglich nur in Sicherheit wiegen?

»Oh Ashton«, murmelte sie. Schlagartig wurde ihr klar, dass sie ihm nicht länger vertrauen durfte. Sie musste etwas tun, musste handeln. Nicht er musste sie beschützen, sondern die Situation erforderte, dass sie ihn beschützen musste. Sie liebte ihren Bruder, denn er hatte jahrelang für ihr Wohlergehen und eine gute Erziehung gesorgt. Jetzt war es an ihr, etwas zurückzugeben, auch wenn es alles zunichtemachte, was ihr gelehrt worden war.

Sie erhob sich und straffte sich; sie hatte einen Plan gefasst.

*

Vincent hörte ihre Schritte und drehte seinen Kopf langsam in die Richtung. Ihre Augen waren vom Weinen gerötet, aber sie schaute ihn an, die Hände rieb sie sichtlich nervös vor dem Körper aneinander. Inzwischen war es ihm gelungen, die Handfessel an der Wandseite ein klein wenig zu lockern, aber durch die Bemühungen schmerzten seine Finger und die Armmuskeln brannten. Um den Strick zu lösen, hätte er aber mehr Zeit gebraucht.

»Ich hätte Sie nicht so angehen sollen, ich war zu hart zu Ihnen und das tut mir leid«, sagte er und meinte es auch so. Die junge Frau konnte schließlich nichts für das Dilemma, in das sie hineingezogen wurde.

Ein scheues Lächeln huschte über ihre Lippen, dann fragte sie: »Sie sagten, dass Ihnen der Erwerb des Stadthauses nichts bedeute, da Sie bereits ein Stadthaus in London besitzen, habe ich das richtig verstanden, Lord Sheridan?«

Mit dieser Frage hatte Vincent nicht gerechnet, daher begnügte er sich mit einer einfachen Bejahung und beobachtete sie interessiert. Sie mied seinen Blick und schaute entweder links oder rechts an ihm vorbei, während sie fortwährend ihre Handflächen aneinanderrieb.

»Was muss ich tun, damit Sie mir gestatten, dort zu leben?« Sie trat näher an ihn heran, sodass ihre Röcke bereits den Rahmen des Bettgestells berührten.

Irritiert starrte er sie an und zuckte zusammen, als sie plötzlich mit den Fingerspitzen auf seiner nackten

Haut bis zum Rand der Decke, unterhalb seiner Brustwarzen, entlangstrich. Erschrocken zog sie ihre Hand zurück und sah ihn an. Furcht und Unsicherheit spiegelten sich in ihren Augen wider. Er musste schlucken, als er begriff, was sie ihm anbieten wollte.

»Sie sollten nicht den Ehrgeiz entwickeln, sich opfern zu müssen, Miss Saunders.«

»Ich weiß, aber ich werde es tun, falls es notwendig ist.«

»Ich zweifle nicht an Ihren Worten, Sie sind eine starke Frau. Jede andere Dame von Stand hätte sich längst in Klagen und theatralisches Gejammer geflüchtet, wäre sie in Ihrer Situation gewesen.«

Wieder huschte das scheue Lächeln über ihr Gesicht, aber sie sagte nichts zu seinem Lob, schaute ihn nur abwartend an.

Er musste sichergehen, dass sein Hirn ihm keinen Streich spielte und er ihre Frage mit der darauf gefolgten Geste möglicherweise doch fehlinterpretierte. »Verstehe ich das richtig, Miss Saunders, Sie schlagen vor, dass Sie mir zu Willen sein werden, wenn ich Sie dafür in *meinem* neu erworbenen Stadthaus wohnen lasse?«

Ihr kaum merkliches Zusammenzucken entging ihm nicht. Sie versuchte zwar, es geschickt zu kaschieren, doch ihre dunkle Gesichtsfarbe verriet sie. »Ja! Ich biete Ihnen an, Ihre Mätresse zu sein, Lord Sheridan. Ich weiß, dass Männer sich ihre Mätressen einiges kosten lassen, wie Schmuck, teure Kleider und vieles mehr. Ich verlange nichts dergleichen, das Haus an sich ist der Preis. Sie entscheiden, wann Sie der Meinung sind, dass ich den Wert des Anwesens abgegolten habe.«

Sprachlos sah er sie an. Wie verzweifelt musste sie sein, ihm einen solchen Vorschlag zu unterbreiten? Zur Hölle mit Viscount Saunders! Er überlegte, ob sie sich der Tragweite ihres Angebotes bewusst war, und wie stellte sie sich das Ganze überhaupt vor?

»Wenn mich nicht alles täuscht, sind Sie noch Jungfrau.«

Jetzt wich sie seinem Blick aus, schluckte nervös und ihre Röte vertiefte sich gravierend. »Ich habe immerhin schon mal …« Sie schielte zu seiner männlichen Anatomie, ließ den Satz aber unvollendet.

Sein bestes Stück lag zu seiner Erleichterung gut unter dem Faltenwurf der Decke verborgen, und er betete, dass sie nicht so weit gehen würde, die Decke zurückzuziehen, um ihn von ihrem Argument zu überzeugen. Sein verräterischer Schwanz begrüßte ihre Worte schon jetzt mit gewisser Vorfreude. Er kniff die Augen zusammen und zwang die Eigenwilligkeit dieses Körperteils in die Knie. Eine Geste, die sie allerdings falsch deutete.

»Ich weiß, ich war sehr ungeschickt, aber ich könnte es lernen. Ganz bestimmt!«

Da hatte er keine Zweifel, wenn sie nur wüsste, welchen Reiz sie ohnehin auf ihn ausübte. Es war verheerend und er verstand sich selbst nicht mehr. Sobald er dieses Desaster überstanden hätte, musste er dringend bei einem von Mrs Duponts Mädchen für seine körperliche Entspannung sorgen.

»Soweit ich weiß, steht das Stadthaus leer«, versuchte er sich abzulenken. »Sie können nicht vollkommen allein und ohne Personal dort wohnen. Die Leute würden reden und Sie wären schneller der Mittelpunkt von Klatsch und Tratsch, als Sie sich vorstellen können. Im Besonderen, wenn jemand mitbekommen würde, dass ich Sie dort besuche, wo von Ihrer Seite niemand zugegen ist, um den Anstand zu wahren.«

Er bemerkte an ihrer Reaktion, dass sie diesen Aspekt nicht bedacht hatte.

»Dann … dann sollten Sie vielleicht eine Köchin und ein Hausmädchen einstellen. Weiteres Personal werde ich nicht benötigen«, erwiderte sie mit einer Spur Trotz in der Stimme. »Wenn Sie es selbst hätten nutzen wollen, hätten Sie schließlich auch Bedienstete einstellen müssen.«

Bei der Logik konnte er sich ein Schmunzeln nicht verkneifen. »Bliebe noch die Sache mit der adäquaten Anstandsperson.«

Violet rollte undamenhaft mit den Augen. »Sie könnten vorgeben, meinen Bruder besuchen zu wollen, niemand würde daran Anstoß nehmen. Es ist nichts Verwerfliches, einem Freund einen Besuch abzustatten, und was innerhalb der Mauern geschieht, bleibt im Verborgenen.«

Freund? Ein zynischer Laut entfuhr ihm. Viscount Saunders war weiß Gott kein Freund! Zudem wollte er nicht, dass dieser Nichtsnutz sich in *seinem* Haus breitmachte, als würde es immer noch ihm gehören. »Glaubt Ihr, ich würde zu Ihnen kommen, wenn Ihr Bruder im Haus ist? Das ist absurd! Im Übrigen wohnen Mätressen nicht Tür an Tür inmitten der noblen Londoner Gesellschaft, da könnte man ja gleich mit seiner Geliebten den Bordstein entlang flanieren. Solche Dinge werden diskret gehandhabt, schließlich will kein Mann auf den Bällen der Saison das Gesprächsthema Nummer eins sein.«

Ihre Schultern sackten ab, der Blick wanderte zu Boden und sie machte auf ihn einen niedergeschlagenen Eindruck. »Und was schlagen Sie dann vor?«, fragte sie kaum hörbar.

Er konnte nicht abstreiten, dass er Violet liebend gern in seinem Bett gehabt hätte. Sie reizte ihn auf unerklärliche Weise, aber es war nun mal Fakt, dass er es hier mit einer naiven und unbedarften Jungfrau zu tun hatte. Solange er im Vollbesitz seiner geistigen Kräfte war, blieb es das, was es war – Wahnsinn! Ein Wahnsinn, dem er niemals nachgeben durfte, komme, was wolle. Niemals würde er sich schuldig machen, aus purem Egoismus einer jungen Lady die Unschuld zu rauben und sie dann ihrem Schicksal zu überlassen. Violet hatte Besseres verdient.

»Ich muss Ihr Angebot ablehnen, Miss Saunders.« Obwohl er im Sinne der Vernunft handelte, fühlte er sich dennoch wie ein gefühlskaltes Individuum, denn Violet hatte jeglichen Stolz abgelegt und den Mut aufgebracht, ihm ein Angebot zu unterbreiten, um eine angemessene Unterkunft zu erhalten. Sie plante, in das Anwesen einzuziehen, welches rechtlich gesehen ihrem Bruder zustand, sofern er es nicht am Spieltisch gesetzt hätte. Aber sie sah nur den einstigen Familienbesitz und schien sich über das Ausmaß und die Konsequenzen ihres unmoralischen Angebotes nicht im Klaren zu sein. Wie auch? Sie war unerfahren! Nichtsdestoweniger bewunderte er ihr Engagement, ihren Mut und den Kämpferwillen. Sie war das Gegenteil ihres flatterhaften Bruders, der seine Grenzen nicht kannte und sich von einer Schwierigkeit in die nächste manövrierte und sich offenbar keine Gedanken über die Folgen seines Handelns machte. Vincent betrachtete sie, seine Ablehnung musste sich für sie wie ein Scheitern anfühlen. Sie sah so unendlich traurig aus.

»Hören Sie, Miss Saunders, ich bin nicht das überhebliche, gefühllose Ekel, als das Sie mich bezeichnet haben, und genau aus diesem Grund werde ich Sie nicht zu meiner Mätresse machen. Sie sind noch Jungfrau!«, betonte er mit Nachdruck.

»Sehen Sie sich um, wo ich gelandet bin.« Sie machte eine ausladende Handbewegung. »Was interessiert mich da noch meine Unversehrtheit?« Ihre Augen wurden erneut feucht, er spürte, wie sie gegen ihre Verzweiflung ankämpfte.

Mitgefühl überkam ihn. »Meine Entscheidung, Sie nicht zu meiner Mätresse zu machen, bedeutet aber nicht, dass wir wegen des Stadthauses nicht zu einer Übereinkunft kommen können.«

Hoffnung glomm durch ihren Tränenschleier. »Aber wie? Ich besitze keinerlei eigene Reichtümer.« Mit bloßen Fingern wischte sie rasch ihre Augen trocken und zeigte ihm ein gequältes Lächeln.

Er konnte nicht aufhören, sie anzusehen. Sie unterschied sich grundlegend von allen Frauen, mit denen er jemals in Kontakt gekommen war – beginnend bei der einfachen Schankmagd über die käuflichen Damen des Gewerbes bis hin zu den zahlreichen Debütantinnen, die ihm vorgestellt worden waren, sowie den jungen, wohlhabenden Witwen, welche ihre Freiheiten auskosteten.

»Küss mich!« Die Worte waren ihm entfleucht, bevor er sie aufhalten konnte.

Ihre Augen wurden vor Erstaunen erst kugelrund und schielten dann auf seinen Mund. Diese Worte hatte er verdammt noch mal nicht sagen wollen. Doch jetzt war es zu spät, sie zurückzunehmen, ohne sie zu demütigen.

In fiebernder Erwartung schloss er die Augen, als sie sich langsam zu ihm hinunterbeugte. Und dann spürte er ihre Lippen auf seinen, federleicht, zaghaft und voller Unschuld. Ein Prickeln durchzog seinen Körper, als wäre er ein Jüngling, der vor seiner ersten Erfahrung mit dem anderen Geschlecht stand. Er hob den Kopf, soweit es ihm möglich war, um den Kontakt nicht zu verlieren, als sie sich zurückziehen wollte. Innerlich fluchte er, dass seine Hände am Bettgestell gefesselt waren und er Violet nicht an sich reißen und den Kuss auf seine Weise vertiefen konnte. Der Bewegungsspielraum seines Kopfes hatte Grenzen, und so musste er sie schließlich gehen lassen, was er mit einem enttäuschten Knurren hinnahm. Sekundenlang sahen sie einander in die Augen, ihr Blick wirkte leicht verschleiert; der Kuss schien ihr also gefallen zu haben. Wahrscheinlich war sie noch nicht sehr oft geküsst worden.

Doch dann kam Bewegung in sie, sie schoss förmlich in die Höhe und trat einen Schritt rückwärts, während sie mit den Fingerspitzen überrascht die Lippen befühlte.

Er wollte verhindern, dass sie erneut aus dem Raum rannte und sich eine gefühlte Ewigkeit nicht blicken ließ. »Das war sehr schön«, sagte er deshalb so ruhig wie möglich und beobachtete, wie sie erst schluckte und sich dann verlegen räusperte.

»Welchen anderen Lösungsvorschlag haben Sie dann im Sinn?«, kehrte sie zum Thema zurück und nagte wieder an ihrer Unterlippe.

Vincent riss sich von dem überaus erotischen Anblick los. Er musste jetzt taktisch vorgehen, und dabei konnte er keine benebelten Gehirnzellen gebrauchen. »Ich schlage vor, Sie binden mich zuerst los und dann unterhalten wir uns.«

Ihr Blick zeugte von erhöhter Wachsamkeit, doch sie schien das Für und Wider abzuwägen.

»Ich liege seit Stunden in dieser bewegungslosen Position, mein gesamter Körper schmerzt und meine Hände und Füße fühlen sich taub an, außerdem bin ich nackt, wenn Sie sich erinnern. Das ist keine Ausgangslage, in der ich normalerweise Verhandlungen führe.«

Sie senkte den Blick, doch er konnte dennoch die Röte erkennen, die erneut ihre Wangen färbte.

»Machen Sie mich los und geben Sie mir meine Sachen, damit ich mich anziehen kann.« Er hatte keinen Plan, aber er hatte sie so weit, dass sie auch etwas von ihm erwartete, und das musste er nutzen. Sie zögerte immer noch und allmählich geriet seine Geduld an ihre Grenzen. »Wenn Ihr Bruder erst zurück ist, gibt es keine Alternative mehr, dann ist es zu spät.«

Ihr Brustkorb hob und senkte sich im schneller werdenden Rhythmus, aber sie reagierte nicht.

»Herrje, Violet! Wollen Sie wirklich warten, bis Ihr Bruder zurückkehrt und mir ein Messer in die Brust rammt?«

Ihre Augen wurden groß wie Untertassen. »So etwas Schreckliches würde er niemals tun, er ist doch kein Mörder!«

»Aber ein skrupelloser, hinterhältiger Dieb, der unschuldige Reisende um ihr Hab und Gut erleichtert. Wie viel besser ist das Ihrer Meinung nach?«

Sie versteifte sich und presste ihre schönen Lippen zu einer schmalen Linie zusammen, während sie an ihm vorbei die Wand anstarrte.

»Wie gut kennen Sie Ihren Bruder überhaupt? Wussten Sie von dem menschlichen Abschaum, mit dem er sich herumtrieb, und mit welchen Mitteln er sein Leben bestritt? Hatten Sie auch nur die geringste Ahnung vom Ausmaß seiner finanziellen Probleme, bevor er Sie in diese Baracke schleifte und damit auch Ihr Leben in den Abgrund zog?«

»Hören Sie auf!« Sie presste die Handflächen auf ihre Ohren.

»Ich kann Ihnen helfen, und das werde ich. Sie haben mein Wort, aber dafür müssen Sie mich zuerst von diesem verdammten Bettgestell befreien!« Er hatte nicht vorgehabt, zu fluchen oder lauter zu werden, doch er konnte seinen Frust nicht länger verbergen. Kraftvoll stieß er die Luft aus, ließ seinen Kopf sinken und starrte zum Dach empor, um sich wieder zu beruhigen. Irgendwie musste es ihm gelingen, sie von ihrem Bruder zu trennen, da er offenbar kein Glück hatte, ihr die Augen über ihn zu öffnen.

*

Violet war zu verwirrt, um klar denken zu können. Ihr ach so genialer Plan war gnadenlos gescheitert. Was hatte sie falsch gemacht? Angelique hatte erzählt, dass man mit den Männern ein leichtes Spiel habe, weil sich kein Mann der Aussicht auf ein amouröses Vergnügen entziehen könne und sie in dieser Angelegenheit alle gleich wären, weil es in ihrer Natur läge. Warum also war Lord Sheridan nicht auf ihr Angebot eingegangen? Es wäre ihre einzige Chance gewesen, einem trübseligen und einsamen Leben auf dem Lande zu entgehen, vorausgesetzt, diese Tante hätte ihr überhaupt gestattet, bei ihr zu leben. Violet war nicht perfekt, ihre Lehrkräfte hatten sie nicht umsonst ständig ermahnt, sich mit ihren Äußerungen zu mäßigen. Mrs Whiters hatte sie sogar einen hoffnungslosen Fall genannt. Violets Ansichten deckten sich nicht immer mit denen des Institutes und sie hatte zu oft Dinge hinterfragt und ihre eigene Meinung kundgetan, anstatt sich in höflicher Demut zu üben.

Vielleicht hätte sie sich gegenüber Ashton stärker durchsetzen müssen, hätte sich weigern sollen, mit ihm zu gehen, doch wo hätte sie ohne ihn hin sollen? Nein, sie hatte keine Wahl gehabt, aber jetzt hatte sie womöglich eine.

Sollte sie das Risiko eingehen und seinen Gefangenen befreien? Würde Ashton sich verraten fühlen, wenn sie das täte? Er war mit der Aktion definitiv zu weit gegangen, so viel war klar, aber durfte sie sich gegen ihn stellen? Und wer garantierte ihr, dass der Earl sein Wort hielt? Wie wollte er ihr helfen, wenn er es ausschlug, sie für die Gefälligkeit einer Mätresse zu entlohnen? Violet konnte sich nicht vorstellen, Liebesdienste wie Angelique sie ausübte, zu verrichten und jedem Gentleman, der für sie bezahlte, zu Willen zu sein. Sie würde sich nicht aussuchen können, welchem Mann sie ihre Gunst gewährte, sondern einzig dessen Geldbörse zählte. Nicht jeder Besucher eines solchen Etablissements war jung und attraktiv. Sie schüttelte sich, möglicherweise einem Kerl wie dem alten Burke gegenüberzustehen, aber auch jemand vom Schlag wie Hank war nicht besser.

Als Mätresse konnte sie sich wenigstens ihren Gönner aussuchen. Vincent Sheridan, Earl of Cunningham, wäre eine ausgezeichnete Wahl gewesen – zumindest von ihrer Seite. Ihn zu küssen, war das Wundervollste, das ihr je widerfahren war. Ob er ihre innere Anspannung und das leichte Zittern wohl bemerkt hatte? Sie wollte alles richtig machen, um ihn doch noch zu überzeugen, und war dabei vielleicht zu vorsichtig und zurückhaltend vorgegangen.

Angelique wusste mit einem Mann umzugehen und ihren Charme gezielt einzusetzen, sie hingegen war eine ahnungslose und unbeholfene Jungfer, die unbekanntes Terrain betrat.

Violet seufzte, sie hatte es vermasselt. Vermutlich war sie zu unscheinbar für so einen attraktiven Earl wie Sheridan. Wären sie einander bei einem formellen Anlass begegnet, hätte er ihre Anwesenheit gar nicht wahrgenommen. An ihr war schließlich nichts Besonderes, selbst wenn man sie in die schönste Robe gesteckt hätte. Mit den hübschen Töchtern aus betuchten und namhaften Familien hätte sie niemals konkurrieren können. Familiäre Schulden und eine nicht vorhandene Mitgift täten ein Übriges, um sie an den Rand der Gesellschaft zu drängen und als Mauerblümchen abzustempeln.

Doch dass sie es nicht mal fertigbrachte, sich einen Mann zu angeln, dem sie sich ohne Verpflichtung als Mätresse dargeboten hatte, enttäuschte sie mehr, als sie sich eingestehen wollte. Aus Frust über seine Abfuhr sollte sie ihn schmoren lassen. »Warum dachten Sie am Anfang, dass ich eine Hur… ähm, eine aus dem käuflichen Gewerbe sei?«

»Was?« Die Frage schien ihn völlig überrumpelt zu haben. »Das habe ich doch schon erklärt und mich für den Irrtum entschuldigt. Was soll das jetzt?« Er starrte sie an, als habe sie den Verstand verloren. »Ich wusste nicht, dass Sie die Schwester des Viscounts sind.«

»Aber was machte den Unterschied?«

»Ich verstehe die Frage nicht!« Eine ärgerliche Falte bildete sich über seiner Nasenwurzel.

»Was, wenn ich Ihnen nicht gesagt hätte, wer ich bin?« Wären Sie dann auf mein Angebot, mich zu Ihrer Mätresse zu machen, eingegangen – hätte sie eigentlich fragen wollen, doch im letzten Moment erkannte sie, wie närrisch sie sich verhielt. Sie konnte nicht verhehlen, dass seine Ablehnung sie schmerzte, dabei sollte sie im Grunde froh sein, dass er ihre Not nicht zu seinem Vorteil auszunutzen gedachte. Aber wenn sie ehrlich war, mochte sie Lord Sheridan mehr, als gut für sie war. Sie durfte nicht vergessen, dass er derjenige war, der für das Desaster verantwortlich war. Nein, sie korrigierte sich gedanklich: Wahrscheinlicher war es, dass Ashton ganz allein für seinen und ihren Untergang verantwortlich war.

»Könnten wir das Was-wäre-wenn-Spielchen zu einem anderen Zeitpunkt fortführen?«, knurrte Sheridan und blickte sie ungehalten an.

»Wie Sie meinen!« Fast war sie erleichtert, dass er nicht beabsichtigte, auf ihre unüberlegte Frage zu reagieren. Sie richtete sich auf. »In Ordnung, ich werde Sie befreien, Lord Sheridan, unter einer Bedingung.« Sie wartete einen Moment, um sich seiner absoluten Aufmerksamkeit sicher zu sein. »Sie werden meinem Bruder nichts tun!«

»Ich bin unbewaffnet, Miss Saunders.«

»Ein Mann Ihrer Statur braucht nicht zwingend eine Waffe, um sich zur Wehr zu setzen.«

»Ihr Kompliment ehrt mich, aber ich bin kein Narr. Ihr Bruder wird mit Sicherheit bewaffnet sein und ich bin nicht erpicht darauf, von ihm erschossen zu werden.«

»Wenn er Sie hätte töten wollen, hätte er das bereits während des Überfalls getan, anstatt Sie zu fesseln und hierher zu schleifen. Damit ist er ein weitaus größeres Risiko eingegangen.«

»Da muss ich Ihnen allerdings recht geben. Sie sind ein schlaues Köpfchen.«

Violet zwang sich, seinen Sarkasmus zu überhören, kehrte ihm den Rücken zu und kramte in der Holzkiste, die unter dem zerborstenen Fenster auf dem Boden stand. Dort bewahrte Burke unter anderem seine scharfen Messer auf, die er zum Ausweiden der Jagdbeute benutzte. Sie entschied sich für ein kleineres handliches Messer mit einer schmalen Klinge.

Doch plötzlich kamen ihr Zweifel, ob sie möglicherweise einen schwerwiegenden Fehler beging, wenn sie ihn befreite. Sollte er sich unmittelbar auf den Weg machen, könnte er in weniger als zwei Stunden mit einer Gruppe bewaffneter Männer zurück sein, und Ashton würde direkt in eine Falle tappen.

Ängstlich spähte sie durch das faustgroße Loch der milchigen Scheibe und suchte die Landschaft ab. Wo mochte Ashton sich jetzt aufhalten? Befand er sich bereits auf dem Rückweg, oder hatte er Probleme bekommen, die Schmuckstücke zu versetzen?

Nervös wandte sie sich wieder dem Gefangenen zu und schluckte. »Was werden Sie tun, nachdem ich Sie befreit habe?« Das leichte Zittern in der Stimme verriet ihre Furcht.

»Sie brauchen keine Angst vor mir zu haben, vertrauen Sie mir.« Die Worte klangen beinahe zärtlich und seine schönen nebelgrauen Augen schienen bis in ihre Seele blicken zu können.

Sie wäre in jedem Fall gezwungen, sich vor Ashton zu rechtfertigen, machte sie sich bewusst, insbesondere, da sie seiner Anordnung nicht nachgekommen war und dem Earl die geforderte Betäubung nicht verabreicht hatte. Ashton wäre in jedem Fall verärgert.

Bevor sie sich weiter verrückt machte, schritt sie mit dem Messer in der Hand auf Lord Sheridan zu und begann, die Stricke an seinen Handgelenken zu durchtrennen, was sich schwieriger gestaltete als angenommen.

*

Mit einem Stöhnen schoss Vincent in die sitzende Position hoch, nachdem beide Handfesseln durchtrennt waren. Seine Fingerspitzen kribbelten und die Gelenke waren von dicken roten Striemen und teils blutigen Hautabschürfungen gezeichnet. Die alte Decke war ihm beim Aufsetzen in den Schoß gerutscht und bedeckte seine Männlichkeit nur noch dürftig. Er bemerkte es allerdings erst an ihrem erschrockenen Gesichtsausdruck und dem angehaltenen Atem. Schleunigst drapierte er das Teil wortlos, so gut es ging, um seinen Unterkörper. Ihre Blicke begegneten sich und er versuchte sich an einem entschuldigenden Lächeln.

Das Messer plumpste in seinen Schoß und sie stürzte zum Fußende des Bettes und zerrte aus einem geflochtenen Korb mit Deckel einen kleinen Haufen Stoff hervor, den er als seine Leibwäsche identifizierte. Doch wo war der Rest?

»Ich besorge Ihnen sofort ein paar Kleidungsstücke meines Bruders«, sagte sie hektisch und floh aus dem Raum, bevor er nachhaken konnte.

Kopfschüttelnd griff er nach dem Messer, um sich selbst von den Stricken an seinen Fußgelenken zu befreien. Als sie zurückkehrte, hatte er sich bereits die Unterwäsche übergezogen. Es fehlte sein kompletter Abendanzug, Hose, Weste und der Halsbinde. Lediglich das weiße Hemd und die Stiefel waren vorhanden; die hatte Saunders ihm gelassen, vermutlich entsprachen sie nicht seiner Größe. Ansonsten waren er und Saunders von ähnlicher Statur, nur dass er kräftigere Armmuskeln als der Viscount besaß, was seinem Training im Gentleman Jackson's Boxclub zuzuschreiben war. Diesem Aspekt war es wohl zu verdanken, noch im Besitz des Rüschenhemdes zu sein.

»Ich glaube, diese Teile müssten Ihnen …« Violet stockte und blieb abrupt stehen, als sie ihn sitzend, aber mit den Füßen am Boden vorfand. Über ihrem Arm hingen mehrere Kleidungsstücke.

»Lassen Sie mich raten, Ihr Bruder hat sich meine Sachen *ausgeborgt*, um einen besseren Eindruck auf den Pfandleiher zu machen, habe ich recht?«, brummte er.

Zögerlich nickte sie, kam dann näher und hielt ihm ihre Auswahl entgegen, wobei sie peinlich berührt den Kopf zur Seite drehte, um ihn bloß nicht ansehen zu müssen.

»Sie haben mich bereits weitaus weniger bekleidet gesehen, Miss Saunders. Es gibt also keinen Grund, jetzt die Sittsame zu mimen«, konnte er sich nicht verkneifen. Er hörte sie scharf Luft holen, anscheinend hatte er sie schockiert. Ohne Violet anzusehen, griff er nach der angebotenen Auswahl.

Während er sich eine Hose anzog, wandte sie ihm den Rücken zu. Die Länge war angemessen, aber der Hosenbund enger als erwartet, sodass er darauf verzichtete, sich das Hemd ordnungsgemäß in die Hose zu stopfen. Rasch schlüpfte er in seine schwarzen Lederstiefel und fühlte sich endlich wieder halbwegs vorzeigbar. Die silbergrau gemusterte Weste ließ er unbeachtet liegen, wenn schon der Hosenbund ihn einengte, würde ihm die Weste das gleiche Gefühl bescheren.

»Sie können sich wieder umdrehen.«

Zögerlich folgte sie seiner Aufforderung und musterte das am Hals offenstehende Hemd und seinen freien Fall bis auf die Hüfte.

»Ich fürchte, ich bin doch ein wenig kräftiger gebaut als Ihr Bruder, sodass Sie leider mit diesem legeren Kleidungsstil vorliebnehmen müssen.« Zum Beweis seiner Worte streckte er sich ächzend und zuppelte an der Hose.

Sie schenkte ihm ein amüsiertes Glucksen und er konnte nicht anders, als es zu erwidern. Um sein Erscheinungsbild abzurunden, krempelte er die Ärmel des Hemdes bis zur Mitte der Unterarme auf. Gern hätte er gewusst, was sie dachte, während sie ihm wortlos dabei zusah. Erinnerte er sie an einen Romanhelden aus einem ihrer Bücher? Las sie überhaupt gern? Er konnte nur mutmaßen, womit sie ihre Zeit verbrachte.

Der Moment, in dem sie einander wortlos gegenüberstanden, versprühte einen eigenartigen Zauber. Sie waren einander fremd und doch irgendwie vertraut. Ihm ging auf, dass seine Hände frei waren und er sie in die Arme ziehen könnte, wenn er es beabsichtigte. Die Verlockung, es zu tun, war da. Vermutlich würde sie ihn sogar gewähren lassen, schließlich hatte sie sich bereits als Mätresse angeboten.

Er ging ein paar Schritte auf und ab, um seine steifen Glieder zu lockern, wie er ihr weismachte, aber auch, um seine Gedanken zurück auf ein neutrales Terrain zu lenken. Violet brauchte ein vernünftiges Zuhause, und da bot sich nur das einstige Stadthaus der Saunders an. Er müsste sie nur überzeugen, sofort dorthin aufzubrechen. Aus seinem eigenen Stadthaus könnte er fürs Erste ein paar seiner Angestellten entbehren, die sich um ihre notdürftigsten Belange kümmerten, bis er eine endgültige Lösung gefunden hatte.

Das Problem an der Sache blieb ihr Bruder. Vincent konnte dem Viscount nicht verbieten, seine Schwester zu sehen, und auch Violet würde ein solches Verbot nicht hinnehmen, dazu war sie ihm zu sehr ergeben. Doch er musste verhindern, dass Saunders die Gelegenheit nutzte, sich ebenfalls dort einzunisten, um von da aus weitere Überfälle zu planen oder das Stadthaus als Lager für Diebesgut missbrauchte. Außerdem dürfte sich im *ton* schnell herumgesprochen haben, dass das Gebäude jetzt dem Earl of Cunningham gehörte, was unweigerlich auch seinen Namen in den Schmutz ziehen könnte.

Andererseits besaß er auch ein Druckmittel gegen den Viscount; wenn er den Kontakt mit seiner Schwester aufrechterhalten wollte, hatte er nach seinen Regeln zu spielen, und die wären klar definiert.

Eigentlich wäre es seine Pflicht, unverzüglich die Justiz zu benachrichtigen und dafür zu sorgen, dass Saunders und seine Komplizen gefasst und ihrer gerechten Strafe zugeführt wurden. Seit Monaten versetzten die zunehmenden Überfälle auf die Oberschicht die Menschen in Angst und Schrecken. Sein eigenes Martyrium war zweitrangig, das konnte er verschmerzen, aber was die anderen Betroffenen anging, verspürte er ein schlechtes Gewissen, wenn er den Anführer schützte. Doch was sollte er tun? Er konnte Violet nicht den einzigen Menschen nehmen, den sie noch hatte – von der alten Tante mal abgesehen.

Vincent fluchte innerlich. Zum Teufel, ihn verband nichts mit dieser Frau, ihr Schicksal sollte ihm gleichgültig sein, stattdessen hatten ihn die Opfer der Diebesbande zu interessieren. Wie konnte er nur in diese verzwickte Situation geraten?

Er hätte, wie er es beabsichtigt hatte, zu Hause bleiben sollen. Wayne kannte ihn allerdings zu gut und wusste, dass er seine Meinung ändern würde. Und nun, da die Veranstaltung doch ohne seine Wenigkeit stattgefunden hatte, war Wayne sicherlich schwer enttäuscht und hegte einen Groll gegen ihn. Von seinem unfreiwilligen Fernbleiben konnte sein Freund schließlich nichts ahnen und auch sein getreuer Kammerdiener Olsen würde ihn nicht vermissen, sondern davon ausgehen, dass er sich nach wie vor im Hause des Earls of Crofford aufhielt.

Er konnte also nicht mit plötzlich auftauchender Hilfe rechnen, denn niemand befand sich auf der Suche nach ihm. Seine eigenen Aussichten waren gerade nicht die besten.

Mein Pferd!, schoss ihm der Gedanke durch den Kopf. »Hat Ihr Bruder auch mein Pferd entwendet?«

Die Frage schien sie zu irritieren, nervös begann sie zu stammeln, doch er hörte heraus, dass Saunders mit seinem schwarzen Wallach *Shadow* unterwegs war. Vielleicht hätte der Idiot besser das edle Pferd anstelle des Stadthauses als Spieleinsatz gesetzt, dachte Vincent bei sich. Das Tier war ein prachtvolles Exemplar, er hatte es ein paarmal vor dem White's stehen gesehen. Sein eigenes Pferd war bei dem Überfall davongeprescht, als es zum Kampf mit den Banditen gekommen war. Entweder hatte es allein die heimatliche Stallung aufgesucht, sodass sein Verschwinden möglicherweise doch nicht unbemerkt geblieben war, oder es graste irgendwo friedlich in der Nähe. Er brauchte Gewissheit, stürmte zur Tür und riss sie auf. Zum ersten Mal nahm er die Umgebung wahr, die sich um das windschiefe Gebäude herum auftat. Enttäuscht stieß er die Luft aus, außer Wald und Wiesen gab es nichts zu sehen. Dennoch wendete er den Pfiff auf zwei Fingern an, den er seinem Pferd *Pegasus* antrainiert hatte, doch nichts rührte sich.

Violet zerrte an seinem Hemdsärmel. »Sie wollen jetzt einfach verschwinden, Lord Sheridan?« Panik schwang in ihrer Stimme und sie sah ihn mit aufgerissenen Augen an.

Vincent zwang sich zur Besonnenheit und schob sie beruhigend zurück ins Haus und schloss die Tür hinter ihnen. »Ich lasse Sie hier nicht allein zurück, wie Ihr Bruder es getan hat, doch ich brauche ein Pferd, um Sie in die Sicherheit des Stadthauses zu bringen.« Er erläuterte ihr seine Überlegungen bezüglich ihrer Unterbringung. Sie hörte aufmerksam zu, und er wusste, dass sie Einwände äußern würde, da sein Plan sich nur auf sie bezog.

Und prompt folgte die besorgte Frage bezüglich ihres Bruders.

»Sobald Sie im Stadthaus untergebracht sind und ich alles Nötige in die Wege geleitet habe, werde ich mich mit dem Viscount beschäftigen. Vorausgesetzt, er zeigt sich kooperativ und ist gewillt, an seiner Situation etwas zu ändern.«

Sie wirkte hin- und hergerissen zwischen dem Misstrauen ihm gegenüber und der Sehnsucht, wieder in einer sicheren und angemessenen Umgebung zu leben. Sie zuckte leicht zusammen, als er sie an den Oberarmen hielt und ihr verdeutlichte, dass dies ihre einzige Option sei. Wenn er bloß wüsste, wie sie von diesem abgelegenen Ort fortkamen. Sie würden sich zu Fuß durchschlagen müssen, bis sie eine öffentliche Straße erreichten und ein Gefährt anhalten konnten, das sie mitnahm – eine Aussicht, die ihm gar nicht gefiel.

»Wie kann ich sicher sein, dass Sie Ashton tatsächlich helfen wollen und ihn nicht sofort einsperren lassen?«

Der kummervolle Ausdruck in ihren Augen bewegte ihn mehr, als es sollte, und er musste schlucken. Eine Träne löste sich aus ihrem Augenwinkel und drohte, ihre Wange hinabzukullern. Sie schien es gar nicht zu bemerken, ihr fragender Blick war fest auf sein Gesicht geheftet.

Bevor er wusste, was er tat, wanderte seine Hand von ihrem Arm an ihre Wange, um mit seinem Daumen die Träne abzufangen. »Sie werden mir vertrauen müssen, Miss Saunders«, murmelte er abwesend. Die rosig zarte Haut, die er unter seinen Fingern fühlte, faszinierte ihn. Wie von selbst erkundeten seine Fingerspitzen ihre Gesichtszüge. Als sein Daumen über ihre Unterlippe fuhr und sie dabei ihren Mund leicht öffnete, hielt er wie erstarrt inne. Sein Blick schoss zu ihren Augen, wo er die gleiche Überraschung las, die er selbst verspürte. Die Fingerspitzen an ihrem Hals nahmen einen ansteigenden Pulsschlag wahr und auch sein eigener beschleunigte sich. Langsam schob er die Hand in ihren Nacken, während sich sein Mund auf den ihren senkte.

Der Herr war sein Zeuge: Er hatte nicht beabsichtigt, sie zu küssen.

Es dauerte einen Schreckmoment, bis sie reagierte und die Liebkosung erwiderte, zaghaft und zurückhaltend. Beim Versuch, den Kuss zu vertiefen, wich sie zurück, aber dieses Mal würde sie ihm nicht entkommen können. Mit einem protestierenden Knurren schlang er die Arme um sie und zog sie näher an sich heran. Sie wehrte sich, stemmte ihre Hände gegen seinen Brustkorb und wollte ihn wegstoßen. Eine Aktion, die er nicht zuließ. Er fixierte sie so in seinen Armen, dass sie keine Möglichkeit bekam, sich ihm zu entziehen, ohne dass er Anstalten zeigte, den Kuss abzubrechen. Ihre Gegenwehr war nur von kurzer Dauer, bald schon sank sie gegen ihn, während ihre Arme hinaufwanderten und sich um seinen Nacken legten. Ein triumphierendes Gefühl breitete sich in seiner Brust aus und er schwelgte in ihrem betörenden Duft und der Wärme ihres Körpers.

Nur langsam drang die Gegenwart in seine Sinne zurück und ihm wurde gewahr, dass dies weder der richtige Ort noch der rechte Zeitpunkt war, um sich genüsslichen Aktivitäten hinzugeben. Ein wenig außer Atem beendete er den Kuss und bemühte sich, seinen inneren Aufruhr niederzuringen. Dass sie ihn dabei überrascht und mit verschleiertem Blick anschaute, machte es ihm nicht gerade einfach.

»Wir sollten aufbrechen, Violet! Packen Sie rasch zusammen, was Sie unbedingt benötigen, und dann werden wir verschwinden.«

*

Violet hatte das Gefühl zu taumeln, als er sie unverwandt losließ. Zu ihrem Glück stand der Tisch in greifbarer Nähe hinter ihr, an dem sie sich abstützen konnte. Ihren Beinen konnte sie nicht trauen, sie schienen die Konsistenz von Pudding angenommen zu haben. Noch perplex von dem, was sie soeben erlebt hatte, beobachtete sie, wie Sheridan im Raum hin und her lief und irgendetwas suchte, offenbar etwas, das als Waffe verwendet werden konnte.

Fasziniert bewunderte sie, wie sich der Stoff von Ashtons Hose um seine muskulösen Beine spannte, wenn er sich bückte, um in den herumstehenden Kisten zu kramen. Bei ihrem Bruder waren ihr derartige Details nie aufgefallen, geschweige denn, dass sie darauf geachtet hätte.

Vincent Sheridan, Earl of Cunningham war der attraktivste Mann, der ihr je begegnet war, und er hatte sie, die unscheinbare Violet Saunders, Schwester eines gefallenen Viscounts, geküsst. Ihre Fingerspitzen berührten ungläubig ihre Lippen, die vom Kuss noch geschwollen waren.

Sie war unfähig, sich von der Stelle zu rühren, ihr Hinterteil berührte den alten Holztisch und ihre linke Hand krallte sich noch immer um dessen Kante. Würde es sich jedes Mal so atemberaubend anfühlen, wenn er sie küsste? *Dumme Pute*, schalt sie sich sogleich, warum sollte er sie ein weiteres Mal küssen wollen? Er war jetzt frei und wäre bald aus ihrem Leben verschwunden. Schließlich hatte er ihr verzweifeltes Angebot, seine Mätresse zu werden, entschieden abgelehnt. Wahrscheinlich hatte sie sich zu dilettantisch angestellt. Bevorzugten Männer nicht reizvolle und erlesene Damen, die zudem in Liebesdingen sehr erfahren waren? Sie war nichts davon! Eigentlich sollte sie froh sein, dass er nicht auf ihren Vorschlag eingegangen war, doch seine Zurückweisung schmerzte immer noch. Nicht um ihretwegen versuchte sie, sich einzureden, sondern weil es eine Gelegenheit geboten hätte, an Geld zu gelangen, um Ashton aus seinen Schwierigkeiten zu helfen.

Ashton! Schlagartig erwachte sie aus ihrem trance-ähnlichen Zustand. Er durfte den Earl nicht so vorfinden, das würde unter Umständen nicht gut für ihren Bruder enden. Konnte sie wirklich auf das Wort dieses gut aussehenden Fremden vertrauen, dass er Ashton nichts antat? Es war wohl zu spät, sich darüber den Kopf zu zerbrechen. Sie schluckte schwer, als sich ihre Blicke in diesem Moment trafen.

»Alles in Ordnung? Sie sehen aus, als hätten Sie gerade einen Geist gesehen.« Langsam schritt er auf sie zu, nachdem er nichts gefunden hatte, das sein Interesse erregte.

»Das war nicht sehr charmant, Lord Sheridan.« Sie nahm Haltung an, wie es ihr jahrelang beigebracht worden war.

Er lächelte süffisant, als er unmittelbar vor ihr stehen blieb. »Ich bitte um Verzeihung.«

Seine plötzliche Nähe ließ ihren Puls erneut in die Höhe schnellen und sie mied es, ihn anzusehen, was ihn anscheinend zusätzlich erheiterte. Sie bemerkte nur das Rumpeln in seiner Brust.

»W… wie geht es jetzt weiter?«, fragte sie, um sich abzulenken.

Seine Belustigung verschwand augenblicklich. »Wir gehen!«

»W… was? Nein!« Schockiert sah sie ihn mit aufgerissenen Augen an, als er ihren Oberarm fasste und sie Richtung Tür zu drängen versuchte. »Ich kann nicht gehen!«

»Tut mir leid, dass ich Ihnen keine edle Kutsche oder zumindest ein gesatteltes Pferd anbieten kann, Miss Saunders.« Da war er wieder, der unerbittliche Earl in ihm.

Ärger ersetzte ihre Unsicherheit und sie warf verdrossen ihre Arme in die Luft. »Sie missverstehen mich, Lord Sheridan. Ich wollte sagen, ich kann nicht von hier fortgehen. Mein Bruder wird das Schlimmste annehmen, wenn er weder Sie noch mich bei seiner Rückkehr antrifft. Er wird sich fürchterliche Sorgen machen, woher soll er ahnen, dass Sie mich in sein … ähm, in Ihr Stadthaus bringen werden?«

»Ich bitte Sie, das haben wir doch bereits geklärt.« Er wirkte ungehalten. »Ich begleite Sie ins Stadthaus, anschließend setze ich meine Haushälterin Misses Brownie über die Sachlage in Kenntnis. Misses Brownie wird sich dann um alles Erforderliche kümmern, während ich hierher zurückkehre und auf Ihren Bruder warte.«

Verdammt, sie würde keine Kenntnisse über die Geschehnisse haben, die sich dann zwischen Ashton und dem Earl ereigneten, wenn sie bereits im Stadthaus saß. Keine Möglichkeit, Ashton ihre Handlung zu erklären und keine Möglichkeit einzugreifen, sollten die zwei einander an die Gurgel gehen.

»Wir können ebenso gut hier auf seine Rückkehr warten«, entgegnete sie trotzig und verschränkte die Arme vor ihrer Brust. Er sollte nicht sehen, dass sie sich vor dem Aufeinandertreffen der beiden Männer fürchtete.

Sheridan rollte mit den Augen und stieß ein Knurren aus. »Eines scheinen junge Damen gemeinsam zu haben. Sie wechseln ihre Meinungen wie ihre Unterwäsche.«

»Wie bitte?« Voller Empörung starrte sie ihn an, wobei sie beinah vergaß, ihren Mund wieder zu schließen.

Er fand ihr Schultertuch und warf es ihr zu. »Ziehen Sie das über, wir wissen nicht, wie lange wir unterwegs sein werden.«

Geistesgegenwärtig fing sie es auf, ohne den Blick von ihm abzuwenden.

»Wir waren uns einig, oder?«, fragte er kalt, während er ihr den Rücken kehrte und die anderen Räumlichkeiten, sofern man dies als solche bezeichnen konnte, inspizierte. Jetzt war sie es, die mit den Augen rollte. Dieser Mann war ebenso starrköpfig wie ihr Bruder. Sie wollte ihm gerade nachlaufen, als eine plötzliche Eingebung sie zum Fenster hechten ließ. Beunruhigt überflog sie die mittlerweile vertraute einsame Landschaft, doch gerade als sie sich abwenden wollte, entdeckte sie in der Ferne einen Reiter.

Ashton! Für einen Moment vergaß sie zu atmen, während die Hand zu ihrem Herzen flog, das zu rasen begann.

»Ich habe mir erlaubt, ein paar Sachen zu ...«

Mit einem Aufschrei fuhr sie herum; Sheridan erstarrte und eine steile Falte bildete sich über seiner Nasenwurzel. Er hielt eine kleine Reisetasche aus braunem Leder in der Hand, die sie als eine von Ashtons Taschen identifizierte, und er hatte sich einen Mantel übergezogen, der einst einem Ausgeraubten gehört haben musste.

»Was ist los?«, fragte er alarmiert.

Violet konnte vor Schreck kein Wort herausbringen. Ashton hatte sich den ungünstigsten Zeitpunkt für seine Rückkehr ausgesucht. Sie wagte erneut einen Blick aus dem Fenster, um die Entfernung und die Zeit, bis zu seinem Eintreffen abschätzen zu können, und erstarrte – es waren zwei Reiter! Und sie kamen in einem rasanten Tempo angeritten.

»Oh, wir bekommen Besuch.«

Violet zuckte zusammen, als der Earl plötzlich dicht hinter ihr stand und sie im nächsten Moment von den Füßen hob.

»Wir wollen doch nicht, dass Sie die Komplizen Ihres Bruders warnen, nicht wahr?«

Mit ihrer Kehrseite an seinen harten Körper gepresst und einer Hand, die ihren Mund bedeckte, blieb ihr keine Zeit, aufzubegehren. Er zog sie in den Raum, aus dem er gerade gekommen war. Angstschweiß rann ihr den Rücken hinab, aber die Furcht richtete sich weniger gegen ihn, sondern dem unverhofften Auftauchen von Hank und Warren.

Mit den Händen kämpfte sie darum, Sheridans Hand von ihrem Mund zu lösen, ansonsten unternahm sie keinen Versuch, sich gegen ihn zu wehren.

»Wenn du kein Drama machst, werde ich dich jetzt loslassen.« Der plötzlich wieder vertrauliche Ton entging ihr nicht, aber sie schätzte, dass es ihm gar nicht bewusst war.

Reglos schielte sie über ihre Schulter, sein Gesicht war dem ihren so nahe. Ihre Augenpaare verloren sich ineinander, und für einen winzigen Atemzug war die Welt um sie herum vergessen. Die Hand über ihrem Mund lockerte sich, doch bevor er sie entfernte, strich sie langsam über ihre Lippen und rief die Erinnerung an ihren Kuss herauf. Doch viel zu rasch zerplatzte diese Blase, als Hanks und Warrens Stimmen zu ihnen drangen. Augenblicke später wurde die Eingangstür kraftvoll aufgestoßen, Packtaschen wurden geräuschvoll zu Boden geworfen und Warren brüllte die Namen ihrer Kumpane in den Raum.

»Ihre Pferde sind nicht da, also mach nicht so einen Lärm, mir dröhnt immer noch der Schädel«, beschwerte sich Hank.

Der Earl hatte sie losgelassen, aber er stand so dicht hinter ihr, dass sie seinen warmen Atem in ihrem Nacken spüren konnte.

»Verflucht, was ist das hier?«, fluchte Warren plötzlich. Es folgte ein kurzer Moment der Stille. »Da sind die Kleider von dem Mädchen drin. Irgendwas stimmt hier nicht!«

Violet hielt vor Schreck den Atem an. Warren musste über die lederne Reisetasche gestolpert sein, die der Earl fallengelassen hatte.

Jetzt fluchte auch Hank. »Wo steckt die Kleine überhaupt?«

Bevor Sheridan sie zurückhalten konnte, preschte Violet vor, um zu verhindern, dass Warren in den Raum platzte. Warum sie so handelte, konnte sie selbst nicht genau sagen, vielleicht weil sie zu zweit waren und sie dem Earl keine große Hilfe sein konnte, wenn sie ihn in die Mangel nahmen.

»Oh, ihr seid schon zurück. Ich habe euch nicht vor morgen erwartet.« Sie versuchte, gelassen zu klingen, doch das schlug gründlich fehl. Es war ihr nicht gelungen, das Zittern aus ihrer Stimme zu verbannen.

Mit großen Augen, von denen das linke offenbar aufgrund einer Prügelei blaunterlaufen war, starrte Warren sie an. Ein übles Gemisch aus Schweiß, billigem Alkohol und Pferdegeruch schlug ihr entgegen. »Was treibst du da?«, fragte er argwöhnisch. »Und wo verkriecht sich dein jämmerlicher Bruder? Mit dem hab ich noch eine Rechnung offen. Der hat sich bei unserem letzten Coup ziemlich seltsam aufgeführt. Also, wo ist er?«

Er stampfte näher und sie wich automatisch einen Schritt zurück.

»Ashton ist gleich zurück, er musste was erledigen.«

»So, so, was erledigen also«, mischte sich nun Hank ein. »Und was?«

»Woher soll ich das wissen? Denkst du, er spricht mit mir über seine Pläne?«, fuhr sie ihn an und endlich klang ihre Stimme, wie sie sollte.

»Er ist also nicht da, um sich schützend vor sein sü-
ßes Schwesterchen zu stellen, wie interessant.«

In Hanks Augen blitzte wieder dieser lüsterne Ausdruck auf, den sie so an ihm verabscheute. Nüchtern
war er eigentlich ein relativ verträglicher Geselle, aber
alkoholisiert war er ein anderer Mensch und es war
ratsamer, ihm aus dem Weg zu gehen. Eingehend
musterte er sie von Kopf bis Fuß, während er sich mit
der Zunge über die Lippen leckte.

»Hat die dralle Blondine es dir nicht ausreichend
besorgt?«, murrte Warren und rülpste.

»Halt die Klappe, Warren. Das hier ist was anderes!«

»Ash wird dir die Eingeweide aus dem Leib reißen
und den Wölfen zum Fraß vorwerfen, wenn du seiner
Schwester an die Wäsche gehst.«

Hank grinste breit. »Dafür müsste er mich erst mal
erwischen. Wir brauchen den aufgeblasenen Kerl
ohnehin nicht länger. Schließlich haben wir zwei auch
ohne ihn fette Beute gemacht, oder was meinst du
dazu?«

Die beiden lachten schmutzig.

»Jo, so isses! Seine ständigen Predigten gingen mir
sowieso auf die Eier. Der hat sich jedes Mal fast die
Hosen vollgemacht, dass einer dieser versnobten Damen oder Herren verletzt werden könnte. Und wenn
schon, wen interessierts?«

Violet schielte unauffällig zum Nebenraum. War
der Earl noch dort oder hatte er sich bereits aus dem
Staub gemacht? Sie wusste nicht, was ihr lieber wäre.

»Sagtest du nicht, du wolltest unsere Pferde versor-
gen, Warren …«, sagte Hank in einem schleimigen

Tonfall, während sein Augenmerk konstant auf Violet gerichtet war.

»Wieso ich?«, maulte Waren, und sein Blick schweifte zwischen Hank und ihr hin und her, bevor er ein schiefes Grinsen von sich gab und zum Ausgang trottete.

Violets Augen weiteten sich vor Schreck. »Wage es ja nicht, mir zu nahe zu kommen, Hank.«

»Entspann dich, wir werden nur ein wenig Spaß haben. Ich bin sicher, es wird dir gefallen.« Breit grinsend kam er auf sie zu, wobei er jeden seiner Schritte sichtlich genoss.

Ashton war nicht da, um sie vor seiner Zudringlichkeit zu schützen. Panik stieg in ihr auf und sie wich so weit zurück, bis sie die Wand im Rücken spürte. Fieberhaft überlegte sie, ob sie es an ihm vorbei zur Tür schaffen konnte, doch vermutlich würde sie dort Warren in die Arme laufen.

»Die Dame möchte nicht von Ihnen belästigt werden«, ertönte plötzlich die eisige Stimme des Earls schräg hinter Hank.

Hank schoss herum und Violet konnte sehen, wie ihm vor Überraschung die Kinnlade hinunterklappte und die Farbe aus dem Gesicht wich. Einen gefühlt endlosen Moment starrten die Männer einander an.

»Ach, so ist das also«, höhnte Hank und sah sie verächtlich an. »Du verdammtes Miststück, mimst stets die scheue Jungfrau, aber kaum ist dein Bruder außer Sichtweite, treibst du es hier mit deinem Liebhaber.« Mit erhobenem Arm machte er einen Satz auf sie zu.

Violet kreischte auf, schützte ihr Gesicht mit dem Arm und duckte sich in Erwartung eines Schlages, aber Sheridan war schneller.

Sie vernahm nur das dumpfe Geräusch eines Treffers und sah Hank taumeln. Er konnte sich jedoch rasch fangen und fluchte derb, bevor er zum Gegenangriff überging. Sie huschte an der Wand entlang aus der Gefahrenzone.

Während Hank sich in wildem Gebrüll und Beleidigungen ergoss und unbändig auf seinen Kontrahenten eindrosch, blieb Sheridan ruhig und fokussiert. Der Earl genoss offensichtlich ein gewisses Training im Zweikampf, aber Hank kämpfte nicht nach Regeln, war flink und wendig und scheute keinen Gegner.

Offenbar durch den Krach angezogen, stürmte Warren durch die Tür. Die kurze Ablenkung diente Sheridan zum Vorteil; Hank ging nach einem gezielten Schlag zu Boden, aber schon stürzte sich Warren mit einem Kampfgeschrei auf ihn.

Violet war verzweifelt, sie konnte nur hilflos zuschauen und hoffen, dass dem Earl nicht die Kondition ausging, denn Hank rappelte sich bereits wieder auf. Zwei gegen einen, wie lange konnte Sheridan das durchhalten?

Warren jaulte auf und taumelte rückwärts. »Du Schweinehund hast mir die Nase gebrochen.« Blut sickerte ihm durch die gedrungenen Finger, die sich auf seine Nase pressten. Bei dem Anblick musste Violet kurz gegen einen Anflug von Übelkeit ankämpfen.

Plötzlich richtete sich sein Blick auf sie. »Das ist doch der Kerl, den wir letztens … «, und zu Hank hinüber: »Hey, das ist der Kerl, wegen dem sich Ash so komisch aufgeführt hat. Ich wusste doch, dass da was faul war.« Warren stapfte auf sie zu und sie wich weiter zurück, ein rascher Seitenblick zu den anderen beiden Männern bestätigte ihr, dass Hank vollends damit beschäftigt war, seinen Gegner abzuwehren, wobei er bereits heftig schnaufte. »Wo ist Ash?«, knurrte Warren und bewegte sich mit einem irren Ausdruck in den Augen unbeirrt auf sie zu. Das Blut floss ungehindert aus seiner Nase, färbte Mund und Kinnpartie rot und verteilte sich zu beiden Seiten in seinem karierten Hemd, dessen obere Knöpfe nicht mehr vorhanden waren. Vom Nabel abwärts stand das Hemd ebenfalls offen und sein weißer haariger Speckbauch quoll darunter hervor.

Violet suchte Schutz hinter dem Tisch, und wie Kinder beim Fangen spielen umrundeten sie, einander fixierend, das Möbelstück. Doch unverhofft langte er über den Tisch, bekam sie am Unterarm zu fassen und zerrte sie um die Tischecke herum.

Sie schrie, schlug blindlings um sich, versuchte, ihren Arm aus seinem harten Griff zu befreien. Bei dem Gerangel kippte der Tisch mit lautem Poltern auf die Seite und das obere Tischbein rammte ihren Oberschenkel, der plötzliche Schmerz brachte sie aus dem Gleichgewicht, sie fiel und landete auf ihrem Hinterteil. Ihr Arm war frei, aber schon beugte sich Warren über sie, um sie erneut in seine Gewalt zu bringen. In diesem Moment erinnerte sie sich an die prekäre Unterweisung ihres Bruders, falls sie sich gegen unerwünschte Zudringlichkeiten eines Mannes erwehren musste. Er hatte erwähnt, dass das der allerletzte Ausweg sei und nur im höchsten Notfall anzuwenden sei. Sie war damals vor Verlegenheit zutiefst errötet und froh gewesen, als er das Thema wechselte. Obwohl sie seit Monaten mit Männern übler Sorte unter einem Dach lebte, hätte sie nicht gedacht, Ashtons Rat einmal beherzigen zu müssen. Binnen weniger Sekunden entschied sie, dass dies ein solcher Notfall war.

Sie holte mit ihrem Bein aus und traf seinen Oberschenkel, was zur Folge hatte, dass er ihr Fußgelenk greifen konnte und nun versuchte, sie auf diese Weise zu sich heran zu zerren. Panisch holte sie mit dem anderen Bein aus und dieses Mal verfehlte der Tritt sein Ziel nicht. Abrupt ließ er von ihr ab, presste aufjaulend seine Hände in den Schritt und ging in die gebeugte Haltung. Rasch kroch Violet rückwärts von ihm fort, im selben Moment stürzte Sheridan hinzu und versetzte Warren einen kräftigen Kinnhaken, wodurch der vollends zu Boden ging, wo er gekrümmt und wimmernd liegen blieb. Der Earl kniete neben ihm, packte ihn am Kragen und versetzte ihm einen weiteren Schlag, der ihn ins Land der Träume beförderte.

Violet rappelte sich auf und sah, das Hank ausgestreckt auf dem Bauch lag und sich ebenfalls nicht mehr rührte.

Erleichtert und ohne über ihre Handlung nachzudenken, warf sie sich in Lord Sheridans Arme. Er war außer Atem, sein Brustkorb hob und senkte sich im schnellen Rhythmus. Es dauerte einen Augenblick, bis er reagierte und die Umarmung erwiderte, aber dann ging von ihm der Trost aus, den sie brauchte. Ihr ganzer Körper zitterte und eine Flut von Tränen entlud sich in unkontrolliertem Schluchzen. Violett nahm seine intime Nähe wahr, als eine Hand behutsam über ihr Haar und ihren Rücken strich, während die andere sie an seinen kräftigen Körper drückte. Sie vernahm seine Stimme, die beruhigend auf sie einsprach, obwohl sie aufgrund ihres lauten Schluchzens die Worte nicht verstand.

Nur langsam konnte sie sich wieder beruhigen und registrierte, dass sie das einzige Hemd des Earls vollkommen durchnässt hatte, doch damit nicht genug, Warrens Blut von ihren Unterarmen zierte nun ebenfalls das edle Kleidungsstück. Beschämt löste sie sich ein wenig von ihm und murmelte eine Entschuldigung. Vorsichtig schaute sie zu ihm auf, doch er schien abwesend, denn sein Blick führte an ihr vorbei in die Leere.

Sie fragte sich, ob er womöglich Schmerzen verspürte, und war verunsichert, wie sie mit den Geschehnissen der vergangenen Minuten umgehen sollte. Gerade hatte sie sich so weit gewappnet, ihn auf das weitere Vorgehen anzusprechen, wurde die Tür aufgestoßen und Ashton stand im Raum.

Seine Augen weiteten sich vor Entsetzen, während er das Chaos um ihn herum aufnahm. Dann schnellte sein Blick zu ihr und Sheridan, Mordlust blitzte in seinen Augen auf, bevor sie sich zu Schlitzen verengten und einzig auf den Earl richteten, als wäre sie gar nicht anwesend.

Violet keuchte schockiert auf, noch nie hatte sie ihren Bruder so außer sich erlebt.

»Sie elendiger Bastard, das werden Sie mir büßen«, knurrte er und schoss auf den Mann zu.

»Ashton, nein!«, versuchte sie ihn aufzuhalten.

Sheridan versuchte, sie hinter sich zu schieben, aber das wollte sie nicht.

»Ashton! Tu das nicht!«, rief sie, wurde jedoch einfach beiseite gestoßen und musste hilflos zusehen, wie die beiden Männer aufeinander losgingen.

Sie durfte nicht zulassen, dass einer von ihnen ernstlich verletzt wurde, sie musste sie dazu bewegen, voneinander abzulassen. All ihre verzweifelten Rufe und Bitten, ihren Bruder zur Vernunft zu bringen, verhallten unbeachtet. Allmählich wurde sie wütend, warum wollte Ashton ihr nicht zuhören, sich erst mal anhören, was vorgefallen war?

Der Tisch schrammte über den Holzboden und krachte in die Wand. Der Hocker, auf dem sie an Sheridans Pritsche gesessen hatte, zerbarst in mehrere Teile und das wackelige Regal an der Wand kippte seitwärts zu Boden und verteilte den kargen Inhalt im Raum.

Sheridan hatte sich gerade gegen zwei Gegner durchgesetzt, er konnte unmöglich einen dritten überwältigen. Sie wollte nicht, dass er sich zu den beiden am Boden gesellte, ebenso wenig wollte sie, dass ihr Bruder derjenige wäre. Sie musste eingreifen, nachdem Worte nicht zu ihnen durchdrangen. Ohne näher darüber nachzudenken, ging sie dazwischen, in dem Bemühen, die beiden Streithähne zu trennen.

Im Nachhinein konnte Violet nicht sagen, wie es passierte und wer von den beiden der Auslöser gewesen war. Schwach meinte sie, dass es ein Ellbogen war, der diesen Schmerz in ihrem Kopf explodieren ließ. Sie stolperte rückwärts, prallte hart gegen den auf der Seite liegenden Tisch, und war nicht mehr in der Lage, den Sturz über ihn zu verhindern. Der Aufprall presste ihr die Luft aus den Lungen und sie verlor das Bewusstsein.

*

»Violet!«, brüllte Saunders.

Vincent war viel zu schockiert, als dass er den Stoß des Viscounts gegen seine Brust überhaupt wahrnahm. Fassungslos fuhr er sich mit der Hand durchs Haar, während Saunders an die Seite seiner Schwester stürzte, und sich neben sie auf die Knie fallen ließ.

»Violet! Oh Gott, sie blutet.« Anklagend präsentierte der Mann ihm seine Hand, deren Fingerkuppen mit frischem Blut benetzt waren.

Endlich schoss wieder Adrenalin durch Vincents Adern und er war imstande zu reagieren. Ungeachtet ihres Disputes und der Drohungen seines Kontrahenten beugte er sich nun ebenfalls über sie, fühlte ihren Puls und versuchte, das Ausmaß ihrer Verletzung abzuschätzen. »Ihre Schwester muss unverzüglich zu einem Arzt. Sie könnte eine Gehirnerschütterung erlitten haben, damit ist nicht zu spaßen.«

»Und wo soll ich jetzt einen Arzt auftreiben?« Die Stimme des Viscounts überschlug sich beinah vor Panik, während er Violets schlaffe Hand hielt und »Alles wird gut«-Beschwörungen vor sich hin murmelte.

»Ganz abgesehen davon können Sie ihn kaum in diese Bruchbude zitieren, mit den beiden Gesellen dort.« Vincent deutete mit einem Kopfnicken in die

Richtung der zwei ebenfalls Bewusstlosen. »Das würde zu viele Fragen aufwerfen.« Vincent erhob sich und Saunders tat es ihm gleich.

»Dann werde ich sie selbst zu einem Arzt bringen, und er wird sie in seinem Haus behandeln, das kann er nicht verweigern, schließlich hat er einen Eid geschworen und ich bin immerhin ein Viscount.«

Vincent hob die Augenbrauen und starrte den Mann verständnislos an. »Und wovon wollen Sie den Arzt bezahlen, vorausgesetzt, Sie finden einen?«

»Das lassen Sie mal meine Sorge sein, Sheridan!«

»Kommt gar nicht infrage!« Er hatte genug von dem hirnlosen Geschwätz dieses Mannes, außerdem würden sie damit nur wertvolle Zeit vergeuden.

»Das alles ist Ihre Schuld.« Saunders gestikulierte wild mit den Armen in der Luft. »Violet sollte überhaupt nicht hier sein, sie wäre auch gar nicht hier, wenn Sie nicht mein Leben ruiniert hätten, wenn meine Schwes…«

»Ich?«, unterbrach Vincent und tippte sich verärgert mit dem Zeigefinger auf die eigene Brust, »ich habe Ihr Leben ruiniert? Nein, das haben Sie ganz allein geschafft, Sie Narr. Sie wussten nicht, wann es besser gewesen wäre, eine Niederlage hinzunehmen und zu gehen, bevor Sie Gefahr liefen, Ihr gesamtes Vermögen auf dem Spieltisch zu verlieren.« Er ignorierte das beleidigte Schnauben des Viscounts. »Ziehen Sie meine Hose aus.«

»Wie bitte?«

»Meine Hose! Geben Sie mir meine Hose zurück! Ihre ist … mit Verlaub, ein bisschen eng um die Hüfte, das dürfte das Sitzen im Sattel unangenehm erschweren. Nun machen Sie schon und stehen nicht da und gaffen wie ein Trottel. Ihre Schwester muss zu einem Arzt.«

Mit ausladenden Schritten und ihn aufs Übelste verwünschend, stampfte Saunders aus dem Zimmer, um ihm eine Weile später das besagte Kleidungsstück wütend an den Kopf zu werfen. Er selbst war inzwischen mit einer seiner eigenen bekleidet.

Reflexartig gelang es Vincent, das Teil aufzufangen; seine Weste segelte wenige Schritte entfernt zu Boden. »Gut! Und nun sehen Sie nach, welche Pferde noch nicht zu erschöpft sind, um uns in die Stadt zu bringen.« Vincent steckte das Ende des provisorischen Verbandes unter den anderen Bahnen fest.

Mit aufgerissenen Augen starrte Saunders auf die hochgeschobenen Röcke seiner Schwester, von deren Unterrock er Streifen für den Kopfverband abgerissen hatte.

»Was ist?« Vincent stieß hörbar die Luft aus. »Herrgott, tun Sie, was ich Ihnen sage, oder wollen Sie riskieren, dass Ihre Schwester stirbt?«

Der Mann erbleichte und Vincent erkannte die Angst in seinen Augen. Ohne weiteren Protest kam er der Aufforderung nach und stürzte ins Freie, während er hastig in seine Sachen schlüpfte.

Vorsichtig beugte Vincent sich anschließend zur jungen Frau hinunter und hob sie sacht in seine Arme. Aufgewühlt betrachtete er sie; das hätte nicht passieren dürfen – nicht sie. Er seufzte.

Im selben Augenblick kehrte Saunders zurück. Er stoppte abrupt seinen forschen Gang und kniff, vermutlich infolge dieses Anblickes, missbilligend seine Lippen zu einer schmalen Linie zusammen.

Ein Anflug von Verlegenheit drohte Vincent zu übermannen, den er schnell mit einer harschen Reaktion überspielte. Zum Glück ahnte ihr Bruder nichts von den Intimitäten, die während seiner Abwesenheit zwischen ihnen passiert waren.

»Sind die Pferde bereit?«

»Sie können seins nehmen, ein robustes Tier.« Er nickte zu dem Mann, der ihn zuerst angegriffen hatte. »Ich nehme mein eigenes.«

Wenn Vincent erwartet hätte, einen ausgemergelten Gaul vorzufinden, so wurde er angenehm überrascht. Der braune Wallach stand dem majestätisch anmutenden Pferd des Viscounts in nichts nach. Ein Pferd, das bei Tattersalls durchaus einen anständigen Preis erzielen würde. Er wollte lieber nicht wissen, wie ein Gauner wie dieser Hank an ein so edles Tier gelangt war – auf legale Weise zumindest nicht, so viel stand fest.

Saunders murrte, nachdem Vincent ihm unmissverständlich klargemacht hatte, dass er die Frau nehmen würde. Warum Vincent darauf bestand, konnte er selbst nicht genau sagen, vielleicht um dem Viscount nicht die Möglichkeit zu geben, mit seiner Schwester zu fliehen, obwohl ein solcher Versuch natürlich dumm und außerdem chancenlos gewesen wäre. Aber wer wusste schon, wie ein Mann tickte, der allmählich registrierte, dass sich die Schlinge um seinen Hals enger zog?

Doch jetzt, wo er Violets warmen, verführerischen Körper an seinem spürte, bereute er fast, darauf bestanden zu haben, sie auf seinem Reittier zu transportieren. Bilder des vorangegangenen Körperkontaktes zogen vor seinem inneren Auge auf und seine immer noch unbefriedigte Männlichkeit zuckte erwartungsvoll. Über sich selbst verärgert, presste er die Lippen fest aufeinander und ermahnte sich der ernst zu nehmenden Lage wegen.

Um jegliche Erschütterung zu vermeiden, ließen sie die Pferde im Schritt gehen, wodurch sie nur langsam vorankamen. Gelegentlich warf Vincent einen Blick zu seinem Begleiter, der kerzengerade im Sattel saß und stur geradeaus schaute. Etwa vier Meilen, hatte Saunders erklärt, sei der Weg bis zu jener Stelle, an der sie ihn überfallen hatten.

»Was haben Sie mit mir vor, nachdem Sie meine Schwester bei einem Arzt abgesetzt haben?«, fragte Saunders plötzlich, ohne ihn anzusehen.

Vincent musterte ihn von der Seite, der Mann wirkte erstaunlich ruhig und gefasst. »Es ist nicht damit getan, sie lediglich zu einem Arzt zu bringen, sie wird anschließend gute Pflege und eine strenge Bettruhe benötigen. Wir werden sie zum Anwesen eines guten Freundes von mir bringen, Wayne Stanton, dem Earl of Crofford und dorthin werden wir den Arzt kommen lassen.« Im Hause Stanton würde man sich gut um Violet kümmern und sie würde alles bekommen, was sie für ihre Genesung vonnöten wäre.

»Das meinen Sie nicht ernst?« Mit offenem Mund starrte Saunders ihn an.

»Es ist mein voller Ernst! Denken Sie an das Wohl Ihrer Schwester, ihre optimale Pflege wäre dort in jedem Fall gewährleistet. Sie wollen doch das Beste für sie, oder irre ich mich da?« Außerdem war es von der Entfernung am nächsten, verteidigte er innerlich seine Entscheidung, auch wenn er noch nicht wusste, wie er seinem Freund die Sachlage plausibel erklären sollte.

Saunders schwieg und starrte wieder geradeaus.

»Und, wenn Sie mir die Frage erlauben, was hatten Sie bei Ihrer Rückkehr mit *mir* vor? Vorausgesetzt, ich läge immer noch verschnürt auf der Pritsche?«, drehte er den Spieß um.

»Wie haben Sie sich eigentlich befreien können?«, kam statt einer Antwort die Gegenfrage.

»Ihre Schwester war so freundlich!«, entgegnete er kurz angebunden. »Für ihre Umsicht sollten Sie dankbar sein. Ich hätte ansonsten keine Möglichkeit gehabt, ihr beizustehen, als Ihr Ganovenfreund sich durch Ihre Abwesenheit ermutigt fühlte, sich ihr aufzudrängen.«

»Hank? Oh, dieser verfluchte Hurensohn!«

»Sie sind überrascht? Was haben Sie erwartet, wenn Sie Ihre Schwester allein und ohne Schutz zurücklassen?« Zorn fuhr durch seine Adern, aber wenigstens lenkte es ihn von seinen niederen Instinkten ab. »Sie haben eine Verantwortung! Wie konnten Sie einer jungen Frau überhaupt diese Zustände zumuten?« Vincent schnaubte erbost, es kostete ihm wahrlich Mühe, nicht gänzlich aus der Haut zu fahren.

Saunders drehte sich im Sattel zu ihm, sein Gesicht vor Empörung gerötet. »Wagen Sie es nicht, über mich zu urteilen, Lord Sheridan. Alles, was ich getan habe, diente dem Zweck, ihr letztendlich das zu bieten, was sie verdient hat. Ich liebe meine Schwester, auch wenn Sie das nicht verstehen.«

»Ein angenehmes Leben, finanziert durch Raubüberfälle?« Würde nicht gerade die hübsche Violet bewusstlos in seinen Armen liegen, hätte er den Kerl aus dem Sattel gezerrt und ihm auf andere Weise zu verstehen gegeben, was er von seinem Gerede hielt.

»Ich befinde mich derzeit in einem finanziellen Engpass, wie Ihnen bekannt sein dürfte. Ich hatte keine Wahl. Die Unterkunft auf dem verwaisten Gehöft und die Überfälle sollten lediglich als Überbrückung meiner Notlage dienen, bis ich meine Schwester in Sicherheit gebracht habe. Es gibt da eine entfernte Verwandte auf dem Land. Und was diese Männer angeht: Sie sind gewiss nicht meine Freunde! Normalerweise wären sie nach einer beträchtlichen Beute tagelang verschwunden gewesen, wie hätte ich ahnen sollen, dass es dieses Mal anders sein sollte? Hätte ich es gewusst, hätte ich Violet niemals zurückgelassen.«

Die hitzige Debatte nahm an Intensität zu. *Keine andere Wahl*, pah! Seine Erinnerung ließ den letzten Abend im Club White's Revue passieren, an dem er unter anderem mit Viscount Saunders am Kartentisch gesessen hatte.

Vincent warf ihm seine Meinung zu dem Thema ungeschönt an den Kopf. Auf Einsicht hoffte er allerdings vergeblich. Saunders verteidigte sich mit der Behauptung, lediglich einige Male ein schlechtes Blatt in der Hand gehabt zu haben, und dass seine Pechsträhne sicher irgendwann enden würde.

Mittlerweile hatten sie das unwegsame Gelände hinter sich gelassen und überquerten ein Stück grasbewachsene Ebene, an deren Ende sich der Weg schlängelte, den Vincent vor dem Überfall entlanggeritten war. Violet entwich ein Stöhnen, als sie sich auf dem gut befestigten Weg befanden, aber ihre Augen blieben geschlossen.

Waynes Anwesen war ein ansehnliches Gebäude im Nordosten von Hampshire nahe der Grenze zu Surrey, idyllisch gelegen und mit einem großen parkähnlichen Garten. Die Nähe zu London erlaubte es, sich während der Saison immer mal wieder in der Stadt aufzuhalten, wo die Stantons ebenfalls noch ein Stadthaus im georgianischen Stil am Berkeley Square besaßen, das in Fußweite zu seinem eigenen Stadthaus lag.

Bevor Wayne geheiratet hatte, hielt er sich während der Saison ausschließlich im Stadthaus auf und sie beide waren gern gesehene Gäste auf jeder Veranstaltung gewesen. Seither war es ruhiger um seinen Freund geworden und Vincent frönte meist allein den Vergnügungen, die London zu bieten hatte, auch wenn es ihm an Gesellschaft niemals mangelte.

Ein einzelner Reiter nahte aus einer Seitengasse und da er einfache Kleidung trug, befürchtete Vincent anfangs, es könnte sich um einen weiteren Ganoven aus der Bande handeln. Doch als sie an der Weggabelung aufeinandertrafen, erkannte Vincent den Mann. Es war Huxley, ein langjähriger Stallbursche der Familie Stanton, der schon bei Waynes Vater in Stellung war.

110

Der Mann lüftete zur Begrüßung seinen Hut und erzählte, dass er gerade die Familie seiner Schwester besucht habe, auch wenn ihm die Verwirrung über ihre ungewöhnliche Begegnung ins Gesicht geschrieben stand.

Vincent stellte den Viscount und seine Schwester vor und behauptete, die beiden seien überfallen und ausgeraubt worden.

»Furchtbar mit den Überfällen in letzter Zeit, mehrere Gäste von Lord Stantons Ball sind och ausgeraubt wor'n«, sagte Huxley und schüttelte fassungslos den Kopf. »Aber zwei von den Gaunern ham'se geschnappt, die ham sich mit dem falschen Mann angelegt. Die sind nu mausetot, hab ich grad von meinem Schwager erfahr'n. Ein Vater und sein Sohn, stelln'se sich das ma vor.« Er sah zwischen ihm und Saunders hin und her.

Vincent warf einen prüfenden Seitenblick auf den Viscount. Saunders hatte sich gut im Griff, ließ äußerlich keine Emotion auf die Nachricht erkennen, untermauerte sogar Huxleys Empörung mit eigenen Worten.

»Huxley«, erinnerte Vincent den Stallmeister. »Wir sind auf dem Weg nach Stanton-House, wir brauchen Hilfe und umgehend einen Arzt für die Dame hier.«

»N'türlich! Ich reite voraus und kümm're mich drum.« Im nächsten Moment riss er die Zügel herum und spornte sein Pferd zu einem schnellen Ritt an.

*

Irgendetwas weckte sie. Violet versuchte, sich mit den Ellenbogen ein wenig in die Höhe zu stemmen, sank aber unmittelbar zurück in die Kissen. Ein schmerzliches Stöhnen entwich ihr.

»Oh, Sie sind wach.« Eine ihr unbekannte Frau erschien in ihrem Sichtfeld. »Wie geht es Ihnen?« Sie war gekleidet wie ein Hausmädchen und lächelte warmherzig.

Violet war zu verwirrt und konnte sie nur sprachlos anstarren. Wo befand sie sich und wer war diese Frau? Sie konnte sich nicht erinnern, was passiert war.

»Möchten Sie einen Schluck trinken, Miss Saunders?«

Violet nickte lethargisch, tatsächlich fühlte sich ihr Mund wie ausgetrocknet an. Die Frau, die sich als Sarah vorstellte, half ihr, sich aufzusetzen, und hielt ihr einen Becher mit lauwarmem Kräutertee an die Lippen. Begierig trank sie.

»Ich werde Ihrem Bruder sogleich mitteilen, dass Sie aufgewacht sind. Er hat sich große Sorgen gemacht, und Doktor Ashbourne wird später auch noch mal nach Ihnen sehen«, erklärte die Bedienstete.

Violet hatte die Absicht, zu erfragen, was geschehen sei und wie sie in dieses Zimmer gelangt war; jedoch brachte sie lediglich ein schwaches »Danke« hervor.

Nachdem Sarah den Raum verlassen hatte, ignorierte Violet den Schmerz in ihrem Kopf und stützte sich erneut auf ihre Unterarme, um ihre Umgebung eingehend zu betrachten. Plötzlicher Schwindel sowie eine Übelkeit drohten ihren Wunsch zu vereiteln; doch nach einem tiefen Atemzug verschwand das Unwohlsein.

Der Raum präsentierte sich vornehm: Eine Seiden-
tapete in Gelb-Grün zierte die Wände und über einer
barocken Kommode hing ein kunstvolles Land-
schaftsgemälde. Bodenlange Vorhänge harmonierten
mit der Wandbespannung und waren zur Hälfte geschlossen, wodurch lediglich durch das mittlere der
drei Fenster Tageslicht fiel. Zwei Polstersessel sowie
ein runder Tisch standen davor und ein großer
Aubussonteppich bedeckte größtenteils den blank
polierten Fußboden. Ihr Blick schweifte weiter. Unweit ihres komfortablen Bettes befand sich ein riesiger
Paravent, hinter welchem vermutlich die Waschgelegenheit verborgen lag.

Diese Räumlichkeit war ihr definitiv völlig fremd,
doch bevor weitere Gedanken daran aufkamen, klopfte es an der Tür, die daraufhin leise geöffnet wurde.

Ashton steckte seinen Kopf hinein. Violet war zu
verwirrt, um irgendwas in Worte fassen zu können,
registrierte aber, dass ihr Bruder akkurat gekleidet
und selbst das Halstuch ordnungsgemäß gebunden
war. Langsam trat er näher, ließ sich auf der Kante
ihres Bettes nieder und ergriff ihre Hand. Eine Weile
schwieg er betreten, bis er schließlich stockend begann, ihr von den Ereignissen zu berichten.

Während sie ihm aufmerksam zuhörte, kehrte ihre
Erinnerung allmählich zurück. Verlegenheit ersetzte
ihre Neugier; sie befand sich in einem Schlafzimmer
auf dem Anwesen eines ihr fremden Earls und trug
nichts als ein Nachthemd, das nicht mal das ihrige
war. Fragen summierten sich in ihrem Kopf, die sie
nicht zu stellen wagte.

»Der Earl of Cunningham und der Earl of Crofford sind enge Freunde«, erklärte Ashton gerade. Sein Gesichtsausdruck spiegelte wider, was er davon hielt, während sie bestrebt war, sich auf das Gespräch zu konzentrieren. »Lord Sheridan befand sich auf dem Weg zu deren Veranstaltung, als er … nun ja … « Er räusperte sich betreten.

»Als ihr ihn überfallen habt«, brachte Violet es auf den Punkt. Ashton nickte, konnte ihr aber nicht ins Gesicht sehen. »Bedeutet das, dass Lord Sheridan sich derzeit ebenfalls in diesem Haus aufhält?« Freizügige Bilder dieses Mannes schwirrten ihr vor Augen und Erinnerungen an ihren Kuss benebelten ihre ohnehin verwirrten Sinne.

»Der Kerl lässt mich keine Minute aus den Augen. Er glaubt anscheinend, ich könnte beabsichtigen, das Tafelsilber der Familie zu stehlen.«

Ihre Augen weiteten sich. »Du hast hoffentlich nicht vor, wirklich etwas von Wert zu entwenden?«

»Violet! Ich bin kein Dummkopf!«

»Das will ich hoffen«, murmelte Violet und schloss die Augen, um all die verstörenden Bilder in ihrem Kopf zu verdrängen. Alles schien ineinander zu zerfließen und sie stöhnte bei dem stechenden Kopfschmerz, der diesen Zustand begleitete.

Sie musste eingeschlafen sein. Als sie das nächste Mal zu sich kam, nahm sie mehrere Stimmen um sich herum wahr. Jemand fühlte ihren Puls und eine Hand berührte ihre Stirn.

»Ich bin Doktor Ashbourne«, hörte sie die Stimme sagen, noch bevor sie die Augen geöffnet hatte. »Wie fühlen Sie sich? Können Sie sich erinnern, was passiert ist?«

Der Mann hatte leicht ergrautes Haar und war von kräftiger Statur, aber sein Lächeln war warm und aufmunternd. Zaghaft nickte sie.

»Das ist gut! Lord Sheridan hat uns bereits berichtet, dass Sie und Ihr Bruder überfallen und ausgeraubt worden sind. Schreckliche Sache, aber Sie brauchen sich keine Sorgen zu machen, Sie sind in Sicherheit, beide! Bedauerlicherweise haben Sie jedoch einen harten Schlag gegen Ihren Kopf davongetragen, weswegen Sie eine Weile strenge Bettruhe halten müssen.«

Überfallen? Violet krauste die Stirn, war ihr irgendetwas entfallen, überlegte sie verwirrt. Der Arzt bemerkte ihren Gesichtsausdruck nicht, da sein Blick auf eine Person gerichtet war, die am Fußende des Bettes stehen musste. Sheridan? Sie wollte sich aufrichten, aber der Versuch schlug fehl und ihr Kopf sank zurück ins Kissen.

»Oh bitte, Sie dürfen sich nicht überanstrengen.« Es war nicht Lord Sheridan, eine elegante Dame huschte an ihre Bettseite. »Machen Sie sich keine Gedanken, Sie bleiben selbstverständlich bis zu Ihrer vollständigen Genesung unser Gast. Nur bedauerlich, dass wir uns unter diesen dramatischen Umständen kennenlernen.« Die Hausherrin stellte sich als Lady Lydia vor und Violet besann sich auf die höflichen Umgangsformen, sofern sie in ihrer misslichen Lage machbar waren.

Lady Lydia wurde dann von Doktor Ashbourne höflich hinauskomplimentiert, damit er seine Untersuchung fortführen konnte. Anschließend kehrte sie zurück und nahm auf ihrer Bettkante Platz. Violet fand die Hausherrin, die kaum älter als sie selbst sein konnte, sehr sympathisch und mochte sie auf Anhieb. Falls sie sich über Violets schlichte, schmucklose Kleidung, die sie getragen hatte, gewundert haben sollte, so erwähnte sie es mit keinem Wort. Dennoch war ihr die Situation höchst unangenehm. Das Gespräch wurde von einem Klopfen unterbrochen und Lady Lydia eilte zur Tür, um zu öffnen.

Sarah trug ein voll beladenes Tablett mit derlei Köstlichkeiten herein.

»Sie müssen hungrig sein, Sie haben noch nichts gegessen.« Lady Lydia wies auf das Tablett, das unberührt auf ihrem Nachttisch stand.

Violet murmelte eine verlegene Entschuldigung, als Sarah die Tabletts tauschte. Der Duft nach Gebratenem stieg ihr in die Nase und ihr Magen gab in der Tat ein verräterisches Knurren von sich. Sarah half ihr, sich in eine bequeme Position aufzurichten, bevor die beiden Frauen sie allein ließen.

Seit Monaten hatte sie nicht mehr solche Berge an verführerischen Delikatessen vor Augen gehabt. Obwohl ihr das Wasser im Mund zusammenlief, fühlte sich ihre Kehle wie zugeschnürt an. Sie musste mit den Tränen kämpfen. In dem verfallenen Haus hatte es zumeist Wild gegeben, das die Männer im Wald erlegt und über dem offenen Feuer gegart hatten. Zu dem ungewürzten Fleisch gab es altes Brot, Käse oder Schinken.

Was würde geschehen, sobald sie genesen wäre und das Anwesen des Earl of Crofford wieder verlassen müsste? Sie durfte nicht so weitermachen! Zurück auf das verfallene Gehöft konnte sie nicht und aufs Land zu einer kauzigen alten Dame verbannt zu werden, danach stand ihr auch nicht der Sinn.

Ihre einstigen Träume von einem Debüt, zahlreichen Bällen, vollen Tanzkarten, einer Vielzahl an Verehrern, Kutschfahrten im Hyde Park und Besuche von Theatern und Museen hatte sie längst begraben. Es gab Momente, da verfluchte sie ihren Bruder, dass er ihr alle diese Möglichkeiten geraubt hatte, dann wiederum schalt sie sich für derartige Gedanken. Ashton war zu jung und unerfahren gewesen, als er den Titel und die Verantwortung für die kleine Schwester erbte. Vater flüchtete sich nach dem Tod ihrer Mutter in den Alkohol und war zu Lebzeiten weder Hilfe, geschweige denn Vorbild gewesen.

Sämtliche Verantwortung ruhte lange vor Vaters Tod auf Ashtons Schultern. Die Schule, auf die Ashton sie schickte, war Teil der Bemühungen, seiner Fürsorge gerecht zu werden, solange er dafür zahlte. Gelder, die irgendwann nicht mehr vorhanden waren.

Tränen liefen ihr inzwischen über die Wangen. Allein – ohne sie – hätte Ashton es schaffen können. Sie bedeutete eine Belastung für ihn, all die Jahre bis heute! Und nun war sie obendrein verantwortlich, dass der Earl of Cunningham ihren Bruder nicht nur wegen seiner Spielschulden in der Hand hatte, sondern dank ihrer Tollpatschigkeit auch noch, dass er diesem Mann vollkommen ausgeliefert war.

Dieses Anwesen, in dem sich ihr Krankenlager befand, gehörte Lord Sheridans Freunden. Sicher war es seine Idee gewesen, sie hier unterzubringen. Zahlte er auch die Arztrechnungen? Weitere Summen, die Ashton dem Mann schuldete. Sie mochte sich nicht mal ansatzweise vorstellen, wie gedemütigt ihr Bruder sich fühlen musste aufgrund ihres dämlichen Sturzes, und überdies auf das Wohlwollen seines Gläubigers und dessen Freunde angewiesen zu sein.

Ein Wort von Sheridan, und Ashton landete am Galgen. Es war ihre Schuld, dass der letzte Rest von Ashtons Stolz zu einem Scherbenhaufen verkommen war.

Der Appetit war dahin und der eben noch so verführerische Bratenduft erzeugte nun Übelkeit. Angewidert schob sie das Tablett mit dem Essen von sich.

Sie hätte klüger gehandelt, wenn sie den Rat ihres Bruders befolgt und Sheridan das Laudanum verabreicht hätte, obwohl ihr seine Methoden missfielen. Im Endeffekt hat sie die Lage nur verschlimmert. Die Erkenntnis traf sie wie ein Schlag ins Gesicht. Ashton befand sich nur ihretwegen auf diesem Anwesen und setzte sich der Verachtung durch die beiden Earls aus. Wie entwürdigend, sie musste etwas unternehmen, wenn sie sich bloß nicht so schwach und elendig fühlen würde!

Wie lange würde Lord Sheridan über sein Wissen schweigen, jetzt, wo er in Freiheit war?

Sie warf die Bettdecke zurück und wollte aufstehen, doch kaum berührten ihre Füße den Boden, gaben ihre Beine nach und sie sackte wie eine Marionette zusammen. Mit einem Schmerzenslaut zog sie sich, auf die Unterarme stützend, hoch und landete schweratmend und mit hämmernden Kopfschmerzen wieder auf dem Bett.

Just in dem Moment flog die Tür auf und Sarah stürzte herein. »Ich habe ein Geräusch gehört …« Sie stellte den Krug ab, sah sich im Zimmer um, und schien zu ahnen, was sie versucht hatte. »Was ist passiert?« Sie eilte heran und richtete mit besorgtem Blick die Bettdecke. »Benötigen Sie irgendetwas? Sie dürfen noch nicht aufstehen, Doktor Ashbourne hat äußerste Bettruhe verordnet.«

»Ein kleines Missgeschick«, wand Violet sich heraus, doch Sarah war bereits abgelenkt. »Aber Sie haben ja gar nichts gegessen!« Aufgerissene Augen musterten sie.

Violet ignorierte es. »Ich muss sofort mit Viscount Saunders, meinem Bruder, sprechen.«

»Soweit ich mitbekommen habe, sind er und Lord Sheridan vor etwa einer Stunde gemeinsam fortgeritten. Ich werde ihn natürlich unverzüglich informieren, sobald er zurück ist.«

Violet schluckte schwer. Was konnte das bedeuten? »Wissen Sie, wohin sie wollten?«

Sarah zuckte mit den Schultern. »Vielleicht hat das was mit den Banditen zu tun, die sie überfallen haben. Ich habe gehört, dass zwei von ihnen erschossen worden sind, aber es sollen sich noch weitere Kerle auf der Flucht befinden.«

Violet versuchte, sich ihr Entsetzen nicht anmerken zu lassen, während Sarah sich im Plauderton darüber ausließ, was sie von solchem Gesindel hielt. Sie richtete auf einem Teller dekorativ einige Leckereien an und reichte ihn ihr anschließend. Geschlagen nahm Violet ihn entgegen und versprach, wenigstens ein bisschen davon zu sich zu nehmen.

Sarah strahlte und versicherte, sich in einer halben Stunde selbst davon zu überzeugen.

Zwei waren tot? Hank und Warren? Nein, das konnte nicht sein. Was war geschehen, nachdem sie das Bewusstsein verloren hatte? Waren Hank und Warren zu sich gekommen und dann im weiteren Verlauf des Kampfes erschossen worden? Sheridan hatte keine Pistole, aber Ashton trug eine bei sich … ihre Hände begannen zu zittern, nein, so konnte es nicht gewesen sein, Ashton war kein Mörder. Womöglich hatte es Burke und Finn getroffen oder die Information bezog sich auf ganz andere kriminelle Gesellen.

Egal, wie der Stand war, solange nur einer der vier am Leben blieb, war ihr Bruder in Gefahr. Jeder von ihnen konnte Ashtons Mittäterschaft bezeugen und würde es auch tun, wenn es um den eigenen Hals ging.

Es bestärkte sie in ihrem Entschluss, dass sie und Ashton sich trennen mussten. Nur so konnte sie ihren Bruder retten. Er musste untertauchen, nach Möglichkeit England verlassen. Sie war nutzlos und wäre ihm nur wieder ein Hindernis. Sie musste Ashton dazu bringen, sie zurückzulassen.

Blieb noch Lord Sheridan, er hatte versprochen, ihr zu helfen, aber inwieweit konnte sie ihm trauen? Er hatte es abgelehnt, sie zu seiner Mätresse zu machen, was ihr zumindest eine Perspektive geboten hätte, auch wenn dies keine erstrebenswerte Lebensart darstellte. Doch welche Alternativen gab es für sie?

Vielleicht konnte er sie an einen gutmütigen Herrn des *ton* vermitteln, der fortan ihr Auskommen sicherte. Einen respektablen Ehemann zu finden, war angesichts ihrer Lage aussichtslos, selbst ein Mann, der nicht in Adelskreisen verkehrte, würde eine vollkommen mittellose Frau ignorieren. Sie war erzogen worden, einen Haushalt zu führen und eine Dienerschaft zu leiten und nicht selbst am Herd zu stehen und eine Mahlzeit zuzubereiten.

Sollte es ihr nicht gelingen, die Aufmerksamkeit eines Beschützers zu erwecken, blieb ihr als letzten Ausweg nur der, den Angelique bestritt.

Wobei sie sich schwer vorstellen konnte, an einem einzigen Abend womöglich mehreren Männern Gefälligkeiten zu erweisen. Wenn sie sich dabei genauso ungeschickt anstellen sollte, wie sie es bei Lord Sheridan getan hatte, würde vermutlich keiner der Herren für sie zahlen wollen.

Hitze sammelte sich in ihrem Bauch, als ihr die Intimitäten wieder vor Augen kamen, die sie an Lord Sheridan erprobt hatte. Es war aufregend gewesen, aber würde es sich bei jedem anderen Mann ebenso anfühlen? Sie bezweifelte das stark, nicht alle Herren, die käufliche Damen aufsuchten, besaßen die Attraktivität von Sheridan und sicher war nicht jeder von ihnen auch ein Gentleman. Zudem war Sheridan bei ihrer Erkundung seines Körpers gefesselt gewesen, sodass sie von Berührung seinerseits geschützt war, obwohl sie sich fragte, wie es gewesen wäre, würde sie ebenfalls nackt sein. Wallende Hitze schoss ihr bei dieser Vorstellung ins Gesicht und sie war dankbar, sich allein im Zimmer zu befinden. Die Sache übte einen gewissen Reiz aus, solange es sich bei dem

Mann um Lord Sheridan handelte, doch zu ihrem Bedauern, wollte er sie nicht.

Allein der Gedanke, sich vor einem fremden Herrn entkleiden zu müssen, sich anstarren und begrapschen zu lassen, verursachte ihr Übelkeit. Sie stöhnte gequält, sie war ein hoffnungsloser Fall. Irgendwann würde es jedoch vonnöten sein, ihre Befindlichkeiten hinten anzustellen, wenn sie überleben wollte. Die Zukunft jagte ihr eine Heidenangst ein und sie betete, dass sie die Kraft für all die unaussprechlichen Dinge aufbringen konnte, die sie entgegen ihren Wünschen tun musste.

Es würde große Überwindung kosten, aber sie handelte richtig. Ashton hätte sie, anstatt zu diesem alten Gehöft zu seinen dubiosen Freunden mitzunehmen, ebenso an den erstbesten Gentleman mit gefülltem Geldbeutel verheiraten können, selbst wenn dieser alt genug gewesen wäre, um ihr Großvater sein zu können. Als ihr Bruder hätte er so ein Arrangement mühelos in die Wege leiten können, und Violet wäre machtlos gewesen, sich dagegen zu wehren. Seine finanziellen Sorgen wären mit einem Schlag gelöst gewesen, während sie vermutlich eine lebenslange Hölle erwartet hätte.

Viele Ehen im *ton* wurden nur zu dem Zweck geschlossen, verschuldete Familien und deren Anwesen auf diese Weise zu sanieren.

Ashton war ein guter Bruder, er hatte ihr mit dieser Schule eine gute Ausbildung finanziert und wollte sie nun zu Tante Florence bringen, damit sie sich ihrer annahm, sie ausstaffierte und der Gesellschaft präsentierte, bis ein Gentleman um ihre Hand anhielt. So

lautete zumindest sein Plan, doch dieser wies risiko-
reiche Lücken auf. Die größte war natürlich, dass sie
nichts über diese Verwandte wussten, weil der Kontakt bereits vor über zwei Jahrzehnten abgerissen war.
Vermutlich wusste Florence nicht einmal, dass ihr
Bruder seit Jahren nicht mehr unter den Lebenden
weilte.

Ashton wollte immer das Beste für sie und riskierte
viel, um sie zu beschützen, weil er ihrer Mutter einst
dieses Versprechen gegeben hatte. Doch nun lagen die
Prioritäten anders. Nachdem Ashton die Finanzen für
ihre Reise dem Spieltisch geopfert hatte, musste er auf
andere Weise rasch an das Geld gelangen und wurde
zum Dieb, der harmlose Reisende überfiel und ausraubte. Das Versetzen des gestohlenen Schmucks
dürfte genügend eingebracht haben, um die Reise
Richtung Herefordshire, wo Florence lebte, sofort
anzutreten. Aber erneut kam ihm Lord Sheridan in
die Quere, und weil sie so dämlich gewesen war,
rückwärts über einen Tisch zu stürzen und sich eine
Gehirnerschütterung zuzuziehen, hatte sie Ashtons
Einsatz ruiniert. Ihretwegen saßen sie beide auf dem
Anwesen des Earl of Crofford fest.

Verärgert wischte sie mit dem Ärmel ihres
Nachthemdes die Tränenspuren aus dem Gesicht.
Hätte es etwas an ihrer Gesamtsituation geändert,
wenn sie sich nicht von Sheridans Worten hätte beein-
flussen lassen? War sie zu naiv gewesen?

Die Verlockung, ihre Zeit im Stadthaus zu verbringen, anstatt sich auf eine beschwerliche Reise nach
Herefordshire in eine unbekannte Zukunft zu begeben, hatte sie schwach und unvorsichtig gemacht,

ganz zu schweigen von der überwältigenden Anziehungskraft des Earl of Cunningham.

Sie machte einen tiefen Atemzug und sah der Realität ins Auge. Ihr Bruder war ein Straßenräuber, auch wenn sein Konterfei noch auf keinem Fahndungsplakat abgebildet war, blieb es nur eine Frage der Zeit. Zudem waren seine einstigen Verbündeten Hank und Warren sowie Burke und Finn, sofern sie noch lebten, nun zu seinen Feinden geworden. Ashton musste untertauchen und allein wäre er ungehindert.

Sie, Violet, musste ihren eigenen Weg gehen.

Ashton durfte von ihren Gedanken und Plänen niemals erfahren. Er wäre entsetzt, wenn nicht gar wütend, wüsste er, dass sie beabsichtigte, sich als Mätresse eines gut betuchten Gentlemans zu verdingen. Er würde alles daransetzen, es ihr auszureden, und vermutlich hätte er mit jedem seiner Argumente recht, also durfte sie ein solches Gespräch gar nicht erst aufkommen lassen. Sie musste ihn täuschen und in Sicherheit wiegen, und Sheridan musste ihr dabei helfen. Irgendwie!

*

Es war das erste Mal, dass Vincent das Stadthaus am Grosvenor Square betrat, obwohl es seit dem vermaledeiten Kartenspiel im White's offiziell ihm gehörte. Die Vorhänge waren zugezogen und das Mobiliar größtenteils mit weißen Leinentüchern abgedeckt. Viscount Saunders schritt, ohne nach rechts und links zu schauen, zielstrebig die Stufen in den ersten Stock empor, wo sich deren Privaträume befunden hatten.

124

Vincent sah sich unterdessen in der unteren Etage um. Soweit er es beurteilen konnte, befand sich alles in einem hervorragenden Zustand. Lediglich ein paar helle Stellen an den Wänden zeugten davon, dass dort einmal Bilder gehangen haben mussten, die bereits Saunders Schulden zum Opfer gefallen waren. Er schlenderte weiter, öffnete Türen und lugte hinein. Alle Räume waren geschmackvoll eingerichtet, und er fragte sich, ob sie vom Viscount selbst eingerichtet worden waren oder ob er weibliche Hilfe gehabt hatte, womöglich von seiner Schwester. Im selben Moment entdeckte er ein Gemälde, das ihn magisch anzog. Die Familie präsentierte sich stolz dem Maler. Sein Augenmerk fiel auf die junge Frau, die starke Ähnlichkeit mit Violet aufwies; unverkennbar ihre Mutter. Auf ihrem Schoß saß ein kleines Mädchen von etwa fünf Jahren, Violet. Zu ihrer Linken stand Ashton Saunders, der heutige Viscount, sein Vater stand dahinter, eine Hand auf seiner Schulter, die andere auf der Schulter seiner Frau, sein Gesichtsausdruck war ernst.

Mit auf dem Rücken verschränkten Händen betrachtete er das Gemälde eingehend.

»Es ist das einzige Bild, das unsere Familie zeigt«, sagte Saunders plötzlich hinter ihm und betrachtete es einige Sekunden mit wehmütigem Ausdruck. »Auf dem Dachboden müsste sich irgendwo noch ein Porträt unserer Mutter und ein Gesamtbildnis befinden, das unser Vater von ihr malen ließ.«

»Mmh«, machte Vincent, riss sich von dem Anblick los und versprach, die Kunstwerke in Ehren zu halten. Er musterte den Viscount von der Seite, der erleichtert schien. Der Mann musste ja nicht wissen, dass er nicht beabsichtigte, jemals diesen Besitz für sich selbst zu beanspruchen. »Haben Sie alles?«

Saunders nickte zustimmend in Richtung des Flures, wo zwei gepackte Taschen standen.

»Violet wird sich freuen, eigene Sachen tragen zu können, auch wenn sie nicht mehr dem neuesten Stil entsprechen.«

Vincent und er waren aufgebrochen, um einige noch tragbare Kleidungsstücke aus dem Stadthaus zu holen, nachdem in der Eile ihre persönlichen Sachen in dem alten Bauernhaus zurückgeblieben waren.

Das Räuberdomizil war inzwischen verlassen, wie Vincent von einem Bow-Street-Mitarbeiter wusste. Hank und Warren befanden sich auf der Flucht und hatten alles von Wert mitgenommen. Offenbar gingen sie davon aus, dass Ashton Saunders und seine Schwester zurückkehren und ihr Hab und Gut holen würden. Vermutlich, um sich für den vermeintlichen Verrat zu rächen, hatten sie auf ihrer Feuerstelle sämtliches privates Eigentum der Geschwister den Flammen überlassen. Da sie von dem Stadthaus offenbar nichts ahnten, mussten sie davon ausgegangen sein, den beiden alles, außer dem, was sie am eigenen Leib trugen, genommen zu haben.

Vincent unterdrückte ein zynisches Grinsen. Genau genommen war dem auch so, denn das Stadthaus am Grosvenor Square mit alldem, was es beinhaltete, befand sich nicht mehr in Saunders Besitz.

Der Viscount hatte getobt und geflucht, als er von der Vernichtung ihrer Garderobe erfahren hatte. Erst als Vincent ihn darauf hinwies, dass somit auch eine möglicherweise nachweisbare Verbindung zwischen ihm und den Halunken zerstört worden war, hatte er sich beruhigt.

Außer ein paar Stofffetzen in der Asche hatten die Ermittler nichts finden können.

Vincent behielt den Viscount stets im Auge, seit sie den Unterschlupf verlassen hatten. Es war überraschend, wie ruhig und kontrolliert er angesichts seiner aussichtslosen Lage auftrat und nach außen keine Emotionen durchblicken ließ. Diese innere Stärke hätte er Saunders nicht zugetraut. Nur manchmal, wenn der Mann sich unbeobachtet fühlte, bemerkte man die herabhängenden Schultern und die Sorgenfalten auf seiner Stirn. Er wirkte ernsthafter und reifer, als Vincent ihn vom Spieltisch her kannte.

Vielleicht gab es bei Viscount Ashton Saunders noch Hoffnung, solange man ihn von den Kartentischen fernhalten konnte.

Ohne Wissen des Viscounts hatte Vincent zwei Männer nach Herefordshire entsandt, um Erkundigungen über die zurückgezogen lebende Verwandte der Geschwister, Florence Elisabeth-Rose Saunders einzuholen. Ihren vollständigen Namen musste er im Debrett's nachschlagen.

Vincent fühlte sich in gewisser Weise für Violets Wohl verantwortlich, die unschuldig in die unglückliche Misere hineingeraten war. Er wollte sicherstellen, dass es sich bei der alten Dame um eine respektvolle und fürsorgliche Angehörige handelte, die in der Lage sein würde, sich um die Bedürfnisse einer jungen Frau wie Violet angemessen zu kümmern.

Sollte sich jene Dame als würdig erweisen, würde er den Viscount in seinem Bestreben unterstützen und für ein sicheres Geleit seiner Schwester nach Herefordshire sorgen, sobald sie für eine solche Reise ausreichend genesen wäre.

Ein Anflug von schlechtem Gewissen ergriff ihn, wusste er doch, dass Violet auf keinen Fall zu der alten Tante ziehen wollte. Doch eine Alternative gab es in diesem Fall nicht, so gern er ihr eine geboten hätte.

»Verkaufen Sie alles, was Sie an Mobiliar nicht benötigen. Ich hoffe, es wird die zusätzlichen Kosten decken können«, sagte Saunders neben ihm, als sie auf dem Rückweg nach Hampshire einen Teil des Weges nebeneinander ritten. Der Mann sah ihn nicht an, aber die pochende Ader an seiner Schläfe ließ keinen Zweifel daran, dass er die Worte nicht so gelassen nahm, wie er sie aussprach.

»Wir werden sehen«, entgegnete Vincent lapidar. Die Wahrheit war, dass er die Arztrechnungen für Violets Behandlung gern übernahm, die Kosten interessierten ihn nicht und wären in seinen Ausgaben kaum erwähnenswert. Doch Saunders sollte nicht glauben, ungeschoren davonzukommen. Der Mann musste den Druck spüren, der auf ihn lastete, um in seinem Kopf ein Umdenken auszulösen, der ihn wieder auf die rechte Bahn führte. Dass er keine Anstalten machte, die Flucht zu ergreifen, und seine Schwester zurückließ, jetzt, wo sie sich in umsorgter Gesellschaft befand, ehrte ihn schon mal.

Sein Freund Wayne Stanton war nicht erbaut gewesen, als Vincent ihn am Vorabend darüber informierte, worin sein unverhoffter Gast verwickelt war. Ein ausführliches Gespräch im Beisein von Saunders stand noch aus, aber Vincent war es seinem Freund schuldig, die Wahrheit zu kennen. Über die pikanten Details seiner Gefangennahme schwieg Vincent natürlich und berichtete lediglich, dass jener Abend im White's und dann das unerwartete Aufeinandertreffen während des Überfalles zu einer Kurzschlussreaktion des Viscounts führte. Wayne sah es anders und verwies auf die Skrupellosigkeit des Mannes.

Vincent hatte versprochen, Violet zu helfen, das war nach wie vor sein Hauptanliegen, und dieses Argument überzeugte schließlich auch Wayne, wobei dieser ihn seltsam ansah.

Seit ihrer Ankunft auf dem Anwesen des Earls, wo seine Leute ihm die bewusstlose Frau seinen Armen entzogen hatten, gab es keinerlei Kontakt mit Violet. Die fehlende Wärme ihres Körpers ließ ihn mit einer eigenartigen Leere zurück.

In der Nacht fand er kaum Schlaf, obwohl er aufgrund seiner Gefangenschaft eine gewisse Erschöpfung in den Knochen spürte. Violets Antlitz hielt ihn wach. Sie war eine ungewöhnliche Frau, äußerst attraktiv, schüchtern, zurückhaltend, und doch mit einem gewissen Wagemut und einer natürlichen Neugier. Kein Vergleich zu den Schönheiten der Gesellschaft, die auf jeder Veranstaltung wie gackernde Hühner um seine Aufmerksamkeit buhlten. Junge Damen, die affektiert mit ihren Wimpern klimperten, in der Hoffnung, sein Interesse an ihr zu wecken, weil er als gute Partie galt.

»Was meine Schwester betrifft, so bin ich Ihnen zu großem Dank verpflichtet«, riss Saunders ihn aus seinen Gedanken. »Ich werde die gute Pflege, die Sie ihr haben zukommen lassen, nicht vergessen.«

»Das habe ich nicht Ihretwegen veranlasst, Viscount Saunders!«, brummte Vincent durch zusammengekniffene Lippen, und dieses Mal war er derjenige, der den Blick stur geradeaus gerichtet hielt.

»Das ist mir sehr wohl bewusst.«

»Wären Sie nicht wie ein wildgewordener Stier auf mich losgestürmt, befände sich Ihre Schwester erst gar nicht in diesem Zustand.« Der Mann machte ihn gerade richtig wütend.

»Ich weiß.« Wenigstens besaß er den Anstand zerknirscht auszusehen. »Ich habe wohl ein wenig überreagiert.«

»Überreagiert?«, blaffte Vincent. Ungewollt zerrte er zu fest an den Zügeln, als er sich zum Viscount umwandte, der ein Stück zurückgefallen war, sodass der Wallach unter ihm den Kopf unruhig hin und her warf. »Vielleicht sollten Sie sich generell angewöhnen, vor Ihren Handlungen Ihr Hirn einzuschalten.« Kraftvoll stieß er einen Schwall Atemluft aus und konnte sich nur noch mühsam unter Kontrolle halten. »Was sollte das überhaupt, mich vollkommen unbekleidet, nur durch eine Decke geschützt, an dieses verdammte Bettgestell zu fesseln, Sie verfluchter Bastard?«

»Ich … ähm, ich wollte Sie demütigen. So wie Sie mich im White's der Demütigung ausgesetzt haben, als Sie mein Stadthaus an sich rissen. Sie haben mich in der Gesellschaft unmöglich gemacht.«

»Ich?« Vincent brachte sein Reittier abrupt zum Stehen und der Viscount tat es ihm gleich.

»*Ich* habe *Sie* gedemütigt? Sie leiden wohl unter einer falschen Wahrnehmung! Ich, sowie einige weitere Anwesende, haben Sie vor diesem Einsatz eindringlich gewarnt, aber Sie wollten ja nicht hören, weil Sie Ihr Blatt für unschlagbar hielten. Welch ein fataler Irrtum! Sie haben sich ganz allein zum Narren gemacht, daran trägt kein anderer die Schuld.«

»Schön für Sie, das Sie von sich sagen können, sich niemals in der Notlage befunden zu haben, sofort Geld zu brauchen.« Jetzt wurde auch Saunders wütend. »Ich wollte von dem Gewinn eine Kutsche und zwei kräftige Pferde erwerben, um Violet in angemessener Weise nach Herefordshire zu einer Verwandten bringen zu können, die sich um sie kümmern sollte. Ich verfüge weder über Erfahrungen auf dem Gebiet, noch über die Mittel, die vonnöten sein werden, um meine Schwester in die Gesellschaft einzuführen. Vom fehlenden Personal ganz zu schweigen, wer soll sie hübsch herrichten, bevor sie eine Veranstaltung besucht? Ich kann sie begleiten und ein Auge auf sie haben, aber was ist mit den Verehrern, die zum Vormittagsbesuch an unsere Tür klopfen? Hätte ich sie selbst hineinbitten und sie mit Tee und Gebäck bewirten sollen? Violet braucht eine weibliche Person an ihrer Seite, die sich mit so was auskennt und sie führt, dafür eigne ich mich nicht. Alles hätte wunderbar funktioniert, wenn *ich* an dem Abend im White's die besseren Karten gehabt hätte.«

Vincent machte seinem angestauten Ärger Luft und warf ihm nicht zum ersten Mal an den Kopf, dass er ein Narr und lausiger Spieler sei. Mit einer anderen Herangehensweise wäre der Mann noch im Besitz seines Stadthauses und hätte für die Reise mit der etwas unbequemeren Postkutsche vorliebgenommen. Stattdessen brachte er seine Schwester in ein Versteck von Banditen und setzte sie unzähligen Gefahren aus, während er selbst sein Leben als Straßenräuber bestritt. Es gab keinerlei Entschuldigungen für sein Fehlverhalten. Ohne auf Saunders Reaktion zu warten, trieb er seinen Wallach zu einem Galopp an. Er wollte dessen fadenscheinige Erklärungen nicht hören, sonst konnte er für nichts mehr garantieren.

*

Die hämmernden Kopfschmerzen hatten sich gelegt, zurück blieb ein dumpfes Gefühl, als wäre Violet in Nebel gehüllt, was vermutlich an dem Laudanum lag.

»Viscount Saunders und der Earl of Cunningham sind vor ein paar Minuten zurückgekehrt«, erzählte Sarah, die sich erkundigte, ob sie etwas benötigte. »Der Earl sah ziemlich wütend aus. Er spricht derzeit mit Lord Stanton in seinem Arbeitszimmer, während Ihr Bruder auf direktem Wege sein Gästezimmer aufsuchte. Soll ich ihm sofort sagen, dass Sie ihn sprechen möchten?«

Erschrocken starrte Violet die Bedienstete an. Was hatte Ashton nun wieder angestellt, das Sheridan so aufbrachte? Aber da er an der Seite des Earls zurückkehrte, konnte sie davon ausgehen, dass Sheridan die Justiz offenbar noch nicht eingeschaltet hatte.

»Miss Saunders? Alles in Ordnung, Sie sehen blass aus.«

»Ähm … ja, schicken Sie ihn bitte umgehend zu mir.«

Es dauerte keine zehn Minuten, bis Ashton, augenscheinlich guter Laune, in ihr Krankenzimmer spazierte und eine große Tasche neben ihrem Bett abstellte. »Hank und Warren haben alle unsere Sachen vernichtet. Ich war mit Sheridan im Stadthaus und habe uns etwas zum Anziehen besorgt. Ich hoffe, ich habe an alles gedacht. Möglich, dass einige Teile nicht mehr ganz passend sind, aber eine geschickte Näherin kann da bestimmt etwas machen.« Er versuchte, einen unbekümmerten Eindruck zu vermitteln.

Die Informationen nahm Violet nur am Rande auf, aufmerksam studierte sie ihren Bruder.

»Hast du mir zugehört, Violet?«

Sie nickte. »Ich hörte, dass Sheridan ziemlich wütend gewesen sein soll? Was ist passiert?«

Ashton stöhnte und fuhr sich mit gespreizten Fingern durchs Haar. »Nichts weiter als gekränkter Stolz. Er trägt es mir nach, dass ich ihn überwältigt und ans Bett gefesselt habe, wie Gott ihn schuf. Der Mistkerl sollte spüren, wie es sich anfühlt, nichts mehr zu haben und vollkommen blank zu sein. Er behauptet, ich hätte nicht bedacht, dass ich dich mit meiner Rache in prekäre Verlegenheit bringe und dein Feingefühl verletze.«

»Diese Aktion war auch höchst unanständig von dir.« Sie starrte die Bettdecke an, während Ashton neben ihrem Bett auf und ab tigerte.

133

»Wozu habe ich ihn wohl mit einer Wolldecke bedeckt?«, erregte er sich. »Bestimmt nicht um seinetwillen! Hättest du dich an meine Anweisungen gehalten und ihm das Laudanum verabreicht, wie ich es dir aufgetragen habe, wäre alles in Ordnung gewesen und wir würden uns jetzt auf dem Weg nach Herefordshire befinden. Warum musstest du dich mir widersetzen, habe ich nicht alles für dich getan?«

Tränen traten ihr bei dem Vorwurf in die Augen. »Aber es ist der falsche Weg, Ashton! Burke und Finn sind tot, Hank und Warren auf der Flucht. Verstehst du nicht, dass ich Angst um dich habe? Es kann nicht so weitergehen.«

Ashton stoppte abrupt. »Er hat dich manipuliert und deine Furcht geschürt, nicht wahr? Hat er dich auf diese Weise dazu gebracht, ihn zu befreien?« Er stieß einen derben Fluch aus, der Violet zusammenzucken ließ. »Hat er sonst noch etwas getan?« Mit gerötetem Kopf und wutverzerrter Miene sah er auf sie hinab.

»Was meinst du?«

»Stell dich nicht dümmer, als du bist, du weißt genau, was ich meine. Immerhin war er ... ähm ... unbekleidet. Hat er dich ... ich meine, nachdem du ihn ...«

»Was? Nein!« Sie war diejenige gewesen, die sich unangemessen verhalten hatte. Sheridan hatte nichts Verwerfliches getan. Sie konnte nicht verhindern, dass ihr eine tiefe Röte ins Gesicht schoss. »Du denkst, er hat mich verführt?« Sie setzte auf Empörung und fand, dass ihr die Farce gut gelang. »Für wie naiv hältst du mich? Niemals würde ich mich von ihm bezirzen lassen, schließlich ist er derjenige, der schuld an unserem Ruin ist.«

Die Antwort schien ihn zufriedenzustellen. Er stieß kraftvoll die Luft aus und trat einen Schritt zurück, während er sich abermals durchs Haar fuhr.

Die Erinnerung, wie sich Sheridans nackter, maskuliner Körper unter ihren Händen anfühlte, trieb ihr zusätzlich zur verräterischen Gesichtsfarbe einen Schweißfilm den Rücken hinab.

»Warum hast du ihn dann befreit?«, hakte Ashton vehement nach. »Du hättest dir denken müssen, dass es Ärger bedeuten wird!«

»Ich habe ihm sein Wort entlockt, dass er mir nichts antun wird, und er ist ein Gentleman, der zu seinem Wort steht.«

Ashton rollte konsterniert mit den Augen, mäßigte aber seinen Ton. »Trotzdem, es war riskant. Du hast dich unnötig in Gefahr gebracht, du siehst ja, wo es dich hingebracht hat.«

»Ich bitte dich, das war nun wirklich nicht Sheridans Schuld, außerdem hat er mich vor Hanks Übergriff beschützt. Ich hätte ihn nicht aufhalten können, du hättest seine gierigen Augen sehen sollen. Wäre Lord Sheridan nicht gewesen …« Sie schüttelte sich dramatisch. Ashton war nach wie vor wütend auf sie, das erkannte sie an seiner Haltung, aber die Erwähnung Hanks lenkte ihn endlich von Sheridan ab und sie atmete innerlich auf, als sein Zorn sich jetzt gegen den einstigen Kumpan richtete.

Sie durfte nicht zulassen, dass Ashton weiterhin einen Groll gegen Sheridan hegte, immerhin würde er noch dessen Hilfe brauchen, auch wenn er bislang davon nichts ahnte. Mit jedem Tag, den Ashton blieb, stieg auch die Gefahr.

»Wie geht es jetzt weiter?«, fuhr sie fort. »Wir können nicht ewig auf die Gastfreundschaft der Stantons hoffen.«

»Natürlich nicht!«, antwortete er barsch. Es folgte eine erneute Tirade, wie sehr er sich unter der Fuchtel des Earl of Cunningham erniedrigt fühle und dass er schließlich kein Hündchen sei, das es zu erziehen gelte. »Sobald du imstande bist zu reiten, werden wir verschwinden. Am besten später am Abend, nachdem sich alle schlafengelegt haben, das verschafft uns einigen Vorsprung, bis unser Verschwinden bemerkt wird. Ich werde bis dahin alle Begebenheiten auskundschaften und die notwendigen Vorkehrungen treffen. In spätestens zwei Tagen sollten wir nach Möglichkeit aufbrechen.«

»Du willst, dass wir uns klammheimlich wie Diebe davonschleichen?« Violet spürte, wie sich der eben noch heiße Schweißfilm zu eisiger Kälte wandelte und sie frösteln ließ.

»Ich *bin* ein Dieb!«, erinnerte er sie voller Sarkasmus. »Und ich werde nicht warten, bis sich das im gesamten *ton* verbreitet hat und sie eine Hetzjagd auf mich starten.«

»Dann geh, geh allein, heute Nacht!« Ihre Stimme war kaum mehr als ein Flüstern und sie zitterte arg. »Mach dir um mich keine Sorgen, ich werde zurechtkommen.«

»Hast du den Verstand verloren, Schwester? Wie stellst du dir das vor? Das muss wohl an dem Schlag liegen, den dein Kopf abbekommen hat.« Er starrte sie an, an zweifle er in der Tat an ihrem Geisteszustand.

Violet bemühte sich, nicht zu gekränkt auszusehen, immerhin hatte sie eine ähnliche Reaktion erwartet. Wie gut, dass er nicht ahnte, welchen Weg sie einzuschlagen gedachte, um zu überleben. Ashton hatte zeitlebens Opfer bringen müssen, ihretwegen. Es war nur gerecht, wenn sie nun ebenfalls ein Opfer brachte. Danach gab es kein Zurück mehr, darüber war sie sich im Klaren. Doch in ein paar Jahren, wenn sie genügend Geld beisammen hätte, würde sie fortziehen, sich als Witwe ausgeben und irgendwo weit von London entfernt ein neues und unabhängiges Leben führen.

»Ich werde die Sache zu Ende bringen, ob es dir gefällt oder nicht. Ich bringe dich zu Tante Florence, es ist an der Zeit, dass sie ihrer Verpflichtung als unsere einzige noch lebende Verwandte nachkommt und sich um dich kümmert. Für mich selbst verlange ich nichts, das sollte sie ermuntern. Erst wenn alles erledigt ist, werde ich wieder ruhig schlafen können.«

Violet schluckte hart, er hätte sie ebenso gut ohrfeigen können. »Du willst mich abschieben, wie ein lästiges Anhängsel?«

»Hör auf zu jammern!«

Sie versuchte, ihn daran zu erinnern, wie wenig sie über diese Frau wussten und dass nicht sichergestellt war, ob sie überhaupt willkommen wäre, doch alle Argumente prallten an ihm ab.

»Du wusstest von Anfang an Bescheid, wohin die Reise gehen wird. Dass alles anders gekommen ist und wir für einige Wochen in dieser ekelhaften Unterkunft festsaßen, war nicht vorgesehen. Du weißt, wem ich das zu verdanken habe. Und endlich hatte ich wieder die nötigen Geldmittel, da kommt mir abermals Sheridan in die Quere. Der Kerl ist wie ein lästiges Geschwür, das man nicht loswird. Aber dieses Mal ist er nicht das einzige Problem, denn ausgerechnet du musstest mir in den Rücken fallen.«

Schockiert keuchte Violet auf. »Ich bin dir nicht …«

»Was erwartest du? Du hast ihn befreit, statt auf mich zu hören. Du hast mich ihm ausgeliefert, also erwarte von mir keine Rücksichtnahme mehr auf deine Befindlichkeiten. Sheridan ist im Besitz des gesamten Geldes, das ich bei den Pfandleihern für die Schmuckstücke aushandeln konnte. Ich habe keinen einzigen Pence mehr, also beklage dich nicht, wenn eine heimliche Flucht die einzige Alternative ist, die mir bleibt. Vielleicht sollte ich wirklich allein gehen und dich deinem Schicksal überlassen, aber du hast Glück, dass ich trotz allem nicht das Scheusal bin, das seine einzige Schwester schutz- und mittellos zurücklässt.« Er hatte sich in Rage geredet und schnaufte jetzt verbissen, während er mit einem kräftigen Ruck seine Weste zurechtrückte.

Tränen verschleierten ihren Blick. Ashton war stets der liebevolle, fürsorgliche Bruder gewesen, selten hatte sie ihn wütend erlebt. Er fühlte sich von ihr hintergangen, das schmerzte.

Gekränkt rollte sie sich auf die Seite und wandte ihm somit den Rücken zu. »Ich habe Kopfschmerzen, lässt du mich bitte allein?« Es ergab wenig Sinn, in der momentanen Situation ein vernünftiges Gespräch zu führen und ihm ihre Sicht der Dinge nahezubringen.

Wortlos stampfte er zur Tür und ließ sie mit einem lauten Krachen hinter sich ins Schloss fallen. Sie vergrub ihr Gesicht ins Kissen und weinte hemmungslos, anschließend wurde sie tatsächlich erneut von Kopfschmerzen geplagt.

Verunsichert durch die Worte ihres Bruders ließ sie die letzten Monate Revue passieren. Sie hätte sich weigern sollen, als Ashton ihr eröffnete, mit ihm und vier Banditen in dem verlassenen Gemäuer zu hausen, doch damals war sie über die Situation viel zu schockiert gewesen, um reagieren zu können. Zuvor die Nacht bei der angeblich mütterlichen Freundin, die in Wahrheit die Chefin eines Bordells war, die Nacht, in der Ashton versuchte, das nötige Geld am Kartentisch aufzutreiben, damit sie nicht sehen würde, in welchen Verhältnissen er inzwischen lebte. Sie hatte klaglos alles hingenommen und im Stillen auf ein Wunder gehofft, sogar Tante Florence galt zu dem Zeitpunkt noch als Alternative. Und dann kam Lord Sheridan, Earl of Cunningham, der alles verändert hatte.

Ashton plante, sie auf dem Land abzusetzen und weiterzuziehen, allein, abgebrannt, ohne ein Dach über dem Kopf und nun auch ohne die Unterstützung seiner Gaunerkomplizen. Wie lange konnte er auf diese Weise überleben?

Wenn sie nur mehr Informationen über diese Florence hätte, oder eine Adresse. Sie hätte sie angeschrieben und ihren Besuch angekündigt, wie es die Höflichkeit verlangte, aber an welche Anschrift hätte die Tante ihre Antwort schicken sollen? Es war alles verzwickt, und jetzt blieben ihr nur noch zwei Tage.

Entschlossen stemmte sie sich aus dem Bett und wurde sogleich von einem Schwindelgefühl geplagt. An der Wand entlang tastete sie sich vor, bis sie die Waschgelegenheit hinter dem Paravent erreichte, wo sie ihr verquollenes Gesicht ausgiebig mit kaltem Wasser wusch. Sie fühlte sich noch schwach auf den Beinen und war froh, als Sarah auftauchte, ihr beim Bürsten der Haare zur Hand ging und ihr anschließend zurück ins Bett half.

»Sarah, du musst mir einen Gefallen tun.« Violet keuchte von der Anstrengung und hasste sich für ihre Schwäche. »Ich muss mit Lord Sheridan unter vier Augen sprechen, kannst du ihn zu mir schicken?«

Die Bedienstete riss die Augen auf. »Aber Miss, das wäre höchst unschicklich. Ich kann Ihren Bruder bitten, dass er …«

»Nein! Ich muss den Earl in einer äußerst wichtigen Angelegenheit sprechen, und mein Bruder darf um Himmelswillen nichts davon mitbekommen. Er würde falsche Schlüsse ziehen. Ich würde ihn ja selbst aufsuchen, aber ich bin momentan nicht in der Verfassung. Bitte Sarah, du bist meine einzige Hoffnung. Ich würde dich nicht darum bitten, wenn es nicht dringlich wäre.«

»Also gut.« Sarah nagte an ihrer Unterlippe und schaute sich um, als erwarte sie, dass plötzlich jemand hinter ihr stehen würde. »Solange er sich in Lord Stantons Nähe aufhält, wird es schwierig sein, es ihm unbemerkt auszurichten. Aber ich werde sehen, was ich tun kann.« Sie grinste verschwörerisch. »Doch ich würde empfehlen, einen Morgenrock über den leichten Stoff Ihres Nachthemdes zu tragen.« Ungefragt legte sie den roséfarbenen Morgenrock aus wärmendem Samt quer über ihre Bettdecke. »Soll ich Ihnen dabei behilflich sein?«

»Nein, vielen Dank, das schaffe ich allein.« Sie musste ebenfalls grinsen. Offenbar vermutete Sarah insgeheim ein kleines Techtelmechtel zwischen ihnen. Verlegen senkte sie die Augenlider, als ihr bewusst wurde, dass ein solcher Verdacht ihr nichts ausmachte. Im Gegenteil, es beflügelte sie eher und sie schmunzelte vor sich hin, selbst als Sarah das Zimmer längst verlassen hatte.

*

Wayne Stanton, der Earl of Crofford, saß in seinem Lieblingssessel im privaten Salon und sah seinen Freund mit einem schelmischen Grinsen an, während er das Whiskeyglas bedächtig in seinen Händen drehte.

»Du magst die Kleine, habe ich recht?«

»Was? … Blödsinn!« Vincent kippte den soeben eingegossenen Whiskey in einem Zug hinunter und genoss das brennende Gefühl, das seine Kehle hinab rann. Er füllte das Glas erneut, bevor er zu seinem Platz zurückschritt und sich setzte. »Ich mache mir lediglich Gedanken, was aus ihr werden soll, wenn ich Saunders ausliefere. Der Skandal wird sie vernichten.«

»Dein vierter Whiskey, und das um diese Uhrzeit.« Wayne stellte sein eigenes Glas auf den kleinen Beistelltisch, lehnte sich vor und musterte ihn.

Vincent bemerkte es nur aus dem Augenwinkel, ignorierte den Tadel und starrte weiterhin in die braune Flüssigkeit, als läge darin die Weisheit.

»Aber du musst zugeben, dass Saunders derzeit auch kein vorbildlicher Vormund für seine unverheiratete Schwester darstellt, sein Ruf ist im *ton* weitgehend bekannt.«

»Lass mich wenigstens die Nachrichten aus Herefordshire abwarten. Wenn die alte Dame sich als respektabel erweist, hätte Violet zumindest eine Zukunft.«

»Violet … so, so«, Wayne grunzte.

Vincent warf ihm einen vernichtenden Blick zu.

»Was ist in diesem Räuberunterschlupf wirklich vorgefallen?«

»Das habe ich dir bereits erzählt.«

»Ich meinte eigentlich zwischen dir und Saunders Schwester?«

»Ich war die ganze Zeit über gefesselt, was glaubst du, könnte da *vorfallen*?« Er sprang aus dem Sessel hoch, wobei er beinah den Inhalt seines Glases verschüttet hätte. Vorwurfsvoll sah er auf Wayne hinunter. »Ich habe versucht, sie in ein Gespräch zu verwickeln, ihr Vertrauen zu gewinnen. Viele Möglichkeiten standen mir nicht zur Verfügung. Was glaubst du denn?« Insoweit entsprach es zumindest der Wahrheit; in welchem Zustand er gefesselt gewesen war, war hier irrelevant.

»Schon gut!« Wayne hob besänftigend die Hände. »Entschuldige, meine Neugier war unangemessen, kein Grund sich aufzuregen.«

Eine Weile schwiegen beide und Vincent setzte sich wieder.

»Ich habe meiner Frau bislang nichts über die Umstände erzählt, um sie nicht zu beunruhigen, aber wohl ist mir nicht dabei, ihr etwas zu verheimlichen. Lydia geht nach wie vor davon aus, dass die beiden Opfer eines Überfalles wurden. Sie ist ganz angetan von der Miss und versteht sich gut mit ihr.«

»Tut mir leid, dass ich euch da mit hineingezogen habe.« Vincent leerte sein Glas und stellte es ebenfalls auf dem Beistelltisch ab.

»Unsinn!« Wayne wehrte die Worte mit einer energischen Handbewegung ab. »Du warst auch stets für mich da, wenn ich Hilfe brauchte.« Er griff zu seinem Glas, nahm den letzten Schluck und stellte es zurück. »Hast du schon einen Plan, wie du weiter vorgehen willst?«

»Nicht so richtig …«

»Dachte ich mir. Sicherheitshalber habe ich meine Leute angewiesen, den Mann nicht aus den Augen zu lassen, sofern du nicht in seiner Nähe weilst. Sollte Saunders versuchen, mein Anwesen zu verlassen, werden sie ihm unauffällig folgen. Zwei dieser Gauner befinden sich schließlich noch auf freiem Fuß und wir können nicht mit Sicherheit wissen, ob er nicht versuchen wird, Kontakt zu ihnen aufzunehmen.«

»Das wäre äußerst unklug von ihm, aber ich kann es mir nicht vorstellen. So dumm schätze ich den Viscount nicht ein.«

»Dumm mag er vielleicht nicht sein, aber sicherlich verzweifelt genug, um weitere Dummheiten zu begehen. Der Mann hat nichts mehr zu verlieren – abgesehen von seiner Schwester.«

»Ganz recht, und nur mit ihrer Unterstützung besteht noch die Chance, Viscount Saunders wieder auf den rechten Pfad zu führen. Vorausgesetzt, er ist gewillt, Hilfe anzunehmen, doch andererseits wird er keine Alternative haben.«

»Deine Hoffnung in allen Ehren, ich hoffe nur, du verrennst dich nicht in diese Sache.«

Vincent grollte dem Mann nach wie vor, dass er ihn entkleidet und in unwürdiger Lage seinem Schicksal überlassen hatte. In der Angelegenheit war das letzte Wort noch nicht gesprochen, aber das würde er Auge in Auge mit dem Kerl klären. Mitleid würde Vincent nicht mit ihm haben. Es erfüllte ihn bereits mit Genugtuung, dass er den Mann in der Hand hatte und ihn nach seiner Pfeife tanzen lassen konnte.

Wayne tippte sich nachdenklich an die Lippen. »Wir sollten den Schein wahren, beziehungsweise Viscount Saunders. Er sollte sich alsbald in der Gesellschaft zeigen, um etwaige Gerüchte im Keim zu ersticken. Dass er am Kartentisch sein Stadthaus an dich verloren hat, hat schnell die Runde gemacht, wie du weißt, und es wird viel spekuliert. Offiziell glauben die Leute, dass er sich nach der Niederlage auf seinem Landgut in Dorset verkrochen hat, um seine Wunden zu lecken. Sobald sie feststellen, dass er sich dort nicht mehr aufhält, wird das Gerede von vorn beginnen. Es wird unumgänglich sein, dass du dich mit ihm in der Öffentlichkeit zeigst, um keinen Verdacht einer Feindschaft zwischen euch aufkommen zu lassen. Die Geier werden wissen wollen, wo der Viscount derzeit untergekommen ist. Du wirst vorgeben müssen, dass du ihm das Stadthaus zur Miete überlassen hast, sofern du keine andere Lösung parat hast.«

Vincent stieß ein tiefes Grunzen aus. Der Gedanke gefiel ihm ganz und gar nicht, außerdem stand ihm wahrlich nicht der Sinn danach, mit dem Viscount auf gut Freund zu machen.

»Somit wäre der Viscount vorerst aus dem Gröbsten raus«, fuhr sein Freund fort. »Zumindest solange seine Kumpane nicht wieder auftauchen und versuchen, ihren Kopf aus der Schlinge zu ziehen, indem sie ihn denunzieren und der Mittäterschaft beschuldigen.«

»Wofür es bislang keinerlei Beweise gibt. Wenigstens war der Kerl vorsichtig bei seinen Taten, oder vielleicht war es lediglich Glück«, grummelte Vincent.

»Das und der Tatsache geschuldet, dass Saunders erst ein paar Monate in den diebischen Kreisen verkehrt hat, sodass seine Seele bislang nicht vollends verdorben wurde. Vielleicht hast du recht und man sollte Viscount Saunders noch nicht aufgeben.«

Vincent schwieg. Im Grunde war ihm der Viscount relativ egal, ihm ging es lediglich um das Wohl Violets. Aber er hütete sich davor, das hervorzuheben, um seinen Freund nicht auf falsche Gedanken zu bringen.

»Allerdings«, fügte Wayne an, »stellt das plötzliche Auftauchen einer Schwester uns vor eine weitere Herausforderung.«

Das Klopfen an der Tür enthob Vincent einer Antwort, wofür er im Stillen dankbar war.

Sarah kam mit einem beladenen Tablett herein. »Ihre Frau Gemahlin hat wieder mal Besuch von Lady

Winfield bekommen und bat mich, Ihnen ebenfalls ein paar Törtchen zu bringen, solange noch welche da sind.«

Wayne lachte laut auf und sah ihn erklärend an. »Lady Winfield nutzt jede Gelegenheit für einen Besuch, nur um in den Genuss der leckeren Zitronentörtchen zu kommen, und die alte Matrone zeigt keine Reue, sich ungeniert damit vollzustopfen.«

Auch Vincent waren diese berechnenden ältlichen Damen nicht fremd, somit fiel er in Waynes Lachen ein.

»Auf Verdacht habe ich den Herrschaften den Tee dazu gleich mitgebracht«, sagte Sarah ebenfalls belustigt, stellte das Tablett zwischen ihnen ab und verteilte das Geschirr. Während sie sich vorbeugte, um einzuschenken, schob sie Vincent ein gefaltetes Stück Papier zu. Offensichtlich sollte ihr Dienstherr nichts mitbekommen, da sie sich so platzierte, dass er und Wayne einander für einen kurzen Moment nicht sehen konnten.

Mehr aus Reflex nahm er die Nachricht entgegen und verstaute sie rasch in der Brusttasche seiner Weste. Verstört sah er die junge Frau an. Sie befand sich seit Jahren in Anstellung der Stantons, dutzende Male waren sie einander begegnet, aber niemals hatte sie versucht, ihm Avancen zu machen. Genaugenommen sah es auch jetzt nicht danach aus, als spekuliere sie auf ein heimliches Liebesabenteuer. Wer schickte ihm also eine geheime Botschaft? Ihm fiel nur Viscount Saunders ein und der Gedanke machte ihn nervös, doch vorerst musste er Tee und Zitronentörtchen, die in der Tat köstlich waren, überstehen.

*

Gedankenverloren betrachtete Violet die weiß ge-
tünchte Zimmerdecke. Doktor Ashbourne war vor
wenigen Minuten gegangen und hatte sich zufrieden
über ihren Gesundheitszustand geäußert. Ein paar
Tage könne sie noch leichtes Kopfweh verspüren,
doch das sei nach einem solchen Sturz nicht unge-
wöhnlich. Mit Sicherheit hatte er seine fachliche Einschätzung auch Ashton mitgeteilt, der gar nicht abwarten konnte, das Stanton-Haus endlich verlassen zu
können. Ihr hingegen verursachte es einen Knoten im
Magen. Es war nicht richtig, dass Ashton plante, sich
klammheimlich davonzumachen. Sie mochte Mrs
Stanton und deren regelmäßige Stippvisite machte ihr
Freude. Lady Lydia Stanton war eine herzliche und
unkomplizierte junge Frau, die nicht im Geringsten
hochnäsig oder arrogant erschien. Violet liebte es, mit
ihr zu plaudern. Es war schon schwer genug, die neu-
gewonnene Freundin anzulügen, was ihren Unfall
betraf, aber wenn sie sich vorstellte, ohne Dank und
Verabschiedung zu gehen … nein, das wäre nicht
richtig. Warum konnte Ashton das nicht einsehen?
Erneut verfluchte sie ihren dickköpfigen, engstirnigen
Bruder.

Und wo blieb Lord Sheridan? War es Sarah nicht gelungen, ihm die Nachricht unbemerkt zu überreichen?
Nachdem sie keine Möglichkeit gesehen hatte, dem
Earl persönlich mitzuteilen, dass sie ihn sprechen
müsse, hatte Violet kurzerhand ihre Botschaft schrift-
lich verfasst. Doch warum dauerte das so lange, bis

der Mann sich blicken ließ? Geduld war derzeit nicht ihre Stärke. Um nicht verrückt zu werden, legte sie sich ihre Worte sorgsam zurecht.

Wider Erwarten musste sie kurz eingenickt sein. Als es schließlich klopfte, fuhr sie erschrocken in die Höhe und bemühte sich fahrig, ihre Erscheinung zu richten, ohne sicherstellen zu können, ob sie tatsächlich vorzeigbar war.

Lord Sheridan steckte nach ihrer Bitte, einzutreten, bereits den Kopf durch die Tür, während sie noch hektisch den Morgenmantel über ihrer Brust zurechtzupfte.

»Sie wünschten, mich zu sprechen, Miss Saunders?«

»Ja, das ist richtig, Lord Sheridan. Bitte treten Sie ein.« Verdammt, warum klang sie so atemlos?

Bevor er ihrer Bitte nachkam, spähte er den Gang zu beiden Seiten entlang und vergewisserte sich, dass ihn niemand beobachtete. Erst jetzt wurde ihr gewahr, wie unanständig ihr Verhalten auf ihn wirken musste – wieder mal. Sie schluckte kurz und kämpfte die aufsteigende Scham nieder. Für das anstehende Gespräch konnte sie sich eine verräterische Schwäche nicht leisten. Sie kniff kurz die Augen zusammen, tat einen tiefen Atemzug und blickte ihm tapfer entgegen.

Er stand bereits am Fußende des Bettes, die Hände auf dem Rücken verschränkt, und betrachtete sie mit einem schelmischen Grinsen.

Bei seinem Anblick verschlug es ihr die Sprache, der Mund schien plötzlich wie ausgedörrt, und ihr Hirn musste sich zu einer Luftblase gewandelt haben. Alle sorgsam zurechtgelegten Worte waren nicht mehr greifbar. Nervös schluckte sie und benetzte ihre trockenen Lippen. Sie wusste, dass Sheridan, der Earl of Cunningham, attraktiv war, doch der Anblick des Mannes, der nun vor ihr stand, übertraf das Bild aus ihrer Erinnerung.

Akkurat frisiert, steckte sein Körper in einem dunklen Gehrock, aus dem ein blütenweißes Hemd mit sorgsam gebundenem Halstuch und eine filigran gemusterte Weste herausstachen. Dazu trug er eine beigefarbene Hose, die seine muskulösen Oberschenkel zur Geltung brachte und in schwarzen blank polierten Stiefeln mündete.

Sie räusperte sich verlegen, als sie bemerkte, dass sie ihn anstarrte. »Sie haben mir zugesichert, dass Sie mir helfen wollen«, begann sie unsicher und mied seinen Blick. »Stehen Sie zu ihrem Wort, Lord Sheridan?«

»Die Sachlage ist mittlerweile eine andere, wie Sie wissen. Dennoch, wenn Sie sagen, Sie benötigen meine Hilfe, bin ich gern bereit zu sehen, was ich machen kann.«

Seine Antwort entsprach nicht ganz dem, was sie hatte hören wollen, aber sie musste sich damit begnügen.

Verzweifelt versuchte sie, sich wenigstens einen Teil ihrer geplanten Rede ins Gedächtnis zurückzurufen. Aber es war hoffnungslos, sie konnte nicht denken, wenn er da stand und sie in dieser Erwartungshaltung ansah, also plapperte sie einfach drauflos. »Ich möchte, dass Sie meinen Bruder überzeugen und ihm helfen, diese Gegend schnellstmöglich zu verlassen. Dieser Landstrich und die Nähe zu London sind zu gefährlich für ihn. Es könnten ihn weitere Personen erkennen, und außerdem sind da noch Hank und Warren. Ich weiß, dass Ashton nur meinetwegen noch hier ist, doch er sollte auf mich keine Rücksicht nehmen, das müssen Sie ihm verständlich machen.«

Sheridans Augenbrauen wanderten erstaunt nach oben, bevor er neben das Bett trat und sie mit gefurchter Stirn betrachtete. »Und wie haben Sie sich das genau vorgestellt?«

»Ich … ähm … dachte, dass er vielleicht mit einem Passagierschiff nach Frankreich übersetzen könne«, sie sah ihn flehend an.

»Was ist mit Ihnen? Ich dachte, Ihr Bruder wollte Sie nach Herefordshire begleiten?«

»Ja schon, aber er hat nicht vor, dort zu bleiben. Er wird zurück nach London kehren und ich werde niemals eine ruhige Minute haben. Ganz davon ab habe ich nicht vor, mich zu einer völlig fremden Frau aufs Land abschieben zu lassen.«

»Dann wollen Sie ihn nach Frankreich begleiten?«

Violet bemühte sich, nicht mit den Augen zu rollen. War ihr Anliegen denn so schwer zu verstehen? »Nein! Unsere Wege werden sich trennen. Ich gedenke, mich in London niederzulassen, wo ich beabsichtige, einen Beschützer zu finden, der für mein Auskommen sorgt. Vielleicht können Sie mir bei der Auswahl ein paar Tipps geben, da ich mich bei den Gentlemen des *ton* nicht gut auskenne. Ich erwarte keine Juwelen, Diamanten und Rubine oder teure Roben, das dürfte die Zahl möglicher Interessenten steigern. Selbstverständlich werde ich Ihnen, Lord Sheridan, alle finanziellen Auslagen ersetzen, sobald mein Ansinnen erfolgreich war.« Währenddessen knetete sie aus Nervosität ihre Bettdecke und war beim Sprechen immer schneller geworden, sodass sie sich fast verhaspelt hätte.

»Sie wissen nicht, was Sie da von mir verlangen. Vergessen Sie es, das kommt überhaupt nicht infrage!«

Überrascht über seinen schroffen und harten Ton, blickte sie zu ihm auf. Er schien wütend zu sein, doch warum? Das war etwas, womit sie gar nicht rechnete. Hatte er Angst, mit ihr in Verbindung gebracht zu werden, oder mit Ashton?

»Sie wissen nicht, was Sie für einen Unfug daherreden, Violet. Damit wäre Ihnen nicht geholfen, es wäre Ihr Untergang und womöglich ein vollkommen sinnloses Opfer. Woher nehmen Sie die Gewissheit, dass Ihr Bruder in Frankreich nicht dort weitermacht, wo er hierzulande aufgehört hat?«

Darüber hatte sie sich keine Gedanken gemacht, doch sie hoffte einfach, dass Ashton ein Gewissen besaß und die Chance sinnvoll zu nutzen wusste.

»Sie wollen mir also nicht helfen?«, hakte sie beleidigt nach.

»Zumindest nicht auf diese absurde Weise«, schnaubte Sheridan.

»Ich hätte wissen sollen, dass ich Ihnen nicht trauen kann.« Bockig verschränkte sie die Arme vor der Brust und sah ihn finster an.

»Ich bitte Sie, darum geht es nicht! Wenn Sie unbedingt Ihren eigenen Weg gehen wollen, warum versuchen Sie es dann nicht als Gesellschafterin? Sie würden einer alten Dame etwas vorlesen, mit ihr Tee trinken, vielleicht ein paar Spaziergänge unternehmen, sofern es die Gesundheit zulässt. Und für Ihre Unterbringung und Kost wird gesorgt sein.«

»Und wenn die alte Dame stirbt, stehe ich auf der Straße.«

»Wenn Ihr Beschützer irgendwann beschließen sollte, sich einer anderen Schönheit zuzuwenden, würde es nicht anders aussehen«, hielt er dagegen.

»Mag sein, aber in dem Falle wäre ich nicht arm wie eine Kirchenmaus.«

»Warum wollen Sie Ihre Zukunft wegwerfen, Miss Saunders? Das, was Sie anstreben, ist Wahnsinn, und Sie sind nicht für ein solches Leben gemacht, Sie würden zerbrechen.«

»Das können Sie überhaupt nicht beurteilen, Lord Sheridan. Waren Sie es nicht, der mich anfangs für eine Frau mit lockerer Moral gehalten hat, bevor Sie wussten, dass ich die Schwester eines Viscounts bin?« Sie hatte ihn nicht an dieses Szenario erinnern wollen, vor allem sich selbst nicht, aber es war ihr im Eifer herausgerutscht. Rasch senkte sie die Lider.

»Wie könnte ich das jemals vergessen.« Er kam näher und ließ sich ungefragt zu ihr auf die Matratze nieder. Zum Glück war das Bett breit genug, sodass sie einander nicht berührten. »Sie haben mich damit ganz schön in Verlegenheit gebracht.«

»Ich *Sie*?«. Verwundert musterte sie ihn.

Er schmunzelte und seine Hand legte sich auf ihre. Ihr erster Impuls war es, sie ihm zu entziehen, doch sie widerstand dem Drang. Seine Hand fühlte sich angenehm warm und weich auf der ihren an, ein Umstand, der ihren Puls beschleunigte. Unsicher nagte sie auf ihrer Unterlippe und wartete auf eine Erklärung seinerseits, doch offenbar dachte er gar nicht daran, seine Äußerung zu erläutern.

Stattdessen traf sie ein intensiver Blick aus seinen faszinierenden nebelgrauen Augen. »Sie sind so unschuldig, meine liebe Violet.« Seine Stimme war kaum mehr als ein Flüstern.

Ein wohliger Schauer kroch ihren Rücken hinauf, als sein Daumen wie geistesabwesend über ihren Handrücken streichelte. Sie waren einander so nah, und doch war die Situation vollkommen anders als in dem alten Unterschlupf. Nervös fuhr sie sich mit der Zunge über die Lippen und bemerkte, wie seine Augen gebannt der Bewegung folgten. Erinnerte er sich womöglich gerade an ihren Kuss?

Automatisch richtete sich ihre Aufmerksamkeit auf seinen Mund, der sich einst aufregend sinnlich mit ihrem vereinigt hatte. Hitze sammelte sich in ihrem Schoß und sie versuchte, die Sitzposition zu korrigieren, während ihr Herz vor Aufregung aus der Brust zu hüpfen drohte.

Dann trafen sich ihre Blicke erneut und hielten einander gefangen. Seine Augen schimmern wie ein Bergsee im Morgentau, durchfuhr es sie und wünschte sich plötzlich nichts mehr, als dass er sie abermals küssen würde. Innerlich flehte sie ihn beinahe an, fieberte dem Kontakt entgegen, und als sie seine Hand an der Wange spürte, schloss sie die Augen.

Lord Sheridan schmeckte nach Brandy und der Duft nach Seife umgab sie mit einer betörenden männlichen Note. Er nahm sich in diesem Kuss nicht zurück und sie bemühte sich, mit seiner Forderung mitzuhalten. Bereitwillig öffnete sie sich ihm und gewährte seiner Zunge Einlass. Ihre Unsicherheit verflog rasch, als sie spürte, dass ihm offenbar gefiel, wie sie ihm entgegenkam. Ein leises Stöhnen entfleuchte ihr und er antwortete mit einem ebensolchen, was sie glückselig zur Kenntnis nahm. Sie spielte hingebungsvoll mit seinem Haaransatz im Nacken und erwiderte die Liebkosungen seiner Zunge und des Mundes. Als eine Hand ihre Brust berührte und er mit dem Daumen über ihre Brustwarze strich, bog sie sich ihm verlangend entgegen.

Irgendwo in ihrem Hinterkopf entsann sie sich, dass sie lediglich ein dünnes Nachthemd unter dem Morgenrock trug, dessen Gürtel der stürmischen Zweisamkeit nicht lange standhalten konnte. Ein kleiner Anflug von Scheu stahl sich in ihre vernebelten Sinne und der Gedanke, dass sie nicht zulassen durfte, dass ihr Morgenrock über den Brüsten auseinanderklaffte. In einer hastigen Bewegung griff sie nach dem samtenen Aufschlag und zog ihn zur Mitte ihres Brustkorbs.

Sheridan zog seine Hand zurück und beendete den Kuss, der Zauber war gebrochen. Für einen kurzen Moment hielten sie Augenkontakt, dann sprang er wie von der Tarantel gestochen auf die Füße und fuhr sich mit Fingern durch sein Haar, ohne sie anzusehen. »Es tut mir leid, bitte verzeihen Sie.«

Diese Entschuldigung verursachte eine Wirkung wie ein Eimer Eiswasser. Mühsam presste sie die plötzlich zitternden Lippen aufeinander, während Sheridan neben ihrem Krankenlager auf und ab schritt.

Abrupt blieb er stehen und sie spürte, dass er sie anschaute. »Sie sind ein verdammt gerissenes Früchtchen, Miss Violet Saunders. Sie streben danach, sich von vornehmen und wohlhabenden Gentlemen für sexuelle Gefälligkeiten bezahlen zu lassen. Ich wünsche Ihnen viel Erfolg bei Ihrem Lebenstraum, aber versuchen Sie nie wieder, mich als Ihr Versuchsobjekt zu missbrauchen, um Ihren Wert zu testen! Sie durchtriebenes kleines Luder!«

»Wie bitte?« Sämtliche Farbe wich ihr aus dem Gesicht. Sie musste sich verhört haben, fassungslos starrte sie ihn an, unfähig, auf das Gehörte zu reagieren.

Jegliche Wärme sowie der Glanz in seinen Augen waren verschwunden, sein Ausdruck war hart und zeugte von Widerwillen und Abscheu.

Tränen rannen ungehindert ihre Wangen hinunter; sie bemerkte dies erst, als sie auf ihre Hände im Schoß tropften. »Raus hier!«, würgte sie mit verbliebener Würde hervor.

Einen Mundwinkel nach oben ziehend, musterte er sie vom Fußende des Bettes aus abfällig.

»Was geht denn hier vor sich?«

Violet war viel zu verstört, als dass sie ein Anklopfen wahrgenommen hätte, aber auch Lord Sheridan wirkte zutiefst überrascht, als plötzlich die Hausherrin mitten im Zimmer stand.

Verwirrt flog ihr Blick zwischen ihnen hin und her und blieb schließlich an ihm hängen. »Vincent! Würdest du mir bitte erklären, was in aller Welt du in *diesem* Zimmer zu suchen hast?«

Sheridan fuhr sich abermals mit gespreizten Fingern durchs Haar und murmelte etwas, das Violet nicht

verstehen konnte, bevor er auf dem Absatz kehrt-
machte und aus dem Raum stürmte. Er machte sich
nicht mal die Mühe, die Tür zu schließen, das übernahm Lady Lydia für ihn.

Sobald Sheridan außer Sichtweite war, warf Violet
sich auf die Seite und barg ihr Gesicht in den Kissen.
Ihr gesamter Körper wurde von haltlosen Schluchzern
geschüttelt. Was hatte sie getan, um so eine Reaktion
bei Lord Sheridan hervorzurufen? Sie spürte, wie
Lady Lydia sich zu ihr setzte, ihren Rücken tätschelte
und beruhigend auf sie einsprach, auch wenn sie den
genauen Wortlaut wegen ihres Ausbruchs nicht verstand. Es war ihr unangenehm, sich vor der liebenswerten Hausherrin derart gehen zu lassen, aber sie
konnte nichts tun. Zu sehr hatten Sheridans Worte sie
verletzt.

*

Vincent genoss den scharfen Ritt auf Pegasus, seinem
treuen Wallach; er musste den Kopf freibekommen.
Wenigstens war das durchgegangene Pferd von einem aufmerksamen Herrn gefunden und während
der Suche nach seinem Eigentümer bestens versorgt
worden, wofür Vincent den Mann großzügig entlohnt
hatte.

Er erreichte London in Rekordzeit. Die Haushälterin
in seinem Stadthaus, Mrs Brownie, wirkte ein wenig
überrascht über sein unverhofftes Erscheinen, bot
aber sofort an, ihm einen Imbiss herzurichten, was er
aber dankend ablehnte.

Rasch sah er die aufgelaufene Post durch, die in erster Linie diverse Einladungen zu festlichen Veranstaltungen enthielt. Vielleicht sollte er nach dem ganzen Schlamassel der vergangenen Tage tatsächlich ein oder zwei Geselligkeiten wahrnehmen, um auf andere Gedanken zu kommen. Aber fürs Erste musste er sich um die Bedürfnisse seiner männlichen Triebe kümmern, damit ihn keine Frau mehr so einfach in den Wahnsinn treiben konnte. Und wenn er in dieser Hinsicht ausreichend gesättigt wäre, könnte er sich gefahrlos unter die Schönheiten Londons mischen. Außerdem, so hoffte er, wäre er dann auch endlich immun gegen Violets Reize.

Er konnte nicht sagen, warum ihn gerade diese Frau derart in den Bann zog, aber allein, dass sie diese Macht über ihn besaß, machte ihn wütend. Natürlich hatte er nicht geplant, sie auf ihrem Krankenlager zu verführen, und doch lag sie plötzlich in seinen Armen und sie versanken in einem leidenschaftlichen Kuss. Aber sie war unschuldig, eine Jungfrau, mit der man sich nicht vergnügen durfte, ohne Konsequenzen zu befürchten.

Auf seine Erfahrungen mit dem anderen Geschlecht vertrauend, entging ihm nicht, dass sie ihn begehrte, auch wenn ihr dies offensichtlich selbst nicht bewusst war. Doch ihr Begehren diente einem anderen Ziel, einem höhergesteckten. Violet war versessen darauf, sich anderen Männern hinzugeben, um sich mit deren Geld ein angenehmes Leben zu finanzieren. Sie mochte nicht kriminell sein, wie ihr verkommener Bruder, aber sie entstammten schließlich derselben Brut. Er würde den Teufel tun und der Erste sein, der sie auf diesen Weg brachte. Mit Sicherheit existierte im *ton* diverser Abschaum, der Höchstpreise zahlen würde, es mit einer Jungfrau zu treiben. Violet dürfte demzufolge kein Problem haben, in dieses Gewerbe einzusteigen. Und der erste Mann, der sie für eine Zeit lang zur Befriedigung seiner sexuellen Gelüste missbrauchen würde, wäre bestimmt auch nicht weit, immerhin war Violet eine äußerst attraktive Erscheinung.

Zornig schlug er mehrmals mit der Faust gegen seine Zimmertür aus massiver Eiche und rieb sich anschließend mit schmerzverzerrtem Gesicht die wunden, geröteten Fingerknöchel. Was für ein Narr er doch war. Er schnaubte, verärgert über sich selbst, griff nach seinem Mantel und verließ das Haus.

Sein Weg führte ihn schnurstracks ins Red Palace, ein kleines, exquisites und sauber geführtes Bordell, das nur hochrangigen Gentlemen Einlass gewährte. Er war lange nicht mehr hier gewesen und der neue Türsteher wollte ihm den Zutritt verwehren. Erst auf ein Handzeichen von Mrs Dupont, der Betreiberin, durfte er passieren.

Vincent entschied sich für die dunkelhaarige Jeanna, mit der er ohne langes Geplänkel an der Bar im Separee verschwand. Sie war hübsch, mit einem einnehmenden Lächeln. Rasch legte er Mantel und Halstuch ab und ließ sich dann von Jeanna aus Hemd und Weste helfen. Er zuckte mit einem Schmerzlaut zusammen, als er sich mit ihr auf die Matratze niederließ.

»Oh, wem hast du eine verpasst?«, fragte sie erschrocken und küsste jeden einzelnen seiner geschundenen Handknöchel.

»Lange Geschichte«, wehrte Vincent ab, schließlich war er hier, um nicht an diese Sache denken zu müssen.

»Warte, ich hole dir etwas Eis.« Sie schlüpfte aus dem Zimmer, während er sich seiner Stiefel entledigte und es sich in der Waagerechten bequem machte. Das Bett war mit roten Plüschkissen überladen und deckenhohe Spiegel mit goldfarbener Einfassung flankierten die quadratische Liegefläche zu beiden Seiten.

Jeanna kehrte zurück und stellte ein Tablett mit einer Schale und einem Leinentuch neben ihm ab. Aufreizend krabbelte sie über ihn und ließ sich rittlings auf seinem Körper nieder, wobei sie genau auf seiner Intimregion zu sitzen kam und dort keineswegs regungslos verweilte, während sie das Tuch mit dem Eis um seine Hand schlang.

Normalerweise müsste seine Hose längst eine große Beule aufweisen und sein Schwanz begierig darauf warten, seiner Enge entkommen zu können, doch zu seinem Entsetzen tat sich gar nichts. Dieser Zustand blieb natürlich auch Jeanna nicht verborgen. Ganz langsam befreite sie ihre Brüste aus dem zarten Negligé und strich mit ihren vom Eis gekühlten Fingerspitzen über ihre Nippel, die sich sofort aufrichteten. Zudem verstärkte sie ihre Bewegungen auf seinem besten Stück. Der Anblick, der sich Vincent bot, war faszinierend, und mit der unverletzten Hand nahm er sich ihrer Brust an, die genau in seine Handfläche passte, doch zwischen seinen Beinen war keine nennenswerte Regung, was ihm zunehmend peinlicher wurde. So etwas war ihm noch nie passiert.

»Entspann dich, Süßer. Du bist viel zu verkrampft«, gurrte Jeanna. Sie beugte sich vor und küsste eine Spur von seinem Hosenbund aufwärts, bedachte seine Brustwarzen mit neckischen Spielchen ihrer Zunge und fuhr wieder abwärts, mit dem Vorhaben, seinen Unterkörper von der restlichen Kleidung zu befreien.

»Ich fürchte, ich bin heute nicht in der Stimmung«, bot er ihr Einhalt. »Ich sollte gehen!« Er stemmte sich auf die Unterarme, bereit, die Örtlichkeit zu verlassen.

»Sei nicht so ungeduldig, vertrau mir.« Sie lächelte wissend, drückte ihn zurück auf die Matratze und legte mit geübten Fingern seine Männlichkeit frei. »Danach wirst du dich um einiges besser fühlen.« Aufreizend zwinkerte sie ihm zu.

Stöhnend schloss er die Augen und ergab sich seiner Schmach, viel schlimmer konnte es ohnehin nicht mehr kommen. Sie würde bald merken, dass ihre Bemühungen vergebens wären. Er war nicht bei der Sache, weil seine Gedanken ungewollt um ein anderes Geschöpf kreisten, so sehr er dies auch zu vermeiden versuchte. Doch Jeanna war nicht umsonst eine fachkundige Liebesdienerin. Bereits nach wenigen Augenblicken entwickelte sein verräterischer Schwanz ein Eigenleben, nicht gewillt, die Aufmerksamkeit, die ihm zuteilwurde, verstreichen zu lassen. Augenrollend stöhnte Vincent auf und forderte an dieser Stelle die Führung ein, was seinem angeknacksten Stolz wieder Auftrieb verlieh, immerhin besaß er einen Ruf als erfahrener Liebhaber.

Sein Körper fand die angestrebte Erlösung, obgleich ihm sein Geist im Wege stand. Für den Moment fühlte er sich befriedigt und gesättigt, eine willkommene Erleichterung machte sich breit.

»Ich sagte doch, du wirst dich besser fühlen. Ist es nicht so?«, hakte Jeanna triumphierend nach, während sie sich schnurrend in seinen Armen rekelte.

»Ey, das hast du«, erwiderte er und verpasste ihr einen Kuss auf die Stirn. Sinnierend bewegte er die Finger seiner lädierten Hand. Der Eiswickel hatte sich längst gelöst und das geschmolzene Eis war zu einem großen nassen Fleck am Rande der Matratze verkümmert.

»Deiner anfänglichen Verfassung und der Verletzung nach zu urteilen, gehe ich davon aus, dass eine hübsche junge Lady für deine schlechte Stimmung verantwortlich war. Ich hoffe, du hast deinen Rivalen erfolgreich in die Flucht geschlagen und er kommt dir nicht noch einmal in die Quere. Sag, hast du ihm die Nase gebrochen?«

Vincent musste über ihre Schlussfolgerung schmunzeln. Nur dass eine unbeteiligte Eichenholztür das Ventil für seine Wut geworden war und ein Konkurrent nicht wirklich existierte, es sei denn, man zählte schon jetzt ihre zukünftigen Kunden als Konkurrenz. Da hätte er einige Nasen zu brechen.

Eine Frage ging ihm durch den Sinn. »Sag mal, Jeanna, wolltest du schon immer dieser Tätigkeit nachgehen? War es dein freier Wunsch, in einem Bordell zu arbeiten und jedem Herrn, der dich wählt, mit deinem Körper zur Verfügung zu stehen?«

Verwirrt sah sie zu ihm auf. »Du willst wissen, ob es mein Traum war, Hure zu sein?« Sie tat einen tiefen Atemzug. »Das hat mich noch nie jemand gefragt!«

Sie schwieg und Vincent glaubte schon, sie würde nicht mehr antworten. »Sein Name war David, er war der Sohn eines Bankiers, gebildet und gut aussehend. Ich hingegen war jung, naiv und verliebt. Ich ließ mich von seinen süßen Worten blenden, war überzeugt, er würde um meine Hand anhalten, nur deshalb gab ich mich ihm hin. Doch danach wollte er nichts mehr von mir wissen und lachte mich aus, als ich ihm gestand, dass ich von einer gemeinsamen Zukunft ausging. Für mich brach eine Welt zusammen und von da an war ein anderer Weg für mich vorbestimmt.«

»Was für ein widerwärtiges Bürschchen. Hat dein Vater diesen Flegel nicht zur Rede gestellt?« Beruhigend strich er über ihren Arm, da er spürte, dass die Geschichte sie immer noch mitnahm.

»Anfangs schon, doch dann machte Davids Vater ihm ein lukratives Angebot, das er nicht ausschlagen konnte. Mein Dad hatte einen Kredit bei seiner Bank, aber sein Geschäft warf kaum noch Gewinne ab, früher oder später wäre er erledigt gewesen. Ich war ruiniert und schwanger, sodass er mich nicht mehr gewinnbringend an den Mann bringen konnte, also nahm er das Angebot des Bankiers an. Mein Vater war fortan ein wohlhabender Mann und ich musste die Familie verlassen. Vorerst kam ich heimlich bei einer entfernten Cousine meiner Mutter unter, wo ich für Kost und Logis arbeiten musste. Manchmal schickte meine Mutter mir etwas Geld, ohne dass mein Vater davon wusste, doch knapp ein Jahr später starb sie an der Influenza und ich war auf mich allein gestellt. Der Sohn dieser Cousine war ein Teufel, der meine Lage ausnutzte. Ich musste ihm, wann immer es ihm beliebte, zu Willen sein. Und damit ich meinen Mund hielt, bezahlte er mich. Es dauerte nicht lang, bis auch seine zwielichtigen Freunde Gefallen daran fanden. Und durch einen von ihnen landete ich schließlich in einem der niederen Bordelle für das einfache Volk. Dass ich heute hier in diesem gehobenen und exklusiven Club arbeiten darf, ist ein Glücksfall und es war ein harter Weg bis hierher.«

Vincent hatte sich nie Gedanken um die Schicksale der Damen gemacht, die in den Bordellen ihre Dienste anboten, doch jetzt war er in der Tat schockiert. »Was ist aus deinem Kind geworden?«

»Nichts! Es gab nie ein Kind, ich erlitt ein paar Wochen später eine Fehlgeburt.«

»Das tut mir sehr leid. Hast du diesen David je wiedergesehen?«

»Vor etwa drei Jahren sah ich ihn vor dem Laden des Herrenschneiders aus seiner Kutsche steigen, als ich gerade nebenan den Buchladen verließ. Zu meiner Erleichterung hat er mich nicht beachtet. David hält sich zum Glück selten in London auf. Er ist inzwischen verheiratet und ich hörte, dass er mindestens zwei Kinder haben soll.«

»Aber hier im Red Palace ist er nicht aufgetaucht?«

»Gott bewahre, nein! Obwohl ich gern sein blödes Gesicht gesehen hätte, wenn ihm die Erkenntnis gekommen wäre.« Jeanna kicherte und kuschelte sich eng an ihn. »Warum wolltest du das überhaupt wissen?«

Eigentlich wollte er die Frage nicht beantworten, aber nach ihrem ehrlichen Geständnis verdiente sie zumindest eine Erklärung, und er fasste dies recht neutral zusammen.

Jeanna stemmte sich auf einen Ellbogen hoch, um ihm ins Gesicht schauen zu können. »Was für ein Unsinn! Ich habe mich zwar mit meinen Lebensumständen arrangiert und kann es mir leisten, abseits des Red Palace ein freies und unabhängiges Leben zu führen, dennoch ist es keine einfache Aufgabe, Hure zu sein. Nicht jeder Mann ist so höflich und aufmerksam wie du. Viele von euch nehmen uns gar nicht wahr, sie bedienen sich rücksichtslos unseres Körpers, aber verkennen, dass wir auch menschliche Wesen mit Gefühlen sind. Wir sind lediglich das Werkzeug ihrer Begierde und auf der Straße nicht mal eines Blickes geschweige denn eines Grußes wert. Deine Bekannte sollte sich sehr genau überlegen, ob ihr Bruder es wert ist, sich seinetwegen zu opfern, denn er wird es ihr niemals danken. Er wird sich von ihr abwenden, weil kein Gentleman mit einer Hure als Schwester in Verbindung gebracht werden möchte. Der *ton* verzeiht solche Verfehlungen nicht, er wäre erledigt, und das wird er nicht riskieren. Im Übrigen wäre er nicht der einzige Adelige, der sich wegen des Glücksspiels am Rande des Abgrundes bewegt.«

»Das ist wohl wahr«, antwortete Vincent nachdenklich. Von dieser Seite hatte er das Ganze noch nicht betrachtet, aber Jeanna hatte recht.

»Wenn ich sie wäre, würde ich einen greisen, jedoch sehr wohlhabenden Herrn heiraten. Sie versüßt dem Alten ein paar Jährchen das Leben und nach seinem Ableben wäre sie eine reiche Witwe, die sich nichts mehr vorschreiben lassen müsste. Das ist allemal besser, als sich jahrelang von der Londoner Oberschicht benutzen zu lassen. Die Ehe garantiert ihr Sicherheit und sie könnte trotzdem ihren Bruder finanziell unterstützen, ohne ihr Gesicht zu verlieren.«

»Das wäre wahrscheinlich das Klügste und ich kann mir vorstellen, dass er diesen Gedanken auch bereits ins Auge gefasst hat, sehr zum Widerwillen seiner Schwester.« *Und zu seinem* ergänzte er in Gedanken. Die Vorstellung, dass die süße Violet gezwungen wäre, dass Bett mit einem alten Sack zu teilen, der sie begrapschte und sich keuchend und schwitzend zwischen ihren Beinen verausgabte, verursachte ihm Übelkeit. Oberflächlich betrachtet lag Jeanna mit ihrer Anregung natürlich richtig und an alternden Herren, die sich ihren Lebensabend gern mit einer mehr als halb so alten Gemahlin versüßen wollten, bestand kein Mangel. Welcher Mann fühlte sich nicht wohl mit einer hübschen, blutjungen Frau an seiner Seite. Die Unterhaltung mit Jeanna wurde ihm allmählich zu heiß und er wollte nicht Gefahr laufen, sich durch irgendeine unbedachte Reaktion oder Äußerung zu verraten. Daher schob er einen unaufschiebbaren Termin vor, um seinen schnellen Aufbruch zu rechtfertigen, obwohl er ihr keine Begründung schuldete.

Gemächlich, mit diversen Unterbrechungen durch Begrüßungen und dem Austausch einiger Höflichkeitsfloskeln, ritt er zurück zu seinem Stadthaus.

Körperlich befriedigt, herrschte in seinem Kopf nach wie vor ein Durcheinander, das nach Zerstreuung verlangte. Unter seiner Post hatte sich auch eine Einladung für den Ball der Hendsons befunden. Er hatte sich schon viel zu lange nicht mehr bei der reizenden Dame, deren Gatte ein enger Freund seines Vaters gewesen war, sehen lassen – Zeit dieses Versäumnis nachzuholen. Die Angelegenheit mit den Hausgästen, die er seinem Freund Wayne aufgebürdet hatte, konnte auch noch bis morgen warten. Dann aber mussten sie eine Lösung finden.

Von seinem Kammerdiener Olsen bestens ausstaffiert erschien er zwei Stunden später auf dem Ball, der schon in vollem Gange war. Der Ballsaal war überfüllt, die Luft bereits stickig und auf der Tanzfläche nahmen Paare zu einem Cotillon Aufstellung.

Da er es versäumt hatte, sein Kommen anzukündigen, weil es der Spontanität geschuldet war, geriet die rüstige Mrs Hendson völlig aus dem Häuschen, als sie ihn erblickte, und herzte ihn wie einen verlorenen Sohn. Schnell waren die alten Zeiten ein begehrtes Gesprächsthema und andere Herrschaften, die Vincent ebenfalls gut kannte, gesellten sich zu ihnen.

Ein kräftiger Schlag auf die Schulter ließ ihn fast sein Getränk verschütten.

»Lord Sheridan, alter Knabe. Es überrascht mich, Sie hier anzutreffen, wo wir Sie doch auf dem Ball der Stantons so schändlich vermisst haben.«

»Lord Rutledge«, sagte Vincent gedehnt und unterdrückte ein Stöhnen. Dieser selbstverliebte, herausgeputzte Gockel hatte ihm gerade noch gefehlt. Aber der Marquess war eine Persönlichkeit, die man nicht schnitt und somit auf jeder Festlichkeit ein begehrter Gast war, zumal der Vater der einflussreiche Duke of Wakefield war und einen großen Einfluss im House of Lords besaß. Rutledge war ein paar Jahre älter als

Vincent und es wurde gemunkelt, dass er sich auf Freiersfüßen befände oder besser gesagt, von seinem alten Herrn dazu genötigt wurde, sich alsbald eine Gemahlin zu suchen. Bislang machte der Marquess in erster Linie mit Skandalen von sich reden, in denen es meistens um irgendwelche Frauengeschichten ging.

»Mir war kurzfristig eine familiäre Angelegenheit dazwischen gekommen, weshalb ich am Ball der Stantons nicht mit meiner Anwesenheit glänzen konnte«, umschiffte Vincent das Thema.

»Ahh, so nennt man das heute.« Er grinste breit und zwinkerte provokant, womit klar war, dass er ihm die Lüge nicht abkaufte. »Warum sich in der Aufmerksamkeit von zehn hübschen Damen aalen, wenn man stattdessen eine willige Schönheit ganz für sich allein haben kann, die einem den Abend versüßt, nicht wahr?« Er lachte, als habe er einen guten Witz gehört.

»Ich hätte es nicht besser ausdrücken können«, antwortete Vincent und zwang sich, vergnügt zu klingen.

Getuschel in der Nähe erregte die Neugier beider und sie wandten sich den Stimmen zu. Sie waren ins Visier der heiratswilligen Damen und deren ehrgeizigen Mütter geraten, was keine Verwunderung war. Vincent kannte das zur Genüge. Normalerweise ergriff er in dieser Situation gern die Flucht, heute allerdings reizte ihn die Herausforderung.

»Ich glaube, wir sollten die jungen Damen mit unserer Aufmerksamkeit beglücken«, raunte Lord Rutledge ihm zu. Obwohl der Ruf des Mannes weitgehend bekannt war, schreckten viele Mütter nicht davor zurück, ihre heiratsfähigen Töchter in dessen Arme zu schieben. Die Aussicht für ihre Mädchen einen

Titel zu ergattern, stand über dem Charakter des Mannes. »Ich habe mir schon den Walzer bei der süßen Blonden dort drüben gesichert, ihr Name ist Elaine, aber diese dunkelhaarige Jungfer neben ihr, die kann mich nicht leiden. Dieses Mauerblümchen, ihre Cousine, meine ich, ist wahrscheinlich neidisch, weil sie nicht so hübsch ist. Ich schulde Ihnen einen Gefallen, Lord Sheridan, wenn Sie mir diese Hyäne vom Hals halten.«

Bevor Vincent reagieren konnte, bewegte sich Rutledge bereits auf sein Opfer zu.

Mit einem kaum merklichen Kopfschütteln sah er dem Mann nach, und obwohl er nicht beabsichtigte, sich von dem Marquess vor den Karren spannen zu lassen, folgte er ihm. Heute wollte er sich schließlich amüsieren und tanzen. Lord Rutledge stellte sie einander vor und Vincent bekam zum ersten Mal die Gelegenheit, die Dunkelhaarige von vorn zu sehen, und fand sie alles andere als unzulänglich. Miss Megan Powell, Tochter des verstorbenen Barons Howard Powell, war ein wenig älter, vielleicht vier- oder fünfundzwanzig und ihr Kleid entsprach nicht der neusten Mode, aber sie besaß ein hübsches Gesicht und wachsame Augen.

Miss Powell wollte ihn abweisen und behauptete, nicht zu tanzen, tatsächlich war ihre Tanzkarte vollkommen leer, aber davon ließ Vincent sich nicht beirren. Widerwillig, um keinen Aufruhr zu verursachen, folgte sie ihm schließlich auf die Tanzfläche. Er war fast erstaunt, dass sie die Schritte beherrschte und tanzen konnte, wenn auch zu Anfang ein wenig steif.

»Das war doch abgesprochen«, beschwerte sie sich. »Ich habe genau gesehen, wie Lord Rutledge Sie angewiesen hat, mich abzulenken, damit er sich an meine Cousine heranmachen kann.«

Vincent stritt den Vorwurf nicht ab, beteuerte aber, dass sie lediglich zusammen tanzen würden und sie ihren Schützling ebenso gut im Auge haben könne, als würde sie am Rande stehen und zusehen.

»Meine Cousine ist jung und naiv und Lord Rutledges ist als Schürzenjäger bekannt.«

»Da gebe ich Ihnen vollkommen recht und ich muss gestehen, dass ich ihn auch ungern in die Nähe meiner Schwestern sehen würde.«

Voller Erstaunen sah sie ihn an und dann lächelte sie zum ersten Mal. Was ihn betraf, fand er sie bei Weitem reizvoller als die Cousine. Die Bezeichnung Mauerblümchen verdiente sie keineswegs. Er erwiderte das Lächeln und führte sie schwungvoll in die nächste Drehung.

Der Walzer endete viel zu schnell und Miss Powell reckte ihren Hals, um nach ihrer Cousine und Lord Rutledge zu sehen, die gerade den Stand mit den Erfrischungen erreichten, während Vincent von zwei Freunden aufgehalten wurde, die überrascht die Dame an seiner Seite musterten.

Dass Miss Powell mit ihm getanzt hatte, machte sie in den Augen anderer Gentlemen gleich interessanter, und schon wurde sie zum nächsten Tanz aufgefordert.

Wieder schaute sie in Richtung der Cousine und schien mit sich zu hadern.

»Gehen Sie schon, Sie sollten sich ebenfalls amüsieren«, raunte er ihr zu. »Ich verspreche, ich werde Lord Rutledge solange im Auge behalten.«

»Aber … ich, ähm …«

Aufmunternd nickte er ihr zu und sie gab sich schließlich geschlagen. Irgendwie erinnerte Miss Powell ihn an Violet. Diese Erkenntnis stimmte ihn verdrießlich, schließlich war er hier, um nicht an sie zu denken. Er griff sich eines der mit Whiskey befüllten Gläser, die ein Bediensteter auf einem Tablett durch die Menge balancierte. Im nächsten Moment war er von drei jungen Damen umgeben, von denen er nur Lady Priscilla Hartung kannte, eine Freundin von Waynes Gemahlin Lydia.

Lady Priscilla hatte schon lange ein Auge auf ihn, das wusste er, weshalb Lydia mehrere Versuche unternommen hatte, sie zu verkuppeln. Im Grunde hätte es funktionieren können, denn Priscilla war eine äußerst attraktive Erscheinung, doch seine Panik, Ehefesseln angelegt zu bekommen, hatte ihn schließlich auf Abstand gehalten. Es reichte, dass Wayne sich hatte einfangen lassen, aber im Gegensatz zu ihm hatte Wayne längst sein Herz verloren. Vincent mochte Priscilla; gern auch in seinem Bett, aber mehr konnte er sich nicht vorstellen.

Aus dem Augenwinkel bemerkte er, dass Rutledge mit Elaine auf die offene Terrassentür zusteuerte. Vincent fluchte innerlich, er hatte Miss Powell ein Versprechen gegeben, daher musste er verhindern, dass Rutledge Gelegenheit bekam, das Mädchen zu kompromittieren.

»Kennen Sie Lord Rutledge bereits?«

Verwundert schaute Priscilla ihn an. »Allerdings! Wir sind einander im letzten Jahr vorgestellt worden …«

»Wunderbar, dann darf ich bitten?« Er bot ihr seinen Arm und sie hakte sich irritiert bei ihm ein. »Ich muss ihn daran hindern, die Terrassentür zu erreichen.«

Wenige Schritte von der Tür entfernt trafen die Paare wie zufällig aufeinander.

»Ich glaube, Ihre Cousine war auf der Suche nach Ihnen«, wandte Vincent sich an seine Begleitung.

Während dem Mädchen nur ein »Oh« herausrutschte und ihre Augen suchend durch die Menge glitten, fixierte Rutledge ihn verstimmt.

»Soweit ich gesehen habe, tanzt sie gerade«, knurrte er, »wenn Sie uns dann entschuldigen wollen, im Ballsaal ist es recht stickig. Wir würden gern ein wenig frische Luft schnappen.«

Vincent spürte, wie Lady Priscilla ihn in den Arm zwickte. »Sind Sie nicht Lord Fieldings Schwester?«, zwitscherte sie plötzlich in einem ihm fremden Tonfall. »Ich sah Sie auf dem Ball von Lord und Lady Forrester.«

»Oh nein, Robert ist nicht mein Bruder«, sie lächelte vergnügt. »Er ist ein Cousin. Sein Vater war ein Bruder meiner Mutter.« Im Nu waren die beiden Frauen in ein heiteres Gespräch vertieft und Rutledge hatte das Nachsehen.

Der Tanz endete, die Paare verließen die Tanzfläche und Miss Powell fand den Weg zu ihnen. Vincent zwinkerte ihr übermütig zu, als er mit Priscilla am Arm nun seinerseits das Tanzparkett anvisierte.

Es war ein unterhaltsamer Abend gewesen, an dem er sich ausgezeichnet amüsiert hatte und entgegen seiner sonstigen Gewohnheit viel tanzte, sehr zum Entzücken der jungen Damen. Priscillas schnelle Auffassungsgabe und ihre Reaktion beeindruckten ihn nachhaltig, und er überlegte, ob sie womöglich doch keine so schlechte Wahl wäre.

Die Nacht in seinem Stadthaus war kurz. Dementsprechend müde fühlte er sich. Hinzu kam das schlechte Gewissen gegenüber Violet. Er hatte ihr schlimme Dinge unterstellt und war dann Hals über Kopf nach London geflüchtet. Er musste unverzüglich zurück nach Farnborough, sein Freund Wayne wäre mit Recht verdammt verärgert über sein wortloses Verschwinden.

*

Violet fühlte sich deutlich besser und konnte aufstehen, ohne von Schwindelgefühlen geplagt zu werden. Sarah war sehr talentiert im Umgang mit Nadel und Faden und hatte ein paar der Kleider, die Ashton aus dem Stadthaus mitgebracht hatte, umgeändert, sodass sie nicht mehr so aus der Mode gekommen aussahen.

Das Frühstück nahm sie mit der Familie Stanton im Frühstückszimmer ein, doch weder Ashton noch Lord Sheridan waren anwesend. Über Letzteres war sie natürlich erleichtert, obwohl ihr Herz nach wie vor blutete, dass er eine derart schlechte Meinung über sie besaß.

Aber sie hatte selbst schuld, niemals hätte sie diese Nähe zu ihm zulassen und schon gar nicht ihm ver-

trauen dürfen. Wie sollte sie später im Leben zurechtkommen, wenn sie zu jedem Mann, der ihr nahekam –
und das würden viele werden – eine emotionale Bin-
dung empfände? Gleichwohl wusste sie, dass nie ein
Gentleman an Lord Sheridan heranreichen würde.

Mit Lady Lydia verstand Violet sich hervorragend,
sie würde sie gar als Freundin bezeichnen, wenn ihre
Lebensumstände anders wären. Doch bei dem Weg,
den sie beschreiten musste, war eine Freundschaft
ausgeschlossen, schließlich verkehrten Damen der
Gesellschaft nicht mit jenen aus dem horizontalen
Gewerbe.

Die Angst vor der Zukunft schnürte ihr die Kehle
zu, doch sie zwang sich, ausreichend zu essen. Jede
Mahlzeit könnte für lange Zeit ihre letzte sein. Da sie
sich unter den Gentlemen des *ton* nicht auskannte und
keine Ahnung hatte, wie die zahlreichen Mätressen
Londons ihre Gönner fanden, blieb ihr nur die harte
Variante, die Arbeit in einem Bordell. Wie sollte sie
den Herren vorgaukeln, in Liebesdingen erfahren zu
sein, wo sie nicht mal im Detail wusste, welche Erwartungen ein Mann an eine Frau stellte, im Speziellen an eine Hure?

Lord Sheridan weigerte sich, ihr zu helfen, zum
Teufel mit dem Mann, sie würde es auch ohne ihn
schaffen. Mit einem Trick hatte sie Ashton bereits
dazu gebracht, dass ihm der Name des Bordells herausrutschte, in dem sie Angelique kennenlernte. Sie
sprach ihn einfach auf seine *mütterliche Freundin* an
und ob sie nicht vorübergehend bei ihr unterkommen
könnten. Da er ohnehin in Rage gewesen war, war
ihm das Detail entglitten, ohne dass es ihm bewusst

geworden war. Mit dieser Information besaß sie zumindest eine Adresse, an die sie sich wenden konnte. Ein Schauer der Furcht rann ihr den Rücken hinab, wenn sie daran dachte, in dem skandalösen Haus vorstellig zu werden, als würde es sich um eine seriöse Anstellung handeln. Zudem musste sie irgendwie unbemerkt nach London gelangen, doch sie besaß nichts und war nicht mal in der Lage, eine einfache Fahrt in der Postkutsche zu bezahlen.

Das Rubincollier mit den Ohrringen fiel ihr plötzlich ein, das Ashton ihr als Geschenk angeboten hatte, bevor er aufbrach, um die Pfandleiher aufzusuchen. Es müsste sich noch in seinem Versteck befinden. Sie hielt es für unwahrscheinlich, dass Hank und Warren es an sich genommen oder die Männer von der Bow Street es entdeckt hatten. Das Schmuckset lag gut verborgen hinter einem lockeren Mauerstein, einem Versteck, von dem nur sie allein wusste. Der Erlös könnte sie fürs Erste über Wasser halten, doch wie sollte sie dorthin gelangen? Sie kannte weder den Weg, noch konnte sie die Entfernung einschätzen. Alles war furchtbar verzwickt und hoffnungslos.

Ein zittriger Seufzer entfleuchte ihr.

»Ich befürchte, Sie sind zu früh aus dem Bett aufgestanden? Sie wirken blass, geht es Ihnen nicht gut?« Die besorgte Stimme der Hausherrin durchbrach ihre leidigen Gedanken und sie zwang sich zu einem Lächeln, das jedoch bescheiden ausfiel.

»Ich habe mich gerade gefragt, was die Zukunft für mich bereithält«, gestand Violet und hielt sich damit nahe an der Wahrheit. »Wie Sie sicher gehört haben, ist die finanzielle Lage meines Bruders recht … ähm, bescheiden.«

»Mein Mann erwähnte so etwas …« Lady Lydia nippte nachdenklich an ihrem Tee. »Und dann geraten Sie und Ihr Bruder auch noch in einen Überfall, der sie Ihrer letzten Habe beraubt. Das Leben ist manchmal ungerecht, meine Liebe, aber verlieren Sie niemals die Hoffnung.«

Violet hatte Mühe, sich ihre Überraschung nicht anmerken zu lassen, Lady Lydia kannte offenbar nicht die Wahrheit. Ob ihr Gemahl sie wusste, oder hatte Sheridan auch ihn im Unklaren gelassen?

»Sie und Ihr Bruder könnten uns am Samstag zum Ball bei den Pellhams begleiten. Ich bin sicher, Misses Pellham hätte nichts dagegen einzuwenden. Die Abwechslung würde Ihnen guttun und Sie auf andere Gedanken bringen, sofern Sie sich der Anstrengung schon gewachsen fühlen.«

»Das zu entscheiden, liegt nicht in meiner Hand«, sagte Violet und wand sich innerlich. »Außerdem besitze ich keine angemessene Garderobe.«

Doch zu ihrem Entsetzen winkte Lady Lydia froh gelaunt ab und meinte, dass sich alles finden würde.

Innerlich resignierte Violet; eine weitere Hürde, die sich vor ihr auftat. Was wohl ihr Bruder zu dieser Entwicklung sagen würde? Wo steckte er überhaupt?

Samstag war in drei Tagen, am besten, sie befände sich da bereits auf dem Weg nach London. Sie musste außerdem einen Plan schmieden, um Ashton auf die falsche Fährte zu führen, damit er keine Möglichkeit bekam, sie einzuholen. Mit ihrem wortlosen Verschwinden würde sie ihn sehr verletzen, aber irgendwann musste er einsehen, dass er ohne sie besser dran wäre. Sie würde viel Kraft brauchen und vermutlich etliche Tränen vergießen, aber an ihren eigenen Schmerz mochte sie derzeit nicht denken.

Ob Ashton regelmäßig bei Madam Lemaire einkehrte, um sich mit ihren Mädchen zu vergnügen? Was für eine Horrorvorstellung, sollten sie dort eines Tages aufeinandertreffen. Würde er sich dann ihrer schämen? Vor lauter Grübeleien schmerzte ihr Kopf und sie massierte sich die Schläfen.

Lady Lydia bemerkte es nicht, da in diesem Moment Lord Sheridan das Esszimmer betrat. Seine Aufmerksamkeit war noch auf ein Schreiben gerichtet, das er in Händen hielt und seinem Gesichtsausdruck nach zu urteilen, keine so guten Nachrichten enthielt. Rasch ließ er es in der Innentasche seiner ledernen Jacke verschwinden.

Zum Glück war das Frühstück ohnehin so gut wie beendet, und Violet nutzte die Gelegenheit nach ein paar Sätzen der höflichen Konversation, das Esszimmer zu verlassen. Flucht hätte es wahrscheinlich besser getroffen. Kraftvoll stieß sie den Atem aus, als sie den Korridor erreichte. Sie wollte sich so wenig wie möglich in Lord Sheridans Nähe aufhalten. Dieser Mann überforderte sie und sie wusste nicht mehr, wie sie sich ihm gegenüber verhalten sollte. Außerdem konnte sie ihren Herzschlag nicht kontrollieren, solange sie ihn in Sichtweite wusste.

Sie war so in Gedanken versunken gewesen, dass sie zusammenzuckte, als sie kurz vor ihrer Zimmertür Schritte hinter sich hörte.

»Ashton! Musst du mich so erschrecken?« Ihre Hand flog an ihren Brustkorb, der sich rasant hob und senkte.

»Was kann ich dafür, wenn du wie ein verträumtes Kätzchen durch die Flure schlenderst?« Er grinste breit. »Ich habe gute Neuigkeiten.« Er sah sich nach beiden Seiten um und schob sich hinter ihr in das Zimmer. »Übermorgen geht es los, sei bereit.« Er klopfte stolz auf seine Brusttasche, die ein wenig ausgebeult aussah. »Ich habe etwas Geld, nicht viel, aber wenn wir sparsam damit umgehen, schaffen wir es bis Herefordshire.«

Erst jetzt bemerkte sie seine schäbige Kleidung und wurde blass. »Du hast Überfälle begangen, allein? Ashton? Bist du vollkommen wahnsinnig geworden? Hast du nicht gehört, was mit Burke und Finn passiert ist?«

Ashton packte sie bei den Schultern und rüttelte sie. »Beruhige dich, ich habe niemanden überfallen. Ich habe lediglich in einer Spelunke in Seven Deals ein paar Wichtigtuer beim Kartenspiel ausgetrickst. Keiner der Anwesenden wusste, wer ich bin, deshalb auch diese Verkleidung. Ich musste mich schließlich den Verhältnissen dort anpassen, um nicht aufzufallen, das ist alles.«

»Das ist alles?«, echote Violet aufgebracht. »Himmel herrje, hast du vergessen, wohin dich diese verdammten Spielkarten gebracht haben?«

»Violet, du fluchst! Ich glaube nicht, dass man dich diese Wortwahl auf deiner Mädchenschule gelehrt hat.«

»Pah!« Sie warf beide Arme in einer verzweifelten Geste nach oben. »All die ach so wichtigen Dinge, die für das perfekte Auftreten einer Dame vonnöten sind, sind ohnehin nicht mehr von Bedeutung. Wir wurden geformt, um an der Seite eines Dukes, Marquess', Earls oder eines Viscounts zu glänzen und ihm den ersehnten Erben zu gebären. Ein Fall, der nach allem, was geschehen ist, für mich niemals eintreten wird. Folglich sehe ich mich nicht in der Position, einen umfangreichen Haushalt zu führen, das Personal anzuleiten oder gemeinsam mit ihnen die Menüplanung für die kommende Woche durchzugehen. Ebenso wenig werde ich Bälle und Soireen organisieren oder zu ihnen eingeladen werden, um die konventionellen und wenig anregenden Dialoge über Wetter und Mode zu führen, die von einer wohlerzogenen Dame erwartet werden. Was soll ich mit diesen eingetrichterten Verhaltensregeln anfangen? Sieh mich an, Ashton. Sie sind für mich vollkommen nutzlos geworden; meine Zeit in dieser Schule war schlichtweg verschwendete Jahre.«

Das Gesicht ihres Bruders rötete sich bedrohlich. »So also dankst du es mir? Was ist in dich gefahren, seit wann bist du so aufmüpfig geworden? Ich erkenne dich nicht wieder! Wo wärst du ohne mich? In sämtlichen Ferien habe ich mir endlos dein Jammern und Klagen über das Gebaren deiner Mitschülerinnen anhören müssen. War ich nicht immer für dich da? Ich habe dafür gesorgt, dass aus dem ungestümen, vorlauten Ding eine annehmbare junge Dame wird. So wild, wie du bis zu Vaters Tod gewesen bist, hätte man dich Tante Florence auf keinen Fall präsentieren können. Die Gute hätte vermutlich einen Herzanfall erlitten, aber nun ist es höchste Zeit, dass unsere einzige noch lebende Verwandte sich ihrer familiären Pflicht entsinnt. Und wenn du Glück hast, wird sie einen noblen heiratswilligen Gentleman für dich auftun, dann hast du, was du wolltest.«

»Du wolltest mich immer schon an diese Florence abschieben, eine fremde, uns unbekannte Frau, die zufällig die Schwester unseres Vaters ist?«

»Tu nicht so, als hättest du es nicht gewusst. Wäre es besser gelaufen, hätten wir beide zwei oder drei Wochen eine vergnügliche Zeit in London verlebt, bevor wir nach Herefordshire aufgebrochen wären. Die Verzögerung aufgrund meines finanziellen Engpasses und die primitiven Verhältnisse auf diesem Hof waren nicht geplant. Und du tätest gut daran, diese Umstände gegenüber der alten Dame nicht zu erwähnen.«

»Natürlich!« Sie straffte sich, um Fassung ringend.

»Gut, dann wäre das ja geklärt!«

Schmerzlich wurde ihr bewusst, dass nie zuvor eine solche Kluft zwischen ihnen existiert hatte wie in diesem Augenblick. Es war beängstigend. Was geschah mit ihnen?

»Wir haben es bald geschafft. Freitagnacht, wenn alles im Haus still geworden ist, schleichen wir uns hinaus. Zwei gesattelte Pferde werden ganz in der Nähe auf uns warten.« Ohne eine Reaktion abzuwarten, drehte er sich um und ging.

»Du hast es geschafft, nicht wir!«, richtete sie ihre Worte an die geschlossene Tür.

Freitagnacht! Das würde bedeuten, dass sie schon morgen Richtung London aufbrechen musste. Ihr lief die Zeit davon, ihr blieben nur wenige Stunden, um einen Plan zu konstruieren. Und wenn sie Tante Florence eine Chance gab? Vielleicht war sie doch die nette, gesellige alte Dame, die sich über ihre Anwesenheit freute. Und falls nicht, konnte sie immer noch einen Fluchtplan ersinnen; in aller Ruhe und womöglich mit der Unterstützung einer vertrauenswürdigen Person.

Jede denkbare Variante versetzte sie in große Furcht: Entweder auf dem Lande als alte Jungfer oder Gesellschafterin einer solchen zu enden, als arme Verwandte mit dem nächstbesten gut situierten Herrn vermählt zu werden oder ein halbwegs selbstbestimmendes Leben zu führen, dafür aber unzähligen Gentlemen mit ihrem Körper zur Verfügung zu stehen.

Wenn sie nur wüsste, welche Richtung die richtige wäre. Sie musste sich entscheiden, und zwar schnell.

*

»Wo zum Teufel bist du gewesen?« Ohne ein Wort der Begrüßung sprang Wayne von seinem Schreibtischstuhl auf, als Vincent eintrat. Ein Stapel mit Korrespondenz kippte zur Seite und ein paar Briefe segelten zu Boden.

»Ich war in London«, erklärte Vincent betreten.

»Und du hast es nicht für nötig befunden, mir ein Wort zu sagen? Niemand wusste, wohin du Hals über Kopf verschwunden warst.«

»Es tut mir leid! Ich musste den Kopf freikriegen.«

180

Wayne musterte ihn verärgert. »Ich nehme an, es hat mit der jungen Dame zu tun, Miss Violet Saunders? Meine Frau hat mir erzählt, was vorgefallen ist. Es sieht dir nicht ähnlich, feige den Schwanz einzuziehen und dich zu verkriechen ...«

»Ich habe mich nicht verkrochen«, protestierte Vincent. »Ich musste über ein paar Dinge nachdenken, das ist alles.«

»Mmmpf«, brummte Wayne, wenig überzeugt. »Nun denn ...« Immer noch verstimmt, begab er sich wieder auf seinen Stuhl und wies ihn mit Handzeichen an, ebenfalls Platz zu nehmen. »Ich muss in der kommenden Woche für einige Tage nach London, es geht um die Abstimmung für den Gesetzesentwurf zur Situation der Hafenarbeiter. Der alte Rutledge sorgt bereits ordentlich für Wirbel und will den Entwurf in jedem Fall kippen. Ich halte Viscount Saunders zwar nicht für gefährlich, aber ich möchte ihn nicht unbedingt allein mit meiner Frau unter meinem Dach wissen. Also, was gedenkst du in Bezug auf ihn und seiner Schwester zu unternehmen?«

»Ich beabsichtigte eigentlich, dafür zu sorgen, dass Miss Saunders wohlbehalten bei der Tante eintrifft. Nicht um dem Viscount einen Gefallen zu erweisen, Gott bewahre. Es ging mir lediglich darum, seiner Schwester weitere Strapazen zu ersparen.« Er fuhr sich mit der Hand durchs Haar.

»Eigentlich?« Wayne zog die Stirn in Falten.

»Ich habe vor einer Stunde Nachricht von meinen Männern aus Herefordshire erhalten. Die Dame befindet sich im betagten Alter von zweiundsiebzig Jahren, ihr Augenlicht ist nicht mehr das beste und sie ist stark schwerhörig. Sie bewohnt den ehemaligen umgebauten und renovierten Witwensitz, beschäftigt eine Köchin, zwei Hausmädchen und eine andere ältere Dame, die ihr als Gesellschafterin dient. Das ist kein Ort für eine junge Frau wie Miss Saunders.«

»Sagtest du nicht, es handele sich bei dieser Tante um die ältere unverheiratet gebliebene Schwester des verstorbenen Viscount Saunders?«

»Die Information war nicht ganz korrekt. Sie hat in späteren Jahren sehr wohl geheiratet, und zwar den Witwer Lord Bolton, Earl of Longshire, aber die Ehe dauerte nur zwei Jahre, dann verstarb der Mann an den Folgen einer Lungenentzündung. Sein einziger Sohn aus der vorherigen Ehe kam zwei Jahre darauf bei einem Reitunfall ums Leben. Da es keine weiteren Nachkommen gab, erbte ein Neffe des Earls den Titel, das Anwesen sowie die Ländereien. Die Countess wurde unverzüglich auf den Witwensitz verbannt und die Parteien sind zutiefst verfeindet. Der neue Earl ließ sogar einen hohen Zaun errichten, um die Grundstücke zu trennen. Dieser Mann verfügt über keinen guten Ruf, die Rede ist von Alkoholexzessen, frivolen Partys und ähnlichen Ausschweifungen; seine Verpflichtungen, die mit dem Erbe einhergehen, kümmern ihn nicht.«

»Das sind in der Tat keine guten Nachrichten.« Wayne rieb sich das Kinn. »Ich verstehe allerdings nicht, warum Viscount Saunders sich vorher nicht ausführlich über die Lebensumstände der alten Dame informiert hat.«

»Weil er ein Idiot ist!«, entfuhr es Vincent.

»Wir werden die beiden über deine Nachforschungen und deren Ergebnisse in Kenntnis setzen müssen. Und dann wird dir nichts anderes übrigbleiben, als ihm dein erworbenes Stadthaus zur Miete anzubieten. Ich kann sie in meinem Haus schließlich nicht ewig als Gäste beherbergen und nehme mal an, du hast nicht vor, sie herzlos auf der Straße campieren zu lassen.«

Jetzt war es Vincent, der vom Stuhl aufsprang. »Wie konnte ich nur in diese Misere geraten?« Er begann hinter dem Stuhl auf und ab zu tigern. »Ich hätte die Gelegenheit zur Flucht nutzen sollen, als sie sich ergab, und mich einen Kehricht um dieses Gaunerpack scheren sollen. Aber nein, ich musste ja alles verkomplizieren, ich bin so ein Narr. Oh Gott, ich bin so ein verdammter Narr!«

»Hm, da kann ich dir nicht widersprechen, so gern ich es täte.«

Vincent stoppte seinen wilden Marsch und warf seinem Freund einen vernichtenden Blick zu. »Vielen Dank auch für deinen unangebrachten Zuspruch.«

Wayne kaschierte sein amüsiertes Grunzen hinter einem falschen Hüsteln. »Nun denn«, er wurde wieder ernst. »Wir dürfen nicht vergessen, dass es sich hier trotz allem um zwei Mitglieder der Gesellschaft handelt, insofern war dein Handeln nicht vollkommen bedeutungslos. Vielleicht gibt es Hoffnung, den vom Pfad abgekommenen Viscount auf den rechten Weg zurückzuführen, aber wir sollten uns beeilen, denn irgendwas führt der Mann im Schilde. Meine Männer sind ihm bis Seven Deals gefolgt, wo er am Spieltisch ein paar üble Gesellen ausgenommen hat, mit denen nicht zu spaßen ist. Einer von ihnen ist als Boxer gefürchtet, der bei Straßenkämpfen und illegalen Boxkämpfen ein kleines Vermögen verdient hat. Der macht Brennholz aus dem Viscount, wenn er herausfindet, dass er gelinkt wurde.«

»Er ist also wieder im Besitz von Geldmittel«, sinnierte Vincent, »dann ist klar, was er vorhat. Er wird bei der nächstbesten Gelegenheit verschwinden wollen und er wird seine Schwester zwingen, mit ihm zu gehen.« Er schnaubte wütend, so einfach käme Saunders ihm nicht davon. »Das werde ich zu verhindern wissen!«

»Worum geht es hier, Vince? So zuwider dir sein Lebenswandel auch ist, er ist der Vormund seiner Schwester, du kannst dich nicht zwischen sie stellen. Ich verstehe, dass du die junge Frau beschützen willst, aber entweder konzentrieren wir uns darauf, dem Viscount samt seiner Schwester beizustehen, oder aber du entscheidest dich, beide ziehen zu lassen, trotz aller Widrigkeiten.«

Vincent fuhr mit gespreizten Fingern durch sein Haar und wandte sich ab. Gedankenverloren starrte er aus dem Erkerfenster in den Garten hinunter; er wusste, dass sein Freund recht hatte. Dennoch rotierten in seinem Kopf die Gedanken. Er durfte nicht zulassen, dass Ashton Saunders seine Schwester in den Abgrund zog, gleichzeitig schienen ihre Worte ihn zu verhöhnen. War es vielleicht längst zu spät? War sie bereits verdorben? Wie oft hatte sie sich heimlich, ohne dass ihr Bruder davon wusste, von seinen Komplizen begrapschen lassen? Rührte daher ihr Wunsch, sich von einem wohlhabenden Gentleman als Mätresse aushalten zu lassen, weil sie allesamt besser wären als diese ungehobelten Burschen, die Saunders seine Kumpane nannte? Seine Hände ballten sich zu Fäusten. Andererseits wirkten ihre Berührungen und Küsse so zaghaft und unschuldig, dass es unmöglich schien, dass sie etwas anderes als jungfräulich sein konnte. Außerdem wirkte ihr Entsetzen über seine harschen, kränkenden Worte echt. Verdammt, er war in der Tat ein Narr!

»Du hast recht!« Entschieden wandte er sich wieder seinem Freund zu. »Ich werde Viscount Saunders das Angebot unterbreiten, sein ehemaliges Stadthaus gegen Zahlung einer monatlichen Mietgebühr mit seiner Schwester beziehen zu dürfen. Ich werde unverzüglich die Verträge aufsetzen lassen.« Und diese dürften Saunders nicht gefallen, denn sie würden an gewisse Bedingungen geknüpft sein. Doch er wusste, dass Violet die Übereinkunft begrüßen würde und dass sie vielleicht positiv auf ihn einwirken könnte. Doch zuerst musste er mit Violet sprechen und sich für seine unangemessenen Worte entschuldigen.

Er bemerkte sehr wohl, dass sein Freund hinter seinem Rücken den Kopf schüttelte, als er den Raum verließ, doch das kümmerte ihn nicht. Auf dem Weg zu Violets Zimmer überlegte er, ob es klug war, sie dort aufzusuchen, oder ob er lieber eine Angestellte mit einer Nachricht zu ihr schicken sollte. Allerdings war bekannt, dass das Personal im Allgemeinen gern tratschte, und darauf konnte er verzichten. Weibliche Stimmen, die aus der unteren Etage zu ihm heraufdrangen, erstickten seine Überlegungen. Er stoppte an einer der hohen Säulen und spähte, von ihr verdeckt, über das Geländer hinunter.

Lydia und Violet schlenderten vergnüglich schnatternd die Bildergalerie der Crofford-Ahnen entlang, kritisierten den Kleidungsstil jener Zeit oder machten sich über die strengen Gesichtszüge einiger Vorfahren lustig. Die beiden Damen erweckten den Eindruck langjähriger vertrauter Freundinnen. Vincent konnte den Blick nicht von Violet abwenden, ihr Gang war graziös, ihre Haltung vorbildlich und ihre Gesichtszüge entspannt und gelöst. Ihr langes Haar war locker und verspielt aufgesteckt und das schlichte Tageskleid umschmeichelte eine schlanke Taille. Hätte er nicht gewusst, dass es sich um dieselbe Person handelte, die er in dem Ganovenversteck kennengelernt hatte, hätte er es nicht für möglich gehalten. Er mochte die junge Frau aus dem verfallenen Haus und er bewunderte jene, die er jetzt erblickte. Sein Herz schlug schneller bei der Erkenntnis. Er lauschte den leiser werdenden Stimmen, als sie dem Gang folgend um die Ecke bogen und seinem Sichtfeld entschwanden. Gestärkt in seiner Entscheidung, machte er auf dem Absatz kehrt und marschierte zu seinem eigenen Gästezimmer.

*

Gedankenverloren starrte Violet auf die leeren Briefbögen vor ihr. Es war nicht leicht, die richtigen Worte zu finden. Auf keinen Fall konnte sie sich in aller Heimlichkeit davonschleichen, völlig gleichgültig, für welche Option sie sich am Ende entscheiden würde.

Lady Lydia verdiente ihren aufrichtigen Dank und zumindest eine halbwegs plausible Erklärung für ihr Verhalten sowie eine Entschuldigung. Einige wenige Zeilen wollte sie auch Lord Sheridan zukommen lassen, das war sie ihm schuldig, und ein dritter Brief, sozusagen ein Abschiedsbrief, würde an Ashton gerichtet sein. Wenn sie nach London ginge, um dort ihren Lebensunterhalt als Hure zu verdienen, musste sie jedes Band zu ihrem Bruder durchtrennen. Wiederholt kreisten in ihrem Kopf die Fragen, ob sie für diesen Weg stark genug war. Furcht und Verzweiflung weckten Bärenkräfte, hatte sie mal irgendwo gelesen – und verzweifelt genug war sie schließlich.

Wäre sie eine gehorsame Schwester, würde sie Ashtons Entscheidungen niemals infrage stellen, doch die Vergangenheit zeigte, dass sie allen Grund hatte, ihm nicht immer blind zu vertrauen und Dinge zu hinterfragen, auch wenn sich das nicht ziemte. Dass er ihr dauernd auswich und gereizt reagierte, schürte ihr Misstrauen.

Wenn sie feige wäre, würde sie sich von ihm nach Herefordshire eskortieren lassen und dort der Dinge harren, die auf sie zukämen, selbst wenn sie in der Atmosphäre wie eine Blume verwelken sollte. Vorausgesetzt, sie erreichten die Gegend überhaupt, denn was, wenn Hank und Warren ihren Weg kreuzten oder ein Geschädigter Ashton als den Dieb, der er war, entlarvte? Egal welchen Weg sie wählte, diese Angst würde sie stets begleiten. Zu dumm, dass Lord Sheridan ihr nicht behilflich sein wollte, damit ihr Bruder das Land verlassen konnte.

Nachdem sie endlich die ersten Zeilen niederge-
schrieben hatte, ging es ihr leichter von der Hand und
sie schrieb, ohne aufzublicken. Lange starrte sie auf
ihr vollendetes Werk, bevor sie es in der schmalen
Schublade des Tisches verbarg.

Um auf andere Gedanken zu kommen, beschloss
sie, einen kleinen Spaziergang im Garten zu unternehmen. Es war ungewiss, ob sie jemals wieder die
Möglichkeit haben würde, in einer harmonisch gestal-
teten Gartenanlage herumzuschlendern.

Beim Hinuntergehen achtete sie darauf, von nie-
mandem gesehen zu werden, sie wollte allein sein. So
duckte sie sich rasch hinter einem Pfeiler, als eines der
Hausmädchen mit einem leeren Tablett aus dem Arbeitszimmer des Hausherrn trat. In dieser kurzen
Phase drangen die Stimmen ihres Bruders und die
von Sheridan an ihr Ohr. Die Neugier, was die beiden
zu besprechen hatten, reizte sie.

Sich in alle Richtungen umschauend, schlich sie näher heran und hätte fast einen Jubelschrei ausgesto-
ßen, als sie feststellte, dass die Tür nicht richtig einge-
rastet war. Es war kein großes Unterfangen, sie ge-
räuschlos einen winzigen Spalt aufzustoßen und hin-
einzuspähen. Lord Crofford saß zurückgelehnt in
seinem Schreibtischstuhl, während Lord Sheridan
lässig mit einer Pobacke auf der Ecke des massiven
Tisches thronte. Davor gestikulierte Ashton und wirkte offensichtlich verärgert.

Zunächst konnte Violet nicht genau ausmachen,
worum sich das Gespräch handelte, doch dann brachte es Lord Sheridan auf den Punkt.

»Ein Irrtum ist ausgeschlossen, Lord Saunders, auf die Angaben meiner Männer ist Verlass. Ihre geschätzte Tante heißt inzwischen Bolten und ist die Witwe des Earls of Longshire. Sie bewohnt lediglich ein Witwenhaus am unteren Ende des Anwesens, das durch Boltons Titelerben und aktuellen Earl of Longshire durch einen Grenzzaun abgetrennt wurde. Selbst die Zuwegung zum Witwenhaus wurde so umgestaltet, dass sie nicht mehr über das Grundstück führt, auf dem das Herrenhaus liegt. Sie hätten sich vorher über die Lebensumstände der alten Dame informieren sollen, bevor Sie den Plan fassten, Ihre Schwester dort hinbringen zu wollen.«

Violet schlug beide Hände vor den Mund, um keinen Laut von sich zu geben. Ihre Knie begannen zu zittern. Was für ein Schock!

»Was stecken Sie Ihre Nase in meine Angelegenheiten?«, wetterte Ashton. »Sie haben kein Recht dazu, hinter meinem Rücken Erkundigungen, über unsere Familie einzuholen. Es geht Sie nichts an!«

»Lord Saunders, Sie wollen doch unter diesen Umständen Ihre Schwester nicht immer noch nach Herefordshire bringen?«, kam die Frage des Hausherrn. »Das wäre unverantwortlich!«

Ihr Bruder begann, sich durch die Haare zu fahren und unruhig hin und herzulaufen. »Ich habe keine Wahl … zumindest vorerst. Sobald ich eine andere Lösung gefunden habe und in der Lage bin, mich angemessen um Violet zu kümmern, werde ich sie dort wieder herausholen.«

Lord Sheridan erhob sich und baute sich vor Ashton auf, wodurch er das gehetzte Auf-und-ab-Getigere abrupt beendete. »Und für wie lange beabsichtigen Sie, sie in dieser Einöde warten zulassen? Zwei Jahre, drei … vier?«

Ashton warf beide Arme in die Luft. »Was? Nein! Vielleicht … Herrgott, woher soll ich das denn wissen? Solange es eben dauert. Meine Schwester weiß, dass ich mein Wort halte und sie nicht im Stich lasse.«

»So, weiß sie das? Sie verfluchter Vollidiot!« Lord Sheridan verpasste Ashton einen Stoß gegen die Brust, sodass er rückwärts stolperte. »Haben Sie überhaupt eine Ahnung, was Sie ihr zumuten?«

»Vince!« Lord Crofford sprang von seinem Sitz hoch, offensichtlich, um etwaige Handgreiflichkeiten zu unterbinden. Was der Mann ihm zuraunte, konnte Violet nicht verstehen, aber sie hatte ohnehin genug gehört. Bebend richtete sie sich auf; die Worte ihres Bruders waren ein harter Schlag und die Erkenntnis traf sie mit voller Wucht – sie musste fort, auf dem schnellsten Wege.

Sie schoss herum und floh, wobei sie unsanft das filigrane Tischchen im Flur rammte, das mit einigen Porzellanfiguren bestückt war. Die Teile purzelten durcheinander und eines fiel zu Boden, wo es in Dutzend Stücke zerbarst. Sie kümmerte sich nicht um das Malheur und stürzte durch eine Seitentür ins Freie, die Stufen hinab und in Richtung des Gartens. Mit angehobenen Röcken rannte sie, bis es ihr die Luft versagte und sie anhalten musste. Keuchend stützte sie die Handflächen auf den Oberschenkeln ab und bemühte sich, ihre Atmung wieder unter Kontrolle zu bringen. Hoffentlich hatte sie niemand beim Lauschen entdeckt. Vorsichtig schaute sie zurück – sie war allein. Vom Haus aus wäre diese Stelle nicht einsehbar, und so beruhigte sie sich allmählich wieder.

Erst als ihr die Anstrengung nicht länger ins Gesicht geschrieben stand, marschierte sie zurück und gab in Sichtweite der Fenster vor, sich unbeschwert der blühenden Natur zu erfreuen.

»Da sind Sie ja«, eines der Hausmädchen eilte auf sie zu. »Ihr werter Bruder sucht Sie bereits überall.«

»Oh«, sie zwang ein Lächeln auf ihre Lippen. »Das wusste ich nicht, ich komme.«

»Wo warst du?«, fuhr Ashton sie unbeherrscht an, als sie die Eingangshalle betrat. Er wartete, bis das Mädchen außer Hörweite war, und dämpfte dann seine Stimme. »Wir müssen was besprechen.« Ohne ihr Gelegenheit zu geben, etwas zu sagen, fasste er ihren Oberarm und zog sie mit sich. Fassungslos schnappte sie nach Luft. Ihre vage Hoffnung, dass er ihr erzählen wollte, was er von Lord Sheridan erfahren hatte, löste sich in Wohlgefallen auf, als er, kaum dass sie in ihrem Zimmer angekommen waren, erneut von ihrer Abreise nach Herefordshire sprach. Ein Knoten schien sich in ihrer Magengegend zu bilden, und sie starrte ausdruckslos vor sich hin.

»Violet, hörst du mir überhaupt zu?«

»Ja. Aber natürlich!«

Zweifelnd musterte er sie. »Was ist mit dir?«

»Nichts, was soll denn sein?« Sie reckte ihren Hals und schaute ihm mit erhobenem Haupt ins Gesicht. Als er nicht antwortete, sich zur Seite drehte und sich mit der Hand durchs Haar strich, fuhr sie fort. »Was wirst du tun, nachdem du mich dort abgesetzt hast?«

Er warf ihr nur einen knappen Blick zu, als könne er es nicht fertigbringen, ihr in die Augen zu sehen. »Ich habe einige Dinge in Ordnung zu bringen, da ist es gut, wenn ich dich behütet weiß.«

»Was für *Dinge*? «

»Herrgott, Violet! Du weißt sehr wohl, wovon ich spreche! Du kennst meine Situation, finanziell blank und auf Gedeih und Verderb von den Launen des Earl of Cunningham abhängig. Aber ich bin nicht sein Fußabtreter, ich trage immerhin einen Titel. Es gibt Menschen, für die ein Titel von höchster Bedeutung ist und daher gewillt sind, persönliche Abneigungen hintenanzustellen. Dabei spielt es keine Rolle, dass ich lediglich den Titel eines Viscounts trage. Allein die Aussicht, durch mich Zugang zur Oberschicht zu bekommen, beinhaltet einen gewissen Reiz.«

Die Aussage irritierte sie kurz, aber sie war viel zu enttäuscht von ihm, als sich die Mühe zu machen, eingehender darüber nachzudenken. »Wirst du mich holen kommen, sobald du deine gesetzten Ziele erreicht hast?«

»Ja, natürlich!«

»Wirklich?«

»Habe ich dich je enttäuscht?«

Ja, gerade in diesem Moment, aber sie verkniff es sich, die Worte laut auszusprechen. »Wirst du dafür das Land verlassen?«, fragte sie stattdessen.

»England verlassen?« Seine Stimme klang zunehmend gereizter. »Warum sollte ich?«

»Ja, warum solltest du …«

»Was ist los mit dir, Violet? Was ist in dich gefahren? Ich schätze es nicht, wenn du so streitlustig bist.«

»Ach, und was wäre es denn, was du schätzt? Dass ich wie gebannt an deinen Lippen hänge und wie ein dressiertes Hündchen deinen Anordnungen folge?«

Mit offenem Mund starrte Ashton sie an.

»Glaube mir, Bruder, ich habe in den letzten Monaten mehr gelernt als in den ganzen Jahren auf dieser renommierten Schule. Das Leben besteht nicht nur aus den Annehmlichkeiten, mit denen der *ton* sein Dasein frönt: dem süßen Nichtstun, festlichen Bällen, Soireen, den nachmittäglichen Teebesuchen oder Kutschfahrten im Hyde Park. Illusionen und Träume, die uns vorgegaukelt werden, denn für die meisten Menschen ist das Leben einfach nur hart und ungerecht.«

»Du sagst es«, fiel er ihr ins Wort. »Vielleicht könntest du mir dann ein wenig mehr Verständnis entgegenbringen? Ich tue, was ich kann, um die Sache wieder in Ordnung zu bringen. Dein Misstrauen und der Druck, den mir Lord Sheridan und Lord Stanton machen, sind dabei wenig hilfreich.«

Violet fühlte nichts als Leere in sich. Die Zeiten, in denen sie ihren Bruder auf ein Podest gestellt und ihn als ihren Helden betrachtet hatte, waren endgültig Geschichte. Sie würde ihn immer lieben, aber nun musste sie an sich selbst und ihr eigenes Überleben denken.

»Ich habe wieder Kopfschmerzen, würdest du mich bitte alleinlassen, damit ich mich ausruhen kann?«

»Natürlich!« Beinahe fluchtartig verließ er das Zimmer.

Noch eine ganze Weile, nachdem er gegangen war, stand sie stocksteif da und starrte vor sich hin, ohne wirklich etwas wahrzunehmen. Ein schepperndes Geräusch aus dem Korridor holte sie schließlich in die Realität zurück.

Rasch zerrte sie die kleine Reisetasche unter dem Bett hervor, in der Ashton ihre Kleidung aus dem Stadthaus transportiert hatte, und stopfte sie mit dem Nötigsten voll, während sie im Geiste ihre Flucht durchging. Da es undenkbar anmutete, mit eigenen Händen und ohne die Aufmerksamkeit eines Stallburschen zu erregen, sich ein Pferd zu satteln, würde sie wohl oder übel zu Fuß gehen müssen.

Sie konnte jedoch nicht zu Fuß nach London gelangen, also benötigte sie Geld, um sich wenigstens eine Fahrt in der Postkutsche leisten zu können. Dafür ihre sympathischen Gastgeber bestehlen zu müssen, verursachte ihr Magenschmerzen, doch dann entsann sie sich, dass Ashton damit geprahlt hatte, in Seven Deals an Gelder gelangt zu sein.

Ohne lange zu überlegen, ging sie hinüber zu Ashtons Gästezimmer und klopfte an seine Tür. Als niemand antwortete, öffnete sie vorsichtig und huschte hinein. Mit wild klopfendem Herzen durchsuchte sie seine Taschen, doch da war nichts. Die Handflächen in die Seite gestemmt, sah sie sich im Zimmer um und wurde schließlich unter der Matratze fündig. Es war mehr, als sie erwartet hätte. Das schlechte Gewissen meldete sich und sie war im Begriff, ihren Fund unangetastet zurückzulegen. Aber dann langte sie doch zu und stopfte sich geschwind einen Großteil dessen in die Tasche ihres Rockes, strich das Bettzeug wieder glatt und hastete aus dem Raum.

Nun musste sie nur noch eine letzte Mahlzeit im Speisezimmer der Stantons hinter sich bringen. Anschließend könnte sie Unwohlsein vortäuschen, vorgeben, sich hinzulegen und zu bitten, nicht mehr gestört zu werden. Das dürfte ihr ausreichend Zeit verschaffen.

Würde Lord Sheridan anwesend sein? Sie sehnte sich danach, ihn noch einmal zu sehen, gleichzeitig fürchtete sie sich vor einer weiteren Begegnung.

*

Vincent hatte alles erledigt, was gedanklich auf seiner Liste gestanden hatte. Dennoch bemächtigte sich seiner Brust ein beunruhigendes Gefühl, das er sich nicht erklären konnte. Womöglich lag es daran, dass er um die Sturheit des Viscounts wusste und den Mann nicht zwingen konnte. Er konnte nur hoffen, dass Saunders seine erste Reaktion noch einmal überdachte und zur Einsicht kam.

Unverhofft traf er auf ihn, als dieser gerade die Stufen der Treppe hinabstieg.

»Sie schon wieder«, knurrte Saunders wenig erfreut und wollte sich an ihm vorbeischieben.

Vincent versperrte ihm den Weg.

»Was soll das?« Auge in Auge standen sie einander gegenüber.

»Haben Sie über unseren Vorschlag nachgedacht?«, fragte Vincent ohne Umschweife.

»Vorschlag?«, äffte Saunders »Sie meinen wohl eher über Ihre unterschwelligen Befehle?«

»Humbug! Es ist nur Ihr gekränkter Stolz, der Ihnen im Wege steht. Wenn Sie die Sache nüchtern betrachten, werden Sie feststellen, dass Lord Crofford und ich Ihnen eine einzigartige Gelegenheit geboten haben. Die Einzige, die Sie bekommen werden, also vermasseln Sie es nicht.« Er dämpfte seine Stimme. »Ich kann ebenso gut eine Nachricht an Mister Lester Sparks, den Leiter der Bow Street, schicken und ihm stecken, wer der Kopf jener Diebesbande gewesen ist, die monatelang die Überfälle begangen haben. Wäre Ihnen das lieber?«

»Wollen Sie mich etwa erpressen?« Saunders nahm eine drohende Haltung an.

»Ich versuche, Ihnen zu helfen, Sie Narr!«

»Warum sollten Sie das tun wollen, Lord Sheridan?« Er kniff die Augen zusammen und musterte ihn. »Plagt Sie das schlechte Gewissen, weil Sie mir das Stadthaus genommen haben?«

»Nein! Dieser Punkt ist auf Ihre eigene Dummheit zurückzuführen, und das wissen Sie. Sie fühlten sich zu sicher, wurden leichtsinnig und überschätzten Ihre Fähigkeit, und dafür zahlten Sie einen hohen Preis. Ich hoffe, das war für Sie eine lehrreiche Erfahrung.« Den gemurmelten Fluch des Viscounts überging er und vergewisserte sich stattdessen mit einem schnellen Blick in alle Richtungen, dass sie sich nach wie vor allein in dem großen Eingangsbereich aufhielten. »Sie sind wütend und fühlen sich durch mich gedemütigt, das verstehe ich. Dafür rächten Sie sich, indem Sie mich überwältigten und mich nackend an dieses verfluchte Bettgestell fesselten. In puncto Demütigung sind wir quitt, Lord Saunders!« Kraftvoll ließ er die

Atemluft entweichen. Es war ihm nicht leichtgefallen, diesen Satz auszusprechen, da ihm die Erinnerung an seine prekäre Lage immer noch übel aufstieß.

Wenigstens, so stellte er zufrieden fest, schienen seine Worte die Mauer, die Saunders um sich errichtet hatte, durchdrungen zu haben. Saunders wandte den Blick ab und sein Gesichtsausdruck wirkte mit einem Mal nachdenklich.

»Abgesehen davon, dass Sie ein lausiger Kartenspieler sind, sind Sie kein Dummkopf, Lord Saunders, und Sie wären nicht der Einzige, der am *ton* vorbei sein Kapital mit geschäftlichen Aktivitäten oder Investitionen aufstockt. Nehmen Sie nur Lord Graham, der aktiv im Weinhandel tätig ist.«

»Also schön, ich werde über das Angebot nachdenken«, räumte Saunders ein. »Unter einer Bedingung: Ich würde mir dieses Hafenkontor zuvor gern ansehen, um mir einen Eindruck zu verschaffen.«

»Ich denke, das ließe sich einrichten.«

»Gut! Aber ich werde auf keinen Fall mein eigenes Stadthaus von Ihnen gegen Zahlung einer Mietgebühr beziehen. Das können Sie vergessen, ich mache mich nicht zum Gespött des gesamten *ton*.«

»Es ist nicht mehr Ihr Stadthaus, Sie haben es am Kartentisch an mich verloren!«

»Nicht nötig, mich daran zu erinnern, Lord Sheridan!«

»Vergessen Sie Ihre Schwester bitte nicht. Mit diesem Handel könnte sie in London bleiben und am gesellschaftlichen Leben teilhaben, das müsste doch in Ihrem Interesse sein?«

»Halten Sie Violet aus der Sache heraus! Hätten Sie ihr nicht Flausen in den Kopf gesetzt und sie dazu gebracht, Sie zu befreien, säßen wir jetzt nicht unter dem Dach Ihres Freundes Lord Stanton fest.« Ohne ein weiteres Wort ließ Saunders ihn stehen und stürmte Richtung Ausgang.

Vincent stieß einen derben Fluch aus und schlug mit der Hand auf die Wölbung des Treppengeländers. Erst das lauter werdende Geschnatter zweier Hausmädchen, die sich im ersten Stock der Treppe zubewegten, veranlasste ihn, seinen Standort zu verlassen.

Er fand Wayne im privaten Salon, wo er gerade in der *Daily Gazette* vertieft war.

»Welche Laus ist dir denn über die Leber gelaufen?«, fragte Wayne, faltete seine Zeitung zusammen und legte sie auf dem Beistelltisch ab.

Vincent überging den amüsierten Unterton in der Stimme seines Freundes und berichtete von dem Zusammentreffen mit dem Viscount.

»Wie ich das sehe, ist es ein Anfang«, entgegnete Wayne lapidar. »Mister Virgel Donovan ist ein ehrgeiziger, erfolgreicher und disziplinierter Geschäftsmann mit tadellosem Ansehen. Seit dem Tod seines einzigen Sohnes ist er gesundheitlich angeschlagen. Seine Tochter unterstützt ihn zwar bei der Buchführung, so gut es geht, aber sie ist in anderen Umständen und wird ihrem Vater nicht mehr lange eine Hilfe sein können. Die zahlreichen Angestellten sind meist einfache Männer, die zwar zupacken können, aber die Mister Donovan nicht mit dem Bearbeiten von Aufträgen, geschäftlichen Transaktionen, Terminkoordination und erst recht nicht mit der Korrespondenz

198

beauftragen kann. Er braucht dringend eine versierte Kraft, die in der Lage ist, sich in die Materie einzuarbeiten. Wenn sich Saunders geschickt anstellt, kann er viel von dem Mann lernen und sich finanziell eine sichere Existenz aufbauen, sofern er nicht auf krumme Ideen kommt.«

»Gott bewahre, das will ich nicht hoffen.«

»Ich sehe es als positive Entwicklung, wenn er zugibt, über das Angebot nachzudenken, das ist mehr als nach unserem ersten Gespräch in meinem Arbeitszimmer, wo es ihm noch absolut undenkbar erschien, einer geregelten Tätigkeit nachzugehen. Aber dennoch scheinst du mit der Situation unzufrieden zu sein? Es ist wegen seiner liebreizenden, attraktiven Schwester, nicht wahr?«

»Blödsinn! Ich wäre dir sehr verbunden, wenn du derartige Anspielungen unterlassen könntest.«

Zu Vincents Verdruss legte sein Freund den Kopf in den Nacken und lachte, als habe er einen guten Witz gehört. »Vince, erinnerst du dich, als du mir damals im White's vorgeworfen hast, ich würde mich wie ein liebestrunkener Gockel aufführen? Ich hatte es vehement abgestritten, dabei hattest du natürlich recht, aber ich wollte mir selbst nicht eingestehen, dass ich längst in Lydia verliebt war.«

»Ich bitte dich, Wayne. Das ist doch etwas vollkommen anderes.«

»Warum? Weil es dieses Mal dich betrifft?«

Genervt rollte Vincent die Augen. Das müsste er selbst wohl am besten beurteilen können, und er wusste mit Gewissheit, dass er keineswegs verliebt war. Sie war hübsch, sie reizte ihn körperlich und sie hatten einen intimen Moment geteilt, an dem er ungewohnt passiv gewesen war – sein musste – aufgrund seiner Lage. Das war alles! Womöglich reizte sie ihn gerade deshalb, weil er sich nie revanchieren und sie mit seiner Kunst der Verführung zum Beben bringen konnte. Die einzige Frau, die ihn beinahe in den Wahnsinn getrieben hatte, ohne dass er sie jemals in den Armen gehalten und ihren nackten Körper berührt hatte, das nagte an ihm. Außerdem, so hielt er sich vor Augen, war sie jene Frau, die sich ihm als Mätresse angeboten hatte; mit einer solchen vergnügte man sich lediglich, aber liebte sie nicht. Doch der Gedanke, dass sie einem anderen Mann gab, was ihm verwehrt blieb, gefiel ihm ebenso wenig. Die ganze Sache blieb kurios.

»Dein Schweigen spricht Bände, mein Freund.«

»Was?« Irritiert starrte er Wayne an, bis er begriff, worauf er dieses Mal anspielte. »Du, spinnst! Weißt du nichts Besseres mit deiner Zeit anzufangen, als wüste Theorien zu entwickeln? Entschuldige, aber nach derlei Unsinn steht mir derzeit nicht der Sinn. Wir sehen uns später.« Ohne eine Reaktion abzuwarten, schritt er zur Tür und verließ den Salon.

Erst zum Abendessen kamen sie wieder zusammen und Vincent war der letzte, der an der Tafel Platz nahm. Lord Saunders saß ihm gegenüber, er und Wayne waren gerade in eine höfliche Unterhaltung vertieft.

Violet, die neben ihrem Bruder saß, mied jeglichen Blickkontakt mit einem der Anwesenden. Sie machte einen traurigen und in sich zusammengesunkenen Eindruck. Verwundert runzelte Vincent die Stirn, irgendetwas musste vorgefallen sein. Der strenge Seitenblick, den Saunders ihr zwischendurch immer wieder zuwarf, entging ihm nicht. Es war offensichtlich, dass er das abgeschottete Verhalten seiner Schwester nicht billigte.

Auch Lady Lydia entging es nicht, und sie bemühte sich redlich, ein ungezwungenes Gespräch in Gang zu bringen. In dessen Verlauf kam sie schließlich auf den Ball der Pellhams am kommenden Samstag zu sprechen, woraufhin sie Violet direkt ansprach, ob sie sich schon dazu in der Lage fühle, sie zu begleiten.

Violet reagierte verspätet und ihrer Reaktion nach war unterhalb des Tisches ein Stoß ihres Bruders vorausgegangen, da ihre Aufmerksamkeit zuerst ihn betraf.

Lydia wiederholte ihre Frage, während Vincent mit Wayne einen verwunderten Blick tauschte.

»Ich danke Ihnen für das verlockende Angebot, Lady Lydia, aber ich denke, eher nicht.« Ihre Stimme klang matt und kraftlos, das war nicht die Violet, die er kannte.

»Wegen der Garderobe brauchen Sie sich keine Gedanken zu machen, das erwähnte ich ja bereits. Ich borge Ihnen gern eines meiner Kleider«, sprach Lydia weiter und versuchte mit lockerem Geplauder, die Situation aufzuheitern.

»Sehr freundlich, doch das wird nicht nötig sein.« Ihre Stimme war leise und der Blick auf ihren Schoß gerichtet.

»Ich halte es für eine ausgezeichnete Idee, wenn Sie an der Veranstaltung teilnehmen«, mischte Vincent sich ein und richtete sein Augenmerk dann auf ihren

Bruder, weil ihre Trübseligkeit ihn mehr berührte, als ihm lieb war. »Für Sie, Lord Saunders, wäre es ebenfalls von Vorteil, sich nach Ihrer langen Abwesenheit wieder der Öffentlichkeit zu präsentieren, um den Gerüchten entgegenzuwirken.«

»Der Ansicht bin ich auch«, stimmte Wayne zu. »Vor allem sollten Sie sich in Gesellschaft von Lord Sheridan sehen lassen, um dem *ton* zu demonstrieren, dass zwischen ihnen keine Feindschaft besteht, das sollte die Klatschmäuler beruhigen. Wie Sie wissen, hat es sich herumgesprochen, dass Sie am Spieltisch Ihr Stadthaus an ihn verloren haben. Es wurde gemunkelt, Sie hätten sich daraufhin auf Ihrem Landsitz zurückgezogen. Die Leute werden Sie beide akribisch beobachten und schauen, wie Sie miteinander umgehen. Wenn Sie ihnen nicht den erhofften Gesprächsstoff liefern, werden sich die Gemüter rasch anderen Ereignissen zuwenden. Das ist Ihre Gelegenheit, Lord Saunders.«

Saunders wandte sich ihm zu, um darauf zu reagieren. Violets Augen schossen voller Überraschung zu ihrem Bruder auf, aber schon einen Wimpernschlag später senkte sie erneut den Kopf und fiel in ihre trübe Verfassung zurück. In dieser Haltung schaute sie in die Runde und verharrte schließlich bei Vincent.

Er bekam von dem Gespräch zwischen Saunders und Wayne nichts mit, es war ihm unmöglich, seine Augen von Violet abzuwenden. Weshalb machte sie so einen zutiefst traurigen Eindruck? Etliche Fragen lagen ihm auf der Zunge, aber hier an der Tafel konnte er keine von ihnen stellen. Er schluckte bewegt, während ihre Blicke tief ineinander versanken.

Verletztheit, Trauer, Schmerz, Furcht, aber auch eine tiefe Sehnsucht und noch etwas anderes, das er nicht genau deuten konnte, schlugen ihm entgegen. Nie zuvor hatte ihn jemand mit einer solchen Intensität angesehen. Er hätte alles um sich herum vergessen können.

»Vince, stimmst du mir zu?«

Vincent zuckte zusammen und räusperte sich verlegen, als er plötzlich seinen Namen hörte. »Natürlich! Ich bin ganz deiner Ansicht.« Er hatte nicht den blassesten Schimmer, was sein Freund gerade gesagt hatte, und der schien es auch zu wissen. Vincent erkannte es an seinem belustigten, schadenfrohen Gesichtsausdruck, der ihm nicht zu verbergen gelang. Er kniff die Lippen zu einer schmalen Linie zusammen, das würde er Wayne bei Gelegenheit heimzahlen!

Der intensive Augenblick, der ihn mit Violet verbunden hatte, war zerstört. Sie schaute auf ihre Hände im Schoß, während sie ihre Unterlippe malträtierte.

Saunders sah zwischen ihm und seiner Schwester hin und her, wobei sich eine steile Falte über seiner Nasenwurzel zeigte.

»Hat das irgendetwas zu bedeuten, Lord Sheridan?«

Vincent befand, dass es klüger wäre, den Ahnungslosen zu mimen.

»Ich verstehe nicht, was Sie meinen, Lord Saunders.«

Saunders hielt seine Musterung noch ein Weilchen aufrecht, bevor er sich schließlich abwandte und sich bemühte, die Frage Lady Lydias zu beantworten. Vincent warf Wayne einen finsteren Blick zu, der sein Grinsen hinter seiner Serviette verbarg.

»Bitte entschuldigen Sie«, meldete sich Violet zu Wort und alle Augen richteten sich auf sie. »Ich fühle mich heute nicht gut und würde mich daher gern zurückziehen, um mich hinzulegen.«

Über Lydias Lippen kam sogleich ein Schwall besorgter Fragen und Mitleidsbekundungen.

»Bitte keine Umstände, ich benötige wirklich keinen Arzt«, wehrte Violet ab.

Als sie aufstand, hielt Saunders sie am Handgelenk fest und raunte ihr etwas zu, doch sie entriss ihm die Hand und funkelte ihn böse an.

Violet verließ den Speiseraum, ohne zurückzublicken.

Vincent verspürte eine unbekannte Leere in sich.

»Ich muss mich für meine Schwester entschuldigen, sie führt sich schon seit gewisser Zeit so eigenartig auf. Es muss wohl von ihrem Sturz herrühren«, erklärte Saunders recht emotionslos.

»Aber Doktor Ashbourne hat doch gesagt, dass alles in Ordnung sei und sie nur Ruhe bräuchte«, sagte Lydia und schüttelte den Kopf, sichtlich verwundert über sein Verhalten.

Vincent musterte sein Gegenüber, irgendwas musste zwischen den Geschwistern vorgefallen sein. Vielleicht würde er sich später unbemerkt in ihr Zimmer schleichen und sie fragen, denn er war sicher, dass sie ihr Unwohlsein vortäuschte.

Doch was wäre, wenn sie lediglich in einem leichten Nachthemd bekleidet in ihrem Bett läge? Allein die Vorstellung eines solchen Anblicks versetzte ihn in einen Zustand der Erregung. Verlegen änderte er seine Sitzhaltung, während er vorgab, dem Dialog zwischen Waynes Gattin und dem Viscount gebannt zu folgen.

»Ich möchte Sie bitten, meine Schwester nicht weiter zu ermutigen, einen Ball zu besuchen«, sagte Saunders gerade. »Ich halte es nicht für richtig, sie zu diesem Zeitpunkt mit der Gesellschaft bekanntzumachen, das wäre, als würde ich sie den Hyänen zum Fraß vorwerfen.«

Hegte Violet vielleicht deshalb einen Groll gegen ihren Bruder, weil er ihr eine Teilnahme an der Festlichkeit untersagt hatte? »Mitgiftjäger dürften Sie wohl kaum zu befürchten haben, wenn ich Ihre finanzielle Lage in Betracht ziehe«, stichelte Vincent.

Saunders Kopf schoss zu ihm herum. »Sie können es nicht lassen, nicht wahr, Lord Sheridan? Bereitet es Ihnen Vergnügen, die Ehre Ihrer Mitmenschen mit Füßen zu treten, weil Sie sich selbst für unfehlbar halten?«

»Meine Herren«, grätschte Wayne dazwischen. »Ich denke, wir sollten diese *Unterhaltung* in meinem Arbeitszimmer fortführen.«

Vincent stöhnte innerlich, folgte aber den beiden in Waynes Arbeitszimmer, auf deren Weg Saunders seinen Unmut über ihn freien Lauf gab.

»Ich bin sicher, Lord Sheridan ist lediglich ein wenig überreizt«, hörte er Wayne zu seiner Empörung sagen. »Schreiben wir es den Strapazen seiner Gefangennahme zu.«

Hinter Saunders Rücken maß Vincent ihn mit zornigem Blick, bereit, ihm einen passenden Spruch um die Ohren zu schlagen, sobald sich die Tür hinter ihnen schloss.

Doch Waynes Haltung und sein scharfer, warnender Ausdruck ließen ihn schließlich innehalten. »Ich kann ihre Rivalität und gegenseitige Ablehnung durchaus nachvollziehen, aber ich möchte daran erinnern, dass Sie, Viscount, und du, Vincent, beide Gast in *meinem* Haus sind.«

»Ich entschuldige mich, dass Sie Zeuge meines Disputs mit Ihrem anderen Hausgast wurden, Lord Stanton. Glauben Sie mir, ich weiß Ihre großzügige Gastfreundschaft, die Sie mir und meiner Schwester angedeihen lassen, sehr zu schätzen, und bin Ihnen zu tiefstem Dank verpflichtet. Aber Lord Sheridan hat nun mal die Angewohnheit, mich permanent herauszufordern oder zu beleidigen.«

Die Männer nahmen auf einer kleinen Sitzgruppe am Fenster Platz.

»Habe ich etwa die Unwahrheit gesagt?«, hakte Vincent mit erhobenen Augenbrauen nach.

»Nein, aber es ist auch nicht vonnöten, mir meine finanzielle Lage bei jeder Gelegenheit unter die Nase zu reiben.«

Bevor Vincent reagieren konnte, ergriff Wayne das Wort. »Da haben Sie nicht ganz unrecht, Lord Saunders.« Ein warnender Blick seines Freundes verdammte Vincent zum Stillschweigen, also gab er nur ein zerknirschtes Grunzen von sich. »Bitte berücksichtigen Sie, Lord Saunders, dass sich Ihre Situation erheblich verschlechtert hätte, falls Lord Sheridan nicht über Ihre Mitwirkung in einer Diebesbande geschwiegen hätte. Es wäre sicherlich ratsam, Ihre Haltung ihm gegenüber zu überdenken, insbesondere da es sein Anliegen war, Ihnen durch ein entsprechendes

Angebot die Möglichkeit zur Verbesserung Ihrer prekären Lage anzubieten, ohne auf das Glück am nächsten Spieltisch angewiesen sein zu müssen. Ich habe lediglich auf seine Bitte hin ein paar Kontakte spielen lassen. Warum Lord Sheridan so viel daran gelegen ist, Sie nicht den Gesetzeshütern auszuliefern, müssen Sie ihn selber fragen.«

Wieder einmal beeindruckte Vincent Waynes Talent, in seinen Ansprachen sehr beharrlich und überzeugend zu klingen, was ihm im Parlament Anerkennung und Respekt einbrachte.

Viscount Saunders war unterdessen stiller und in sich gekehrter geworden.

»Nachdem ich Sie nun etwas näher kennengelernt habe, Lord Saunders, teile ich die Einschätzung meines Freundes, dass bei Ihnen durchaus Hoffnung besteht und Ihre Raubzüge nur als vorübergehende Verzweiflungstat zu werten sind. Ich hoffe sehr, dass ich mich diesbezüglich nicht habe täuschen lassen.« Wayne nickte ihm lächelnd zu.

»Ich danke Ihnen für Ihr Vertrauen, Lord Stanton, ich werde Sie nicht enttäuschen.«

»Das freut mich zu hören. Bedeutet das, dass ich Mister Donovan mitteilen darf, dass ich möglicherweise einen gewissenhaften und zuverlässigen Mitarbeiter für ihn gefunden habe? Das letzte Wort hat natürlich Mister Donovan.«

Vincent fing einen abschätzenden Blick von Saunders auf, bevor er sich wieder Wayne zuwandte und seine Frage bejahte. »Ich hätte jedoch eine Bedingung … genauer gesagt, zwei.«

Fast hätte Vincent mit den Augen gerollt. Als ob der Mann in der Position wäre, Bedingungen zu stellen.

»Meine Schwester wird nichts von dieser Abmachung erfahren, und zum Zweiten, ich werde mir zu diesem Zweck eine günstige und bescheidene Unterkunft im Hafenviertel besorgen und keineswegs mein eigenes Stadthaus von Ihnen mieten, Lord Sheridan. Haben wir uns verstanden?«

Das war absolut nicht das, was er hatte hören wollen. »Sie können Vio… ähm, Ihre Schwester unmöglich in diese Gegend bringen«, erregte Vincent sich sogleich. »Das ist viel zu gefährlich und keine Umgebung für eine unschuldige junge Frau. Dort treibt sich Gesindel jeglicher Art herum, Kerle, die es mit Ehre und Anstand nicht so genau nehmen. Was denken Sie sich dabei?«

»Was geht es Sie an? Sie ist *meine* Schwester! Aber zu Ihrer Information, ich werde sie zuvor wie geplant nach Herefordshire bringen, auch wenn die wohnlichen Verhältnisse nicht denen entsprechen, die ich erhoffte, doch sie wird zumindest in Sicherheit sein. Ich werde weder Zeit noch Mittel haben, um sie zu beschützen und mich mit den weiblichen Befindlichkeiten junger Damen auseinanderzusetzen.«

»Aus diesem Grunde habe ich Ihnen angeboten, mit Ihrer Schwester das Stadthaus zu beziehen. Sie wären in ihrer Nähe, und während Ihrer Abwesenheit kümmern sich Bedienstete um ihr Wohlergehen, aber Ihr verfluchter Stolz lässt diese Überlegung ja nicht zu.«

Das Debakel zwischen ihnen wurde hitziger.

»Wir beide waren vor Ort, als ich für mich und Violet Ersatzkleidung besorgen musste, haben Sie dort irgendwo Personal herumlaufen sehen, Sie Witzbold?« Saunders zeigte erbost mit ausgestrecktem Finger auf ihn.

»Das wäre das geringste Problem gewesen, darum hätte ich mich gekümmert«, hielt Vincent ihm trotzig entgegen.

»Sie?« Er lachte gehässig auf.

»Warum nicht? Ich kann in meinem Stadthaus einstellen, wen ich will, Lord Saunders.«

Die Gesichtsfarbe des Viscounts wurde eine Spur dunkler. »Vergessen Sie es, und hören Sie auf, sich als barmherziger Samariter aufzuspielen. Ich will Ihre Almosen nicht!«

»Das sind keine …«

»Schluss jetzt!«, donnerte Wayne. »Ich muss doch sehr bitten!« Einen Moment lang herrschte Totenstille, bis Wayne sich in gemäßigtem, aber unmissverständlichem Ton an ihn wandte. »Vince, kann ich dich einen Augenblick unter vier Augen sprechen?«

Zerknirscht folgte Vincent ihm in den Gang vor der Tür.

»Was ist eigentlich mit dir los? So kenne ich dich überhaupt nicht«, machte Wayne sich Luft. »Du solltest seinen Wunsch, unabhängig von dir sein zu wollen, respektieren. Im Übrigen finde ich Lord Saunders Argumente durchaus lobenswert. Sollte dein Interesse seiner attraktiven Schwester gelten, rate ich dir dringend dazu, aktiv zu werden und entsprechend zu handeln; es wäre jedoch unangemessen, deinen Frust an diesem bedauernswerten Mann auszulassen.«

»Pah«, schnaubte Vincent. »Er wird seine Schwester bei dieser greisen Tante zurücklassen und danach die Gelegenheit nutzen, um unterzutauchen.«

»Wenn dem so sein sollte, hast du dich in ihm getäuscht, wir beide hätten uns dann in ihm getäuscht. In dem Falle hätte er sein Schicksal gewählt und sein Konterfei würde ebenso eines der Plakate zieren wie die seiner Komplizen. Das sollte dir klar sein.«

Vincent fuhr sich mit gespreizten Fingern durchs Haar und stieß kraftvoll die Luft aus. »Ja, du hast ja recht.« Er wusste selbst nicht, warum ihn der Viscount so aus dem Konzept brachte. War es, weil er wusste, dass er Violet nicht wiedersehen würde, wenn der Viscount seinen Plan durchzog? Das war albern!

Wayne klopfte ihm anerkennend auf die Schulter. »Gut, dann wäre das ja geklärt.«

Gemeinsam gingen sie wieder hinein. Resigniert überließ er Wayne die weitere Gesprächsführung, die sich auf die Bedingungen bezogen, die Saunders einzuhalten hatte.

So auch, dass ihm während der Zeit jeglicher Aufenthalt an den Spieltischen untersagt war.

Währenddessen überlegte Vincent, ob der Viscount ernsthaft daran arbeiten mochte, sich sowohl finanziell als auch gesellschaftlich zu rehabilitieren, oder ob er nur vorgab, dies tun zu wollen, um seine eigenen Ziele ungestört verfolgen zu können – wie immer diese aussehen mochten. So ganz wurde er aus dem Mann nicht schlau, und warum sollte seine Schwester nicht erfahren, dass er bald einer bezahlten Arbeit nachzugehen gedachte? Violet würde ihn deshalb garantiert nicht verurteilen. Sollte er sie im Vertrauen diesbezüglich aufklären? Die Information könnte sie sicher beruhigen, und sie würde sich weniger Sorgen um ihn machen. Ihre Niedergeschlagenheit ging ihm einfach nicht aus dem Kopf. Ob sie sich mittlerweile hingelegt hatte? Er fingerte seine Taschenuhr aus der Brusttasche seiner Weste und riskierte einen Blick; zum Schlafen war es eigentlich noch zu früh.

Die Zeit zog sich in die Länge, während er den stillen Beobachter mimte. Gelegentlich warf Wayne ihm einen knappen Seitenblick zu, währenddessen der Viscount seine Anwesenheit vollkommen ignorierte. Der Mann zeigte sich erstaunlich wohlwollend, was seine Aufgaben bei Mister Donovan anbelangte. Schließlich wurde die Angelegenheit mit einem Glas von Waynes bestem Whiskey begossen und die Atmosphäre lockerte sich merklich. Vincent hingegen sehnte das Ende herbei. Je später es wurde, desto riskanter wäre es, sich heimlich in ihr Zimmer zu schleichen. Eine weitere Stunde verging, draußen schritt mittlerweile die Dämmerung zügig voran und er fand sich allmählich damit ab, Violet heute nicht mehr sprechen zu können.

Missmutig steuerte er schließlich sein eigenes Gästezimmer an.

Von einer inneren Unruhe befallen, die Vincent sich nicht erklären konnte, tigerte er in seinem Zimmer auf und ab. Es wäre verrückt, sich zu so später Stunde nach Violets Wohlbefinden zu erkundigen. Er sollte es auf den morgigen Tag verschieben, zumal ihr Bruder auch keine Veranlassung sah, nach ihr zu sehen.

Die Art, wie sie ihn angesehen hatte, wollte ihm nicht aus dem Kopf. Über sich selbst fluchend, stürmte er aus seinem Zimmer und drückte sein Ohr an Violets Tür. Alles war still, sicher schlief sie längst. Vorsichtig fasste er nach dem Knauf, die Tür war nicht von innen verriegelt. Adrenalin flutete seinen Körper. Was, wenn sie schrie und damit das ganze Haus weckte, weil er sie zu Tode erschreckte? Vorsichtig rief er ihren Namen und nannte seinen eigenen; es folgte keine Reaktion. Die Vorhänge waren nicht zugezogen und der Schein des Mondes erhellte einen Teil des Raumes.

Ein paar Kleidungsstücke lagen fein säuberlich auf dem Fußende des Bettes, das Bett an sich war jedoch leer.

»Violet?« Mehrfach rief er ihren Namen und beschränkte sich nicht länger auf einen Flüsterton. Irritiert durchsuchte er jeden Winkel des Zimmers, ebenso warf er einen Blick ins Waschkabinett, nirgends eine Spur von ihr. Womöglich wartete sie im Zimmer ihres Bruders auf seine Rückkehr, kam ihm der Gedanke.

Da er Saunders in der Bibliothek wusste, eilte er zu dessen Gästezimmer, klopfte kurz und trat ein, doch der Raum lag in völliger Dunkelheit. Konnte Violet noch irgendwo unten mit Lydia zusammensitzen? Er befand sich bereits auf dem Weg zur Treppe, als er diese Möglichkeit ausschloss und zurück in Violets Zimmer lief. Dort sorgte er für mehr Licht und sah sich genauer um. Das Bett war zerknautscht, als habe sie zumindest darauf gelegen. Intuitiv strich er mit der Hand über Kopfkissen und Bettdecke, keine Spur von Körperwärme, doch eine kleine Ecke, die unter der Decke hervorlugte, erregte seine Aufmerksamkeit, sodass er sie zurückschlug. Zum Vorschein kamen drei Briefe, der oberste war an ihren Bruder gerichtet, ein weiterer an Lydia und, ihm stockte der Atem, als er seinen eigenen Namen auf dem letzten Brief las. Eine unheilvolle Ahnung erfasste ihn – sie war fort. Mit bebenden Händen öffnete er den Brief.

Verehrter Lord Sheridan

Ich wünschte, wir hätten uns unter anderen Umständen kennengelernt, doch ich fürchte, wären wir einander in der Gesellschaft vorgestellt worden, hätten Sie keinerlei Notiz von mir genommen, geschweige denn, mich um einen Tanz gebeten.
Alles, was mir bleibt, ist von Ihnen zu träumen und von einem Leben, das es für mich niemals geben wird. Ich werde die Erinnerung an Sie stets in meinem Herzen bewahren und bin dankbar für die wenigen kostbaren Momente, die ich mit Ihnen erleben durfte.
Diese werden stets das Maß aller Dinge sein, denn ich weiß, dass es niemals einem anderen Gentleman gelingen wird, mit Ihnen auf gleicher Stufe zu stehen. Mein Herz gehört Ihnen, Lord Sheridan, solange ich lebe.

Jetzt, da ich weiß, dass wir einander niemals wiedersehen werden, fällt es mir leichte, Ihnen meine Gefühle zu offenbaren.

Bitte verurteilen Sie mich nicht für das, was ich tun muss, ich habe keine Wahl!

Für meinen Bruder war ich seit dem Tod unseres Vaters eine Belastung. Ohne meine Existenz hätte Ashton einen besseren Stand im Leben. Er ist kein schlechter Mensch, auch wenn er einige Fehlentscheidungen in seinem Leben getroffen hat.

Leben Sie wohl, Lord Sheridan.

Mit größtem Respekt und bewundernder Hochachtung,

Violet Saunders

Panik erfasste ihn, wie lange mochte sie bereits fort sein? Es waren Stunden vergangen, seit sie die Tafel im Speisezimmer verlassen hatte. Hektisch stopfte er das Schreiben in die Innentasche seiner Weste und stürmte in den Flur hinaus. Er musste ihr nach, sofort! Fahrig raufte er sich die Haare, während ihm tausend Szenarien durch den Kopf gingen.

Zu mehreren wären ihre Chancen größer, sie zu finden, bevor ihr etwas zustieße. Er fluchte aufgebracht, rannte erneut zurück in ihr Zimmer, griff nach dem Brief an ihren Bruder und hastete, zwei Stufen auf einmal nehmend, die Treppe hinunter.

»Sind Sie des Wahnsinns, Lord Sheridan?« Lord Saunders schoss aus dem gemütlichen Ohrensessel in die Höhe und starrte ihn mit aufgerissenen Augen an. Das Buch aus seinen Händen flog durch die Luft und landete mit einem dumpfen Geräusch auf dem Boden.

»Sie ist weg! Ihre Schwester, sie ist verschwunden!«, platzte es aus Vincent ohne Umschweife heraus. »Hier, der ist an Sie gerichtet.«

Alarmiert nahm Saunders den Umschlag entgegen, riss ihn auf und überflog ihre Zeilen.

Vincent konnte erkennen, dass es sich um zwei eng beschriebene Briefbögen handelte, aber schon nach einer halben Seite schien ihm der Ernst der Lage klar zu sein. Seine derben Flüche untermalten dies. »Woher haben Sie das?«

»Das ist jetzt unwichtig!«

»Wie kann sie so töricht sein, sich allein und schutzlos solchen Gefahren auszusetzen? Wo will sie überhaupt hin, allein? Sie kennt hier niemanden.«

Vincent zuckte die Schultern, obwohl ihn eine fatale Vorahnung befiel.

»Ich muss sofort los, um sie zu suchen.« Saunders verfiel in Hektik. »Verdammt, ich hätte nicht gedacht, dass sie sich unseren Streit so zu Herzen nimmt. Ich hole meine Sachen und mache mich auf den Weg.« Sie rannten beide auf die Treppe zu.

»Ich komme mit Ihnen!«

Saunders warf ihm einen musternden Blick zu, widersprach aber nicht.

»Je schneller wir Ihre Schwester finden, umso besser.«

Eine Tür klappte und Hopkins, ein langjähriger Diener der Stantons, marschierte mit knirschenden Absätzen über den Marmorboden.

Während Vincent stoppte und den Bediensteten instruierte, stürmte Saunders bereits die Stufen empor und in Violets Zimmer. Mit dem Brief an Lydia in der Hand trafen sie oben im Flur aufeinander.

»Der lag in ihrem Bett. Haben Sie den Brief an mich auch von dort?« Ein stahlharter Ausdruck lag auf den Zügen des Viscounts. »Wie lange schon schleichen Sie sich nachts heimlich in ihr Schlafzimmer, Lord Sheridan?«

Vincent fluchte innerlich. »Es ist nicht so, wie Sie denken!«

»Halten Sie mich für einen Vollidioten? Jetzt wird mir einiges klar. Deshalb war es Ihnen so wichtig, dass wir in *das* Stadthaus ziehen, damit Sie sie jederzeit behelligen können, sobald ich außer Haus wäre.« Mit jedem Wort wurde er lauter und rief erbost: »Sie elendiger Bastard haben meine Schwester verführt! Glauben Sie, Sie können sich alles nehmen, was Ihnen gefällt? Womöglich ist sie ja Ihretwegen verschwunden?«

Unbehaglich schaute Vincent sich um. Wayne war zwischenzeitlich, noch in seinen braunen Morgenmantel gehüllt, in der unteren Etage aufgetaucht, die über einen Gang in den privaten Seitenflügel führte.

»Vielleicht sollten Sie zuerst den Brief zu Ende lesen, möglicherweise hat sie …«, wies Vincent den Viscount vorsichtig an.

»Sagen Sie mir nicht, was ich zu tun habe!« Saunders machte Anstalten, sein Gästezimmer zu betreten, drehte sich aber noch einmal zu ihm um. »Ausgerechnet Sie, Lord Sheridan! Warum? Konnten Sie den Hals nicht vollkriegen, mussten Sie sich auch noch an meiner kleinen Schwester vergreifen?«

Hopkins sowie zwei weitere männliche Bedienstete hasteten durch den Eingangsbereich und zwei Hausmädchen standen in der Ecke und tuschelten hinter vorgehaltener Hand, während sie zu ihnen hinaufblickten.

»Gratuliere, das hast du ja wunderbar hinbekommen«, brummte Wayne plötzlich hinter ihm.

»Spar dir deinen Sarkasmus! Vergiss nicht, du wärst heute ein toter Mann, wäre es mir damals nicht gelungen, Lydias Bruder zu besänftigen, nachdem er dich in Lord Greens Gartenpavillon zwischen den gespreizten Schenkeln seiner Schwes….«

»Herrgott, sprich gefälligst leiser!«, fuhr Wayne ihn an und blickte sich betreten um.

Saunders stürzte aus seinem Zimmer und beendete somit das prekäre Thema. »Das Geld ist weg! Sie hat mich bestohlen, meine eigene Schwester hat mich bestohlen. Ist denn das zu fassen?«

»Ich denke, in dieser Hinsicht waren Sie ihr wohl ein guter Lehrer«, entgegnete Wayne trocken.

Vincent nutzte den Moment, um sich in seinem eigenen Zimmer reitfertig herzurichten. Er hätte über den perplex dümmlichen Gesichtsausdruck des Viscounts gelacht, wäre die Situation nicht so ernst gewesen.

»Die Pferde in den Stallungen sind vollzählig«, meldete Hopkins von unten.

»Dann wird sie sich entweder eine Mietdroschke bestellt haben oder sie hat oben am White Inn eine der Postkutschen bestiegen. Das White Inn ist eine Verlade- und Umsteigestation, sie kann überallhin unterwegs sein«, erklärte Wayne, was Saunders zu neuerlichen Flüchen veranlasste. »Meine Männer stehen Ihnen uneingeschränkt zur Verfügung.«

Wayne warf ihm einen bestärkenden, zuversichtlichen Blick zu, den Vincent mit einem Nicken kommentierte.

*

Die Tasche mit den wenigen Habseligkeiten fest auf den Schoß gepresst, saß Violet in steifer Haltung da und starrte aus dem Fenster der Kutsche, ohne wirklich etwas aufzunehmen. Die korpulente Matrone neben ihr, die fast die Hälfte der Banklänge einnahm, verströmte einen unangenehm süßlichen Parfumgeruch und die Federn auf ihrem Hut wippten im Takt mit den Bewegungen der Kutsche. Sie und die ebenfalls ältere, aber deutlich schlankere Dame ihr gegenüber schnatterten ununterbrochen und warfen ihr gelegentlich fragende Blicke zu.

Violet erfuhr, dass ihre Sitznachbarin eine Witwe war, die zu ihrem Sohn, offenbar der Inhaber irgendeines Ladens, reiste, um ihre Unterstützung anzubieten, da die Schwiegertochter kurz vor ihrer dritten Niederkunft stand. Im Grunde interessierte sie sich nicht für persönliche Geschichten ihrer Mitreisenden, war aber dankbar, nicht der vollkommenen Stille aus-

218

gesetzt zu sein, die sie noch mehr an ihrer Situation verzweifeln ließ.

Mit Glück würde ihr Verschwinden nicht vor Mittag des kommenden Tages entdeckt werden. Wenn alles wie geplant lief, wäre sie zu dem Zeitpunkt längst Teil einer neuen unbekannten Welt, in der sie erst ihren Platz finden musste.

»Mädchen, Sie zittern ja. Ist Ihnen nicht gut?«, erkundigte sich die Matrone neben ihr, wobei sie sich ihr mit ganzem Oberkörper zuwandte.

Plötzlich angesprochen zu werden, ließ Violet zusammenzucken und sie bemühte sich, glaubhaft zu versichern, dass alles in Ordnung sei, doch die Mitreisende gab sich damit nicht zufrieden und erkundigte sich nach dem Grund ihrer Reise.

»Ich fahre zu meiner erkrankten Cousine«, log sie und zwang ein Lächeln in ihr Gesicht.

»Oh, das ist ja kein erfreulicher Grund. Was plagt die Arme denn?«

»Ich weiß es selbst nicht genau. Das Schreiben war recht spartanisch.«

»Und da haben Sie sich sogleich auf den Weg gemacht, wie löblich von Ihnen, aber gab es denn niemanden, der Sie hätte begleiten können? So ein junges Ding wie Sie, ganz allein unterwegs, das ist nicht ungefährlich.«

»Ich bin schon öfter allein gereist, das macht mir nichts aus.«

»Aber haben Sie denn gar keine Angst? Haben Sie nicht von den vielen Überfällen gehört, die in letzter Zeit auf Reisende verübt wurden?«, mischte sich nun die andere Dame ein.

»Ach Gwenny, bei uns ist doch nichts zu holen«, winkte die Frau neben ihr ab. »Außerdem wurden vorwiegend Kutschen der besseren Gesellschaft ausgeraubt, liest du keine Zeitung? Sehen wir aus, als trügen wir kostbare Diamanten und Juwelen?« Sie warf Violet einen weiteren Blick zu. »Jetzt hast du die junge Frau unnötig geängstigt.«

»Machen Sie sich keine Gedanken«, winkte die mit Gwenny angesprochene ab. »Dieses niederträchtige Pack wird wissen, dass es überall gesucht wird. Jedem von ihnen droht der Galgen. Die werden die Gegend sicher längst verlassen haben.«

Violet versuchte, sich nichts anmerken zu lassen, und nickte mit zusammengepressten Lippen, obwohl ihr ein kalter Schauder über den Rücken lief. Was, wenn Hank und Warren doch noch in der Nähe waren, ihre Kutsche überfielen und sie erkannten?

»Bestimmt! Trotzdem hoffe ich, dass diese erbärmlichen Schurken alsbald geschnappt werden, bevor sie anderenorts erneut Angst und Schrecken verbreiten können.«

Gwenny nickte heftig. »Man sollte die ganze Bande am nächsten Baum aufknüpfen, das wäre eine gerechte Strafe und eine Abschreckung für jedes weitere kriminelle Gesindel.«

Die Tratschtanten ließen sich nun ausschweifend über die Schandtaten von Banditen und anderen Taugenichtsen aus. Jede gab zum Besten, was sie irgendwo aufgeschnappt hatte, auch die Oberschicht und das Benehmen einiger privilegierter Herren kamen dabei nicht zu kurz.

Violet lehnte sich zurück und gab vor, eingeschlafen zu sein, obwohl sie weit entfernt davon war, diese innere Ruhe zu finden.

Die Kutsche stoppte und mehrere Stimmen drangen von draußen zu ihnen herein. Auf dem Dach rumpelte es, als würde Ballast umgelagert werden, wobei die ganze Kutsche ins Schaukeln geriet.

»Ich schätze, wir werden gleich Besuch bekommen«, sagte Gwenny.

Im nächsten Moment wurde die Tür aufgerissen. Ein Mann mit brauner Aktentasche unter dem Arm trat ein und nahm Violet gegenüber Platz. Automatisch drückte Violet sich steifer gegen die Sitzbank und raffte den wollenden Umhang über ihrem Mantel enger vor der Brust. Ohnehin war es inzwischen kühler und auch schummriger im Inneren geworden.

Dennoch blieb ihre Reaktion dem Gegenüber nicht verborgen. Neugierig und ungeniert musterte er sie von Kopf bis Fuß, während er lässig die Beine übereinanderschlug und sich zurücklehnte.

Violet begann sich unwohl zu fühlen und schielte hilfesuchend zu den beiden Frauen, doch die sinnierten gerade darüber, ob sie wohl pünktlich ihren Zielort erreichen würden.

»Dumme Pute«, schalt sie sich insgeheim. Sie sollte sich daran gewöhnen, von Männern angestarrt zu werden, wenn man bedachte, wohin ihr Ziel sie führte. Sie nahm allen Mut zusammen und schaute ihm mit stoischer Miene geradewegs ins Gesicht, bevor sie den Kopf zur Seite wandte, als sei er somit aus ihrer Aufmerksamkeit entlassen. Schlagartig richtete der

Fremde seinen Blick aus dem Fenster, wo sich einige Arbeiter Anweisungen zu grölten.

Ein kleiner Anflug von Stolz übermannte sie, leider hielt das Hochgefühl nicht lange vor. Sie befanden sich etwa eine Dreiviertelstunde von London entfernt. Bei ihrer Ankunft würde bereits nächtliche Dunkelheit herrschen und sie hatte keine Bleibe für die Nacht. Ein neuer Schauder schoss ihren Rücken hinab, obwohl sie im Vorfeld wusste, dass sie London zu später Stunde erreichen würde, doch jetzt war es real. Es gab kein Zurück mehr! Sie bemühte sich um eine gleichmäßige Atmung. Natürlich hatte auch der Fahrpreis eine Rolle gespielt, die Abendpostkutsche war deutlich preiswerter gewesen.

Violet hatte alles hinter sich gelassen: den Traum von einem Leben, wie es für junge Damen aus gutem Hause vorgesehen war, ihr bescheidenes Dasein in dem heruntergekommenen Gehöft, in dem ihr zumindest die Fürsorge ihres Bruders gewiss war, und nicht zuletzt, den einzigen Menschen, dem ihr Herz gehörte.

Sie schloss die Augen und bemühte sich zum wiederholten Male, ihre Finanzen zu kalkulieren, doch immer wieder schob sich das Antlitz des Earl of Cunningham zwischen ihre Berechnungen und beraubte sie ihrer Konzentration.

Als die Kutsche sich mit einem kräftigen Ruck wieder in Bewegung setzte, entwich ihr ein erschrockener Aufschrei und alle Augen waren auf sie gerichtet. Röte, von der sie hoffte, dass sie im schummrigen Licht nicht auffiel, schoss ihr in die Wangen.

»Kein Grund zur Panik, junge Frau«, tönte die Matrone neben ihr amüsiert. »Es ist nicht mehr weit, bald können Sie ungestört ein Nickerchen machen.«

»Ich habe nicht geschlafen«, protestierte Violet pikiert und strich sich die Röcke glatt, obwohl es nichts zu glätten gab.

»Sie könnten aber Schlaf gebrauchen, meine Liebe. Sie wirkten schon während der ganzen Fahrt ziemlich angespannt und nervös.«

»Das bezieht sich lediglich auf die Sorge um meine erkrankte Cousine«, konterte Violet und bemerkte aus dem Augenwinkel, dass der männliche Fahrgast die Unterhaltung interessiert verfolgte.

»Ah ja, Ihre Cousine, ich vergaß. Werden Sie denn an der Poststation von einem Verwandten abgeholt?«

Violet konnte sich gerade noch ein Augenrollen verkneifen. Jetzt wusste der Mitreisende mit Gewissheit, dass sie allein unterwegs war und keine Begleitperson darstellte.

»Ich gehe davon aus, dass meine Cousine ihren Stallburschen mit einem Gefährt schicken lässt«, antwortete sie leicht gereizt.

»Aber Sie wissen es nicht mit Sicherheit?« Die Frau gegenüber keuchte bestürzt auf.

»Wie zuvor erwähnt, geschah mein Aufbruch recht spontan. Ich bin mir nicht sicher, ob meine vorausgeschickte Nachricht rechtzeitig eingetroffen ist.«

Die Ältere hielt sich schockiert die Hand an die Lippen und murmelte etwas, das verdächtig nach »Heilige Jungfrau Maria« klang.

»Und was werden Sie tun, wenn Sie nicht …«

»Verzeihung, aber ich denke, das dürfte nicht Ihr Problem sein«, unterbrach Violet sie. »Notfalls werde ich mir für die Nacht eine Unterkunft mieten und am Morgen einen Boten schicken.« Sie kaschierte ihre unhöfliche, aber konsequente Antwort mit einem aufgesetzten Lächeln. Früher hätte sie niemals ein solches Benehmen an den Tag gelegt, aber seit sie Monate unter demselben Dach mit vier flegelhaften Kerlen verbracht hatte, war sie in dieser Hinsicht abgestumpft. Manchmal war es unabänderlich, Personen vor den Kopf zu stoßen, damit sie Ruhe gaben.

»Wie Sie meinen«, murrte die Frau neben ihr.

»Der kleine Gasthof gegenüber der Poststation ganz in der Nähe vom Grosvenor Square bietet Zimmer an«, mischte sich die andere ein.

»Vielen Dank.« Violet schenkte ihr Gegenüber ein Lächeln. Am Grosvenor Square lag Ashtons Stadthaus, das jetzt Lord Sheridan gehörte. Vielleicht könnte sie irgendwie ins Haus gelangen und sich dort so lange verstecken, bis sie genügend Selbstvertrauen aufgebaut hätte, um bei der gewissen Dame des Gewerbes vorstellig zu werden. Andererseits würde Ashton nicht dort zuerst nach ihr suchen, sobald er annahm, sie könne nach London unterwegs sein?

»Gestatten, dass ich mich vorstelle, Gordon Davis, meine Kanzlei befindet sich in der Bond Street. Ich bin Ihnen gern behilflich, falls Sie nach einer bezahlbaren Unterkunft suchen, Miss …?«, bot sich nun der Fremde an.

»Sau … Southfield, *Misses* Southfield.« Die überraschten Blicke der beiden Damen waren ihr sicher. Fast hätte sie über ihre sprachlosen Gesichter gelacht.

Zuerst wollte sie Mister Davis abweisen, besann sich aber rasch anders, wer weiß, ob sie nicht doch seine Hilfe in Anspruch nehmen musste. Ein Advokat war bestimmt ein vertrauenswürdiger Mann. Er erkundigte sich auch nach der Adresse ihres Reisezieles, um in Erfahrung zu bringen, ob es möglicherweise auf seinem Weg läge.

Violet geriet in Verlegenheit, sie konnte ihm wohl kaum die Adresse des Bordells nennen, also nannte sie lediglich den Namen der Straße und behauptete, sich mit der Hausnummer nicht sicher zu sein.

»Hm, das liegt etwas außerhalb. Keine Frau sollte dort nachts allein unterwegs sein. Hätte Ihr Gemahl Sie nicht …«

»Ich bin verwitwet«, erwiderte sie schnell und bevor weitere unangenehme Fragen aufkommen konnten, stellte sie klar, dass sie über diesen Verlust nicht zu sprechen wünschte. Ein trauriger, schmerzvoller Seufzer entwich ihr, der nicht gespielt war, aber ihre Worte vorteilhaft unterstrichen. Allerdings bezog sich ihr Kummer auf ihren Bruder und auf Lord Sheridan, die sie beide nicht wiedersehen würde; ein Abschied für immer.

Ein starker Ruck ließ die Kutsche erzittern und wild hin und her schlenkern. Die korpulente Frau neben ihr kreischte auf und suchte hektisch nach ihrem Haltegriff, während es Violet vom Sitz schleuderte und sie mit dem Kopf im Schoß des Advokaten landete.

Das wütende Gebrüll des Kutschers und mindestens eines weiteren Mannes, Getrampel von Pferdehufen und das Wiehern von Pferden war von außen zu vernehmen. Die Kutsche kam ruckartig zum Stillstand und Violet rappelte sich zutiefst beschämt und mit tatkräftiger Unterstützung ihres Gegenübers wieder auf. Sekundenlang war es mucksmäuschenstill im Inneren.

»Meine Damen«, Davis räusperte sich. »Ich werde mal nachschauen, was passiert ist.« Seine Beine streiften ihre Knie, als er nach dem Griff der Kutschentür langte. Mitten in der Bewegung hielt er inne. »Geht es Ihnen gut, Misses Southfield? Haben Sie sich bei dem Sturz verletzt?«

Violet wagte nicht, ihm ins Gesicht zu schauen, das dem ihren jetzt ganz nah war. Sie verneinte, war aber über ihre eigene piepsige Stimme schockiert. Zudem musste sie glühen wie ein lichterloh brennendes Holzscheit, zumindest fühlte sich die Hitze in ihren Wangen so an. Erleichtert stieß sie die Luft aus, nachdem er aus der Kutsche geklettert war. Sie presste die Hand aufs Herz und bemühte sich, ihren rasenden Herzschlag unter Kontrolle zu bringen, während die andere Dame, die mit dem Rücken zur Fahrtrichtung saß, sich stöhnend die angeschlagene rechte Kopfseite massierte.

Es vergingen nur wenige Augenblicke, bis die beiden Damen sich in wilde Spekulationen und Schreckensszenarien hineingesteigert hatten. Violet störte sich nicht daran, so achtete wenigstens niemand auf sie und das war ihr mehr als recht. Dem Mann war ihre Verlegenheit nicht entgangen, sie meinte sogar einen amüsierten Laut vernommen zu haben, bevor er aus dem Gefährt gesprungen war. Das zweite Mal, dass dieser Fremde sie entlarvte. Sie würde in Zukunft vorsichtiger sein müssen. Man hielt sie jetzt für eine Witwe, das bedeutete, mehr Selbstentschlossen-heit und weniger Schamgefühl zu zeigen. Das zu be-werkstelligen war nur schwieriger als erwartet.

Sie machte einen zittrigen Atemzug, wenigstens war ihr ein männlicher entblößter Körper nicht völlig fremd – dank Lord Sheridan. Ein neuerlicher Hitze-schub durchlief ihren Körper, am liebsten hätte sie sich Luft zu gefächert, aber sie besaß kein solches Utensil.

Das Bild des nackten Körpers Sheridans erschien vor ihrem inneren Auge und das aufregende Gefühl nahm wieder von ihr Besitz, das sie bei der Berührung seiner männlichen Attribute verspürt hatte. Unruhig rutschte sie auf der Bank in eine hoffentlich bequeme-re Sitzposition. Wie dreist und schamlos sie sich be-nommen hatte, kein Wunder, dass er sie für eine Hure gehalten hatte. Jetzt, da sie auf dem besten Wege war, eine solche zu werden, sollte sie rasch zu dieser uner-schrockenen Tollkühnheit zurückfinden. Doch sie spürte keinerlei Verlangen, dieses Wagnis bei einem anderen Herrn anzuwenden, ganz zu schweigen da-von, ihn auf die Weise zu berühren, wie sie es bei Lord Sheridan getan hatte.

Stramme Oberschenkel waren unter dem Stoff von Mr Davis schwarzer Hose zu spüren gewesen; an naheliegende Teile seiner Anatomie, die sie möglich-erweise ungewollt gestreift haben könnte, mochte sie gar nicht denken. Dabei war Gordon Davis durchaus kein hässlicher Mann. Er war kleiner und schmaler gebaut als Lord Sheridan und seine dichten buschigen Augenbrauen und sein Schnauzbart verliehen ihm ein solides Aussehen.

Möglicherweise war er Kunde bei Madam Lemaire und sie würde eines Tages erneut auf ihren Mitreisenden treffen, dann durfte sie nicht zimperlich sein. Sie schluckte hart.

Wie sollte sie nur mit den Erwartungen und Gepflogenheiten im Hause von Madam Lemaire zurechtkommen? Vorausgesetzt, die schillernde Besitzerin würde sie überhaupt im Kreise ihrer Mädchen aufnehmen. Doch, wenn sie sich an die ungenierte Musterung und ihre freizügigen Bemerkungen erinnerte, schien sie sehr an ihrer Person interessiert gewesen zu sein, was ihr Bruder natürlich rigoros zurückgewiesen hatte. Doch dieses Mal fungierte Ashton nicht als ihr Beschützer, das war der einzige Trumpf, den sie besaß und darauf baute sie. Wo sonst sollte sie auch hingehen?

Würde Madam Lemaire sie verraten, sollte eines Tages Ashton dort auftauchen und seiner *mütterlichen Freundin* sein Leid klagen? Sie verdrängte den Gedanken rasch, sollte es so kommen, hätte Ashton zwar Gewissheit über ihren Verbleib, aber sie wäre dann längst eine gefallene Frau, die er nicht mehr als seine Schwester bezeichnen würde.

Für einen Moment dachte sie an ihre Freundin Amelia und ihre gemeinsamen Jahre in der Mädchenschule. War Amelia glücklich mit ihrem Marquess? Und war sie möglicherweise schon guter Hoffnung? Was hatten sie doch für romantische Zukunftspläne und Träume gehabt. – Aber die Wirklichkeit sah leider vollkommen anders aus und das Schicksal war gnadenlos. Ein tiefer Seufzer des Bedauerns entwich ihr. Aus dem Augenwinkel bemerkte sie, dass sie unbeabsichtigt die Aufmerksamkeit der beiden Frauen auf sich gelenkt hatte.

»Ja, so ein unplanmäßiger Stopp ist in der Tat ärgerlich«, kommentierte ihr Gegenüber.

Bevor Violet etwas erwidern konnte, wurde die Tür aufgerissen und Davis erschien in der Öffnung. Sein Blick erfasste sie zuerst und ein Grinsen machte sich in seinem Gesicht breit, was Violet alles andere als angebracht erschien.

»Meine Damen, es kann eine Weile dauern, bis die Fahrt weitergehen kann. Wir wurden von einem entgegenkommenden Einspänner, der in halsbrecherischem Tempo unterwegs war, vom Weg abgedrängt. Die Kutsche wird derzeit auf mögliche Schäden untersucht und wir haben Ladung verloren, die gesichert werden muss.«

Die beiden Frauen bombardierten ihn aufgeregt mit Fragen, die er so gut wie möglich zu beantworten versuchte, während sein Blick immer wieder zu ihr glitt, doch Violet beschränkte sich aufs Zuhören.

»Wir sind nur knapp eineinhalb Meilen von der letzten Station entfernt, sollten wir nicht weiterfahren können, wird es vermutlich das Beste sein, dorthin zurückzukehren, um die Nacht abzuwarten, bis uns am Morgen eine neue Postkutsche aufnehmen kann.«

»Und wie sollen wir dort hinkommen, junger Mann?«, kreischte die Matrone neben ihr. »Sollen wir etwa mitsamt unserem Gepäck zu Fuß gehen?« Trotzig verschränkte sie die Arme vor der Brust. »Ich werde nirgendwo hingehen!«

»Unser freundlicher Kutscher wird Ihr Gepäck gewiss nicht aus den Augen lassen, seien Sie unbesorgt.

Aber sollten wir hier festsitzen, bedenken Sie, dass es über Nacht empfindlich kühl in der Kutsche werden kann, da würden Sie sich wünschen, in der Station wenigstens im Warmen verbringen zu können, Ma'am.«

Die Zurechtgewiesene schnaufte brüskiert.

»Was ist mit Ihnen, Misses Southfield«, wandte er sich an sie.

»Wenn Sie die ganze Zeit in der offenen Tür stehen, wird es erst recht kühl werden«, maulte die Dame neben ihr und zupfte pikiert an ihrem Halstuch.

Violet war hin- und hergerissen und schnappte wie ein Fisch auf dem Trockenen. Unzählige Gedanken gingen ihr durch den Kopf, ihr Reiseziel stets im Hinterkopf. Am frühen Morgen würde sie Madam Lemaire kaum antreffen. Wie und wo, sollte sie in dem Falle den anstehenden Tag hinter sich bringen, noch dazu, ohne geschlafen zu haben? Ein Anflug von Panik kroch in ihre Eingeweide. »Ich denke, ich werde abwarten, wie die endgültige Begutachtung unseres Gefährts ausfällt«, antwortete sie ausweichend.

»Sehr diplomatisch, Misses *Southfield*.«

Wieder zeigte er ein Grinsen, wobei sich dieses Mal nur ein Mundwinkel nach oben zog. Und warum betonte er den Namen so seltsam gedehnt? Im Grunde gab es am Benehmen ihres Mitreisenden nichts zu bemängeln; er war freundlich und zuvorkommend, und trotzdem verursachte er bei ihr ein gewisses Unbehagen.

*

Waynes Männer saßen bereits im Sattel und Saunders war gerade im Begriff, selbiges zu tun, als Vincent und Wayne zu ihnen stießen. Die Sorge um seine Schwester hatte sich mittlerweile in Zorn gewandelt und er stieß diverse Verwünschungen aus.

»Wie lautet Ihr Plan?«, wollte Wayne wissen.

»Ihr Mann hier …« Saunders nickte mit dem Kopf zu dem Mann im Sattel neben ihm, »sagte mir, dass alle Reisenden mit Ziel Herefordshire in Oxford umsteigen müssten. Ich denke, es wird das Klügste sein, direkt zur Poststation in Oxford zu reiten.«

»Sie denken, dass sie sich allein auf den Weg zu dieser Tante gemacht hat?«

»Ja, was denn sonst? Sie kennt niemanden in der Gegend, wo sollte sie sonst hinwollen? Warum sie allerdings meint, das ohne meine Begleitung tun zu müssen, ist mir unbegreiflich, aber sie kann sich auf einiges gefasst machen, das sage ich Ihnen! Ich werde ihr gehörig die Leviten lesen. So eine leichtsinnige Trotzaktion, was denkt sie sich dabei? Ich war immer gutmütig, aber damit ist jetzt Schluss.«

»Sie muss irgendwo die Nacht verbringen«, erklärte der Mann neben Saunders. »Entweder in Oxford, was sich anbieten würde, oder sollte sie weiterfahren wollen, wäre spätestens in Witney Schluss. Weiter könnte die Kutsche bei Dunkelheit keineswegs fahren, das wäre zu gefährlich. Entlang der Strecke liegen ein paar kleinere Gasthöfe, ich denke, in einer der Unterkünfte werden wir fündig werden.«

»Das hört sich vernünftig an«, mischte Vincent sich ein. »Ich wünsche Ihnen viel Erfolg, Lord Saunders, aber seien Sie nicht zu streng zu Ihrer Schwester. Ich schätze, sie wird aus ihrer Sicht gesehen gute Gründe gehabt haben.«

»Das müssen Sie schon mir überlassen, Lord Sheridan.« Er wandte sich noch an Wayne, dankte ihm für die Unterstützung und versprach, sich erkenntlich zu zeigen.

»Gut, ich werde dennoch zur Poststation am White Inn reiten und mich dort umhören«, erklärte Vincent.

»Machen Sie, was Sie wollen«, erwiderte Saunders schroff und wendete sein Pferd.

»Dieser Narr wird früh genug merken, dass er auf der falschen Fährte ist«, sagte Vincent zu Wayne, als sie den Reitern hinterherschauten. »Er glaubt, seine Schwester zu kennen, doch im Grunde weiß er nichts über sie.«

»Du hast also eine Ahnung, wohin sie will?«, hakte Wayne wenig überrascht nach.

»London! Ich bin mir sicher, sie befindet sich auf dem Weg nach London, und das gefällt mir überhaupt nicht. Wir müssen uns beeilen!« Er gab den verbliebenen Männern das Zeichen zum Aufbruch und schwang sich selbst in den Sattel.

»Vince, wir können die letzte Postkutsche nicht mehr einholen! Hast du eine Adresse in London?«

Nein, die hatte er nicht und ihm wurde ganz flau im Magen. Wo sollte er in London mit seiner Suche anfangen? Die Saison war noch im vollen Gange, das hieß jede Menge flanierendes Fußvolk und durch Kutschen verstopfte Straßen.

»Sie hatte mich gebeten, ihr bei der Vermittlung eines Beschützers behilflich zu sein«, gestand Vincent kleinlaut und war sich des entsetzten Blickes seines

Freundes bewusst. »Sie ist der Auffassung, ihrem Bruder zur Last zu fallen, und gedenkt, von ihm unabhängig werden zu müssen. Was Besseres, als sich anzubiedern, schien ihr nicht in den Sinn zu kommen«, ergänzte er rasch, als würde das seine Schuld in dem Falle mindern. »Und ich sollte Lord Saunders eine Schiffspassage nach Frankreich in Aussicht stellen.«

Er hörte, wie Wayne kraftvoll die Luft ausstieß. Eine Weile ritten sie schweigsam nebeneinander.

»Du fühlst dich also in deiner Ehre gekränkt«, durchbrach Wayne die Stille, »weil sie dich gebeten hat, ihr bei dieser absurden Suche zu helfen, und grollst ihr, weil sie nicht dich auserwählt hat? Ist es das? Ich gebe zu, diese Art ihrer Lebensplanung ist höchst verwerflich, kaum durchdacht und zudem nicht ungefährlich. Wie ich dich kenne, wirst du versucht haben, ihr diesen Unsinn auszureden, hast die Konsequenzen aber nicht bedacht.«

»Verdammt richtig«, brummte Vincent. »Selbstverständlich habe ich ihr die Folgen dieser schwachsinnigen Idee vor Augen geführt und dachte, ich hätte mich klar und verständlich ausgedrückt.«

»Du willst sagen, du hast ihr deinen Standpunkt aufgezwungen, aber nichts getan, um ihr Trost zu spenden oder Hoffnung zu vermitteln. Mit anderen Worten, du hast sie in ihrer Not allein gelassen. Frauen können einem so etwas verdammt übel nehmen.«

»Seit du verheiratet bist, bist du ein richtiger Pedant und Zyniker geworden.« Vincent war es nicht gewohnt, von seinem Freund zurechtgewiesen zu werden. Zu seinem Missfallen lachte Wayne auch noch über seine Retourkutsche. Verärgert kniff er die Lippen zu einer schmalen Linie zusammen und schluckte einen weiteren Kommentar hinunter. Was hatte ihn bloß geritten, Violet zu schelten, anstatt auf ihre Sorgen einzugehen und ihr den Halt zu geben, den sie brauchte? Erinnerungen an das heikle Gespräch spielten sich vor seinem inneren Auge ab und geißelten ihn. Er war ein Narr und ein Feigling gewesen, als er versucht hatte, seinen verletzten Stolz in einem Londoner Bordell zu heilen. Jetzt konnte er nur hoffen und beten, dass er Violet rechtzeitig fand, bevor Schlimmeres geschah. Sie war viel zu abgeschirmt aufgewachsen, als dass sie den vielfältigen Gefahren Londons etwas entgegenzusetzen hätte.

*

Die Anspannung im Inneren der Kutsche wuchs mit jeder Minute, die verstrich. Männerstimmen waren zu vernehmen, ohne dass man verstehen konnte, was sie sagten, sowie Geräusche von Klopfen bis leichtem Hämmern. Die Matrone neben Violet schob alle Augenblicke den Fenstervorhang beiseite und lugte hinaus, wobei sich ihr Gesicht in der Scheibe spiegelte.

»Wie lange kann die Inspizierung der Kutsche denn noch dauern?«, maulte sie.

»Es wird für eine sichere Weiterfahrt ohnehin bald zu dunkel sein, wir werden uns wohl darauf einstellen müssen, bis zum Morgengrauen hier auszuharren«, erwiderte Gwenny.

Im nächsten Moment wurde die Tür geöffnet und der Kutscher steckte seinen Kopf hinein.

»Es tut mir leid, ich muss Ihnen leider mitteilen, dass ich eine Weiterfahrt für zu gefährlich halte. Unsere Achse hat bei dem Ausweichmanöver einen Knacks abbekommen. Wir konnten sie ein wenig stabilisieren, doch ich kann nicht garantieren, dass es bis London halten wird. Ich werde dieses Risiko nicht eingehen.«

Violet fühlte, wie alle Farbe aus ihrem Gesicht wich.

Hinter dem Mann stand Davis, der einstieg, nachdem der Kutscher sich zurückgezogen hatte. »Sie haben es gehört, meine Damen.«

»Wir sitzen also über Stunden hier fest? So etwas ist mir in meinem ganzen Leben noch nicht passiert«, klagte die Matrone theatralisch und presste die Hand auf ihren Brustkorb.

»Nicht unbedingt! Uns ist ein freundlicher Reiter entgegengekommen und der Mann hat zugesichert, die Poststation über unser kleines Malheur zu informieren. Wir können also davon ausgehen, dass die uns baldmöglichst Hilfe schicken werden.«

Während sich die beiden älteren Frauen etwas entspannten, war Violet weit davon entfernt, Erleichterung zu verspüren. Sie presste ihren Rücken steif gegen die Rückwand und kämpfte verbissen gegen aufsteigende Tränen an. Sie fühlte sich müde, geradezu erschöpft und sehnte sich plötzlich nach dem weichen Bett im Hause Stanton zurück. Zeit zum Nachdenken war das, was sie am wenigsten gebrauchen konnte, und nun würde sie durch die Verzögerung mehr als genug davon haben. Als eine Unbekannte die Postkutsche nach London besteigen, sich zurücklehnen und aufatmen, dass die Flucht vom Anwesen des Earl of Crofford geglückt war, am Zielort aussteigen und auf direktem Wege Madam Lemaire aufsuchen, so lautete zuvor ihr kühl kalkulierter Plan. Und nun?

»Misses Southfield?« Eine Hand auf ihrem Knie ließ sie zusammenfahren. »Misses Southfield, was ist mit Ihnen?«

Entgeistert starrte sie der Stimme entgegen, deren Gesicht nur noch Umrisse zeigte. Ach ja, mit *Misses Southfield* war ja sie gemeint. Empört stieß sie seine Hand fort und verspürte plötzlich das Gefühl, nicht mehr atmen zu können.

»Ich brauche frische Luft«, stieß sie hervor und schoss im selben Moment aus dem Sitz hoch, um nach dem Türgriff zu greifen.

»Warten Sie!« Auch Davis sprang auf und es kam zu einem Gerangel um die Türöffnung. An den Tritt, der nicht heruntergeklappt war, dachte sie in ihrer Aufregung nicht, und so stürzte sie der Länge nach aus dem Gefährt und landete im Gras. Davis, der versucht hatte, sie festzuhalten, landete halb auf ihr. Violet strampelte heftig, um sich von dieser Last zu befreien, während er fluchend auf die Beine sprang und die Tür der Kutsche zuknallte, vermutlich, weil die beiden Damen bereits die Hälse reckten.

Violet schaffte es, aufzustehen, ohne seine dargebotene Hand anzunehmen. Staksig, die Röcke ein wenig anhebend, bahnte sie sich ihren Weg zur halbwegs befestigten Straße, wobei sie auf dem unebenen Untergrund fast erneut gestürzt wäre, als ihr rechter Fuß in einer Mulde versank. Ihr Herz raste vor Aufregung und sie keuchte von der Anstrengung.

»Was zum Teufel stimmt mit Ihnen nicht?« Sie hatte die Rückseite der Kutsche im Rücken und Davis stand direkt vor ihr. Durch den Schein des Mondes und die beiden Laternen rechts und links oberhalb des Kutschbockes war es draußen heller als im Inneren.

»Was erlauben Sie sich, Mister Davis?«, fuhr Violet den Mann an, während sie ihre Röcke ausklopfte.

»Ich kann von mir behaupten, eine gute Menschenkenntnis zu besitzen, und Sie, Misses *Southfield*, haben irgendetwas zu verbergen. Das spüre ich.«

»So? Wie kommen Sie auf diesen Unsinn? Kümmern Sie sich bitte um Ihre eigenen Angelegenheiten. Ich bin ein wenig erregt, dass wir hier festsitzen, ich denke, das ist verständlich. Wenn Sie mich dann entschuldigen.« Sie wollte sich erhobenen Hauptes an ihm vorbeischieben, doch er hielt sie mit seinem ausgestreckten Arm auf.

»Ich bin auch ein wenig erregt … Ihretwegen! Immerhin sind wir uns nun schon zum zweiten Mal körperlich recht nahegekommen, das weckt gewisse Interessen in einem Mann.«

Violet glaubte, sich verhört zu haben. Sie hielt mitten in der Bewegung inne und starrte ihn sprachlos an.

»Schauen Sie nicht so entsetzt«, er wagte es, zu grinsen. »Wir könnten die Zeit angenehm nutzen, bis unsere Rettung eintrifft, was meinen Sie? Zu dumm, dass in der Kutsche die beiden alten Schachteln sitzen, da wäre es um einiges gemütlicher.«

Sie spürte, dass es ein grob fahrlässiger Fehler gewesen war, das Gefährt zu verlassen. »Kommen Sie mir nicht zu nahe, oder ich schreie«, warnte sie.

»Seien Sie nicht albern.« Er sagte das in einem charmant lächelnden Tonfall, der ihr einen Schauder über den Rücken jagte. »Niemand wird es erfahren und was immer Sie zu verheimlichen haben, ich werde darüber schweigen wie ein Grab. Versprochen!«

Sie drehte sich hilfesuchend um, der Kutscher müsste es doch mitbekommen, wenn sie von einem Fahrgast belästigt wurde.

Davis schien ihre Gedanken zu erahnen. »Ich habe ihm erzählt, Sie wären meine Zukünftige und gelegentlich etwas widerspenstig. Er wird sich also nicht wundern, wenn Sie hier ein Gezeter veranstalten.«

»Sie haben, was? Diese Lüge kann er Ihnen unmöglich abgenommen haben.«

»Es ist immer eine Sache, wie man sie darlegt. Ich habe ihm weisgemacht, Sie hätten versucht, vor mir zu fliehen, weil Sie sich gegen die Heirat sträuben, obwohl Ihr Vater eine klare Abmachung mit mir getroffen hat.«

»Mein Vater ist seit Jahren tot!«

Er kam noch einen Schritt näher, sodass sie mit der Schulter bereits gegen das Gefährt stieß, als sie zurückwich. »Mag sein, aber das weiß doch der arme Mann nicht.« Er zog sie in die Arme und versuchte, sie zu küssen.

Es gelang ihr, den Kopf rechtzeitig zur Seite zu drehen, während Panik sie zu übermannen drohte. »Ich denke, Sie sind ein Advokat? Ist es nicht Ihre Aufgabe, Menschen gegen solche Rüpel wie Sie zu verteidigen?«

»Vielleicht habe ich ja gelogen, genau wie Sie? Ihr Name ist nicht Southfield, habe ich recht? Sie zögerten, als Sie Ihren Namen nannten, ein klares Indiz, dass Sie gelogen haben. Fragt sich nur, weshalb? Eine junge, hübsche Person wie Sie, ganz allein, ohne Begleitung, noch dazu in der Abendpostkutsche. Keine Frau, die nichts zu verbergen hat, würde ein solches Risiko eingehen. Also, was haben Sie getan? Haben Sie Ihre Hausherrin bestohlen?«

»Sie irren, ich habe absolut nichts Verwerfliches getan, und jetzt lassen Sie mich gefälligst in Ruhe!« Sie versuchte, ihn von sich zu stoßen, doch er war stärker, als er aussah. Fieberhaft überlegte sie, was sie tun sollte. Zurück in die Kutsche flüchten? Würden die beiden Schnattertanten ihr beistehen? Wie lange mochte sie dem Mann ausgeliefert sein, und was würde geschehen, nachdem beide Frauen an ihrem Zielort ausgestiegen waren? Sollte sie sich losreißen und einfach in die Nacht flüchten? Doch all ihre Habseligkeiten sowie das Geld befanden sich in ihrem Handgepäck in der Kutsche. Sie hatte keine Wahl! Sie konnte nicht vollkommen mittellos und nur mit dem, was sie auf dem Leib trug, nach London gelangen.

»Was verlangen Sie?« Jeglicher Kampfgeist erlosch und sie begann am ganzen Körper zu zittern.

»Dass Sie ein bisschen … sagen wir, entgegenkommender sind.«

Violet war sich nicht sicher, was er damit meinte, aber sie wehrte sich nicht, als er sie abermals an sich zog und küsste. Es war nicht grob, als er seine Lippen auf ihre drückte, dennoch kniff sie Augen und Lippen fest zusammen und hielt den Atem an.

»Entspann dich, meine Süße.« Davis drückte sie mit der ganzen Länge seines Körpers gegen die Rückwand der Kutsche. Sie spürte die Wärme, die er ausstrahlte, das heftige Pochen seines Herzens sowie den leicht nach Minze riechenden Atem, der Gesicht und Hals streifte.

War sie nicht genau deshalb auf dem Weg nach London, um sich der Herausforderung zu stellen, einem Mann zu Willen zu sein, damit sie überleben konnte? Und nun drohte sie bereits beim allerersten Kontakt kläglich zu scheitern?

Sie konnte nicht ewig die Luft anhalten, und den Moment des Luftholens nutzte er zu seinem Vorteil. Er stöhnte an ihrem Mund, während seine Hand tiefer wanderte und ihre Brust knetete.

Stocksteif und regungslos ließ sie die Prozedur über sich ergehen, gelähmt von Angst und Hoffnungslosigkeit. Sie fühlte sich innerlich tot und leer. Wie konnte sie so naiv sein, zu glauben, sie könne den Anforderungen in dieser schändlich frivolen Welt gewachsen sein? Eine fremde, lasterhafte Existenz, über die anständige Damen nicht mal hinter vorgehaltener Hand tuschelten.

Davis ergriff ihre Hand und rieb sie gegen die mächtige Beule in seiner Hose, wobei ihm ein lautes Stöhnen entwich.

Schockiert riss Violet die Augen auf, als sie begriff, dass ihre Hand auf seinem Gemächt lag. Das böse Teufelchen meldete sich aus den Tiefen ihres Bewusstseins und riet ihr, ihm zu geben, was er begehrte, mehr noch, ihn zu ermutigen und selbst die Initiative zu ergreifen. Schließlich war ein zufriedener Mann ein guter Anfang und womöglich ein erster Kunde, der zu ihrer Unabhängigkeit beitrug. Doch sie konnte es nicht! Bei Lord Sheridan war das etwas vollkommen anderes und es war nicht nur die Neugier gewesen, die sie angetrieben hatte. Der Mann faszinierte sie und sie hatte es genossen, seine nackte Haut unter ihren Fingern zu spüren. Es war reizvoll und aufregend und nicht zu vergessen das wohlige Kribbeln, das er in ihrem gesamten Körper verursachte. Die ganze Aura, die ihn umgab, zog sie magisch an. Sie brauchte seine Nähe, sehnte sich nach seiner Umarmung, liebte seinen Geruch und verzehrte sich nach seinen Küssen.

Doch allein der Gedanke, Gordon Davis oder irgendeinem anderen unbekannten Mann auf diese Art nahezukommen, geschweige denn seine Männlichkeit zu berühren, verursachte Ekel und Abscheu in ihr. Sie konnte diese Tatsache nicht länger verleugnen. Die Erkenntnis traf sie wie ein Donnerschlag: Sie hatte sich etwas vorgemacht, sich selbst belogen und ihre Kraft überschätzt. Gekränkter Stolz und verletzte Gefühle hatten sie blind gemacht. Nach diesem Eingeständnis konnte sie unmöglich an Madame Lemaires Tür klopfen und um Aufnahme bitten, doch wo sollte sie ansonsten hin? Sie besaß keinen Ausweichplan.

»Bitte! Bitte hören Sie auf!« Tränen rannen ihr ungehindert über die Wangen.

Davis ließ sie los, fluchte obszön und stolperte einen Schritt zurück. »Sie gebärden sich wie eine prüde Jungfrau, was soll das?«

Violet sank laut schluchzend in sich zusammen, klammerte sich aber noch mit ihrer Linken an einer Speiche des Wagenrades fest, um nicht vollends auf dem Boden zu landen. »Sie haben recht, ich habe nicht die Wahrheit gesagt«, stieß sie zwischen den Schluchzern hervor. »Ich war nie verheiratet, ich bin noch Jungfrau!«

»Was? Und warum geben Sie sich als Witwe aus?« Davis fluchte abermals.

Violet konnte vor lauter Verzweiflung kaum sprechen. »Ich dachte, es sei sicherer.«

»Sie *dachten* …« Er schlug sich mit der flachen Hand gegen die Stirn. »Verdammt noch mal, ich ging davon aus, Sie wüssten über den körperlichen Akt Bescheid und würden sich ebenso nach Befriedigung verzehren.« Fahrig fuhr er sich mit gespreizten Fingern durch sein Haar und stieß kraftvoll die Luft aus. »Sie bringen mich damit in eine unangenehme Lage, ist Ihnen das bewusst?«

Violet hatte sich inzwischen aufgerichtet und wischte die Tränen mit ihrem Ärmel fort. »Ich habe Sie nicht darum gebeten, wie ein Tier über mich herzufallen.« Durch die Monate in Gesellschaft von Hank, Warren, Burke und Finn war ihr ein rauer Umgangston nicht fremd.

Davis beschwerte sich wild gestikulierend über den Vorwurf. Violet starrte unterdessen zu Boden und bemühte sich, ihre Atmung unter Kontrolle zu bringen.

»Mein anfängliches Bauchgefühl sagte mir zwar, dass Sie unschuldig sein könnten, doch je länger ich Sie beobachtete, desto mehr gewann ich den Eindruck, dass Sie es nur darauf anlegen, verwegene Spielchen zu spielen. Und das denke ich nach wie vor.«

Violet verstand den Sinn hinter seinen Worten nicht, war aber auch nicht daran interessiert, ihn herauszufinden. Sie stand vor den Scherben ihres Lebens und hatte keinen Schimmer, wie es weitergehen sollte. Wie sollte sie jetzt überleben? Würde sie sich als Bettlerin durchschlagen müssen? Ein dicker Kloß bildete sich in ihrer Kehle. In Herefordshire hätte sie wenigstens ein Dach über dem Kopf gehabt und regelmäßige Mahlzeiten, selbst wenn sie dafür hätte Töpfe schrubben oder andere niedere Arbeiten erledigen müssen.

Die Lehrkräfte an der Mädchenschule hatten vollkommen recht mit ihrer Beurteilung – sie war ein schwieriger Fall. Sie attestierten ihr die Unfähigkeit, sich an die Etikette für junge Damen zu halten. Sie dachte nicht nach, bevor sie den Mund aufmachte, redete oftmals unpassendes Zeugs, besaß die Dreistigkeit, Dinge zu hinterfragen, war dickköpfig und uneinsichtig und manövrierte sich immer wieder in Schwierigkeiten.

»Womit haben Sie noch gelogen?«, fuhr er sie an.

Sie zuckte zusammen, blieb aber bei der Geschichte um die angeblich erkrankte Cousine. Niemand durfte ihre wahre Identität herausfinden und der Gedanke an Ashton und Lord Sheridan trieb ihr neuerliche Tränen in die Augen.

Pferdehufe waren aus der Ferne zu hören und der Kutscher lugte mit den Worten: »Unsere Hilfe naht« um die Ecke.

Violet nutzte den Moment, um sich rasch vor Davis in Sicherheit zu bringen. Äußerst undamenhaft kletterte sie zurück in die Kutsche; die beiden Frauen verstummten sofort mit ihrem Geschnatter und musterten sie argwöhnisch. Sie tat, als würde sie nichts bemerken und als wäre rein gar nichts vorgefallen.

Sie tröstete sich mit der Gewissheit, dass sie in der Station wenigstens nicht allein wäre und Davis sich ihr somit nicht weiter aufdrängen konnte. Vielleicht sollte sie für ihre Weiterfahrt am Morgen eine spätere Kutsche als Davis und die Damen nehmen? Auch der Gedanke, zurückzufahren, schlich sich in ihre Gedanken. Wenn sie es geschickt anstellte und den Dienstboteneingang nutzte, konnte sie womöglich zurück im Haus der Stantons sein, bevor jemand merkte, dass sie fort gewesen war.

*

»Du wirst dich irgendwie mit Lord Saunders arrangieren müssen, Vince. Sie ist nun mal seine Schwester«, warnte Wayne.

»Das ist mir klar! Nichtsdestotrotz wird es nach meinen Spielregeln laufen, dafür werde ich sorgen.«

»Das wird ihm nicht gefallen.«

»Gewiss nicht, aber ihm wird nichts anderes übrig bleiben.« Diesbezüglich war Vincent guter Dinge. Lord Saunders war nicht in der Position, Bedingungen oder Forderungen zu stellen, immerhin verwaltete er den einzigen Besitz, der dem Viscount noch zustand – das Stadthaus am Grosvenor Square.

Mit den Geldern, die sich der Viscount in den Pfandleihhäusern erschlichen hatte, musste er die gestohlenen Schmuckstücke wieder auslösen, das hatten er und Wayne ihm unmissverständlich dargelegt. Das war ihre Bedingung gewesen, damit sein

Name nicht bei den Männern im Büro der Bow Street auftauchte. Zerknirscht war Saunders der Anordnung nachgekommen. Bis auf ein paar wenige Stücke konnte somit ein Teil der Beute sichergestellt und anonym einem Anwalt übersandt werden, der derzeit noch ihre rechtmäßigen Besitzer ermittelte.

Lord Saunders war absolut mittellos und täte gut daran, seine Chance zu nutzen und das ihm unterbreitete Angebot bei Mr Donovan anzunehmen. Zwar wäre es Vincents Aufgabe, die Familie seiner Braut, in diesem Falle ihren Bruder Ashton, finanziell zu unterstützen, doch wie er das täte, lag immerhin in seinem Ermessen. Er war nicht kleinlich, doch musste er verhindern, dass Saunders seine monatliche Apanage am nächsten Kartentisch einsetzte.

Einer von Waynes Männern kam auf sie zugeritten. »Sie hatten recht, Lord Sheridan.« Die Männer drosselten ihre Pferde. »Unter den Fahrgästen war eine junge Dame, die auf die Beschreibung von Miss Saunders passt. Sie war Mister Simmons sofort aufgefallen, weil sie ohne Begleitung kam und sehr nervös wirkte, als sie ihren Fahrschein löste.« Waynes Mann hatte Simmons in der nahe gelegenen Kneipe ausfindig gemacht, wo er ein Feierabendbier genoss, da die Poststation natürlich längst geschlossen war.

»Gut, dann wissen wir, dass wir auf dem richtigen Weg sind.« Vincent dankte ihm.

Um Zeit aufzuholen, verzichtete Vincent darauf, bei den einzelnen Haltestationen weitere Erkundigungen einzuholen. Er konnte nur daran denken, dass er sie rechtzeitig einholen musste, bevor sie eine weitere riesige Dummheit beging und er sie für immer verloren hätte. Die Nacht war klar, was ihnen zugutekam, dennoch konnten sie bei Dunkelheit nicht so geschwind reiten wie tagsüber. Das Zeitgefühl war ihm längst verloren gegangen. Egal, wie zügig sie unterwegs waren, war es ihm immer noch zu langsam und seine Nerven waren aufs Äußerste angespannt.

Eine am Straßenrand stehende Kutsche trieb seinen Puls zusätzlich in die Höhe. Auf den ersten Blick wirkte sie verlassen, doch Gepäck und Postsäcke türmten sich auf dem Dach.

Vincents Pferd begann nervös zu tänzeln, als er aus dem Sattel heraus die Situation in Augenschein nahm. Wayne sagte hinter ihm etwas, doch er hörte nicht genau hin. Ihre zwei Begleiter waren mittlerweile abgestiegen, umrundeten das Gefährt und machten sich mit Rufen bemerkbar. Sie fanden schließlich den Kutscher laut schnarchend auf der Bank im Innenraum liegend vor.

»Wo zum Teufel sind Ihre Fahrgäste?«, fuhr Vincent den Mann an, als dieser schlaftrunken aus dem Gefährt getorkelt kam.

»Beruhigen Sie sich, Mann! Wir wurden vom Weg abgedrängt, wodurch wir einen Schaden an der Achse erlitten. Meine Fahrgäste sind zurück zur letzten Station gebracht worden, wo sie mit der ersten Postkutsche des Tages ihre Reise fortsetzen können. Sie sehen, Mister, kein Grund zur Aufregung! Ich halte so lange die Stellung, bis unsere Ladung bei Sonnenaufgang abgeholt wird, damit sie rechtzeitig vor der Abfahrt auf die Ersatzkutsche verfrachtet werden kann.«

»So, so, Sie halten also die Stellung?«, blaffte Vincent. »Wie das? Indem Sie so tief und fest schlafen wie ein Toter? Haben Sie getrunken?«

»Was maßen Sie sich an, Mister? Ich habe mir nichts zuschulden kommen lassen!«

Wayne dirigierte sein Pferd zwischen sie und versperrte Vincent die Sicht. »Was mein etwas aufbrausender Freund hier eigentlich sagen möchte, ist: Wir sind auf der Suche nach einer allein reisenden, jungen Dame, und wir haben die Vermutung, dass sie sich unter Ihren Fahrgästen befunden hat. Können Sie das bestätigen?«

Vincent schnaubte, brachte sein Pferd neben Wayne in Stellung und bemühte sich, seine Zunge im Zaum zu halten.

Der Kutscher bedachte ihn mit einem verachtenden Blick und wandte sich dann Wayne zu. »Ja, da war zwar eine junge Dame, aber ich bezweifle, dass das Ihre Gesuchte ist. Sie war die Verlobte eines anderen Fahrgastes, der später zugestiegen ist.«

»Wie kommen Sie darauf, dass es sich um die Verlobte handeln könnte, wenn sie nicht mal gemeinsam eingestiegen sind?« Es gelang Vincent nicht, an sich zu halten, woraufhin er gleich von zwei Seiten böse Blicke erntete.

»Weil dieser Fahrgast, übrigens ein sehr höflicher junger Mann, es mir selbst erzählt hat, als er half, die Kutsche auf Schäden zu untersuchen.« Zorn bebte in seiner Stimme.

»Verdammt!« Vincent riss die Zügel herum, sprang einige Meter weiter aus dem Sattel, und drosch mit der Stiefelspitze auf einige Grassoden am Wegesrand ein.

Wenn das stimmte, war er die ganze Zeit einer falschen Fährte nachgejagt, aber wo konnte sie sonst sein? Hatte ihr Bruder womöglich doch den richtigen Riecher gehabt und sie hatte sich aus Trotz allein auf den Weg nach Herefordshire begeben? Immer noch besser als das, was er befürchtet hatte, aber der Gedanke, dass Saunders sie vor ihm finden könnte, missfiel ihm außerordentlich.

Violet! Warum hatte er dieser Frau überhaupt gestattet, sich derart in seinem Kopf und in seinen Gedanken festzusetzen, dass er jetzt hier stand und sich wie der letzte Trottel gebärdete? Sie und besonders ihr Bruder waren ein Garant für Probleme. Warum hatte er sich an diesem Tag im White's nur auf dieses blöde Kartenspiel eingelassen? Hätte er damals gewusst, in welche Schwierigkeiten er sich damit brachte, hätte er es gelassen. Er war nie wirklich an diesem verfluchten Stadthaus interessiert gewesen, im Gegensatz zu anderen, aber es hatte ihn gereizt, dem starrköpfigen Viscount eine Lektion zu erteilen, die er nicht so schnell vergessen würde. Wie hätte er ahnen können, dass der Mann danach einer Diebesbande beitreten würde und ihre Wege sich auf dramatische Weise wieder kreuzen würden?

Jetzt jagte er, Vincent Sheridan, Earl of Cunningham, einer Frau nach, die offenbar nicht gefunden werden wollte, die auf der Flucht war, und nicht zuletzt vor ihm. Wie hatte es so weit kommen können? Er fuhr sich mit den Fingern durch sein ohnehin zerzaustes Haar und stieß kraftvoll die Luft aus.

Die Gestalt eines langen Schattens, den der Mond vorauswarf, ließ ihn aufblicken, und er sah seinen Freund Wayne auf sich zusteuern. »Ich habe Harris zum letzten Haltepunkt der Postkutsche geschickt. Er wird sich dort diskret umhören und herausfinden, wer diese junge Frau ist. Miss Saunders kennt sein Gesicht nicht, aber Harris wird sie wiedererkennen, wenn sie es ist. Schließlich hat er sie gesehen, als ihr mit der Bewusstlosen auf mein Anwesen gekommen seid.«

»Mmmh.« Vincent betrachtete abwesend die Sternenbilder am Abendhimmel, die ausnahmsweise mal nicht vom launischen britischen Wetter verdeckt wurden.

»Was ist los?« Wayne baute sich vor ihm auf und versetzte ihm einen Stupser gegen die Schulter.

»Vielleicht habe ich die ganze Sache … überbewertet.«

»Hast du jetzt den Verstand verloren? Sie ist irgendwo da draußen …«, er wirbelte mit ausgestrecktem Arm durch die Luft, »allein und hilflos! Sie ist dringend auf unsere Unterstützung angewiesen, jedoch ist deine Präsenz für sie von größter Bedeutung. Solltest du jetzt aufgeben, wird dies eine Entscheidung sein, die du dein Leben lang bereuen wirst.«

Vincent wandte sich ab, er brauchte keine Belehrungen! Frustriert stapfte er die leichte Anhöhe hinauf, die sich auf der anderen Seite des Weges auftat. Vor einem weiß aus dem dörren Grasgestrüpp herausragenden Findling hielt er inne.

Hatte sie ihn womöglich die ganze Zeit benutzt, ihn manipuliert? Instinktiv spürte er, dass es sich bei der jungen Frau aus der Postkutsche nur um Violet handeln konnte. Doch wer war dieser Mann, als dessen Verlobte sie sich ausgab?

Ihm spukte ein Name durch sein Hirn: Hank! Immerhin hatten sie monatelang zusammen unter demselben Dach gehaust. War womöglich mehr geschehen, als irgendjemand ahnte, nicht mal ihr Bruder? Kam dieser Hank jetzt aus seinem Versteck gekrochen, um sie zu holen und gemeinsam unterzutauchen? Er setzte einen Fuß auf den Findling, stützte sich auf seinen Oberschenkel und starrte in die Dunkelheit. Wayne besaß genügend Verstand, ihn eine Weile allein zu lassen. Ein Blick über seine Schulter sagte ihm, dass er sich zur Kutsche zurückbegeben hatte.

Es gab etliche attraktive Damen der Gesellschaft, die um seine Aufmerksamkeit buhlten und es darauf anlegten, ihn einzufangen. Bei der ein oder anderen hätte er durchaus in Versuchung geraten können, irgendwann musste er schließlich heiraten und einen Erben zeugen. Er dachte an Lady Priscilla Hartung, die er auf dem Ball bei den Hendsons wiedergetroffen hatte. Sie erfüllte jedes Klischee, das man von einer perfekten Braut erwarten konnte, und doch war die Vorstellung, ein Leben lang an sie gebunden zu sein, ein Punkt gewesen, der ihn in die Flucht geschlagen hatte.

Er füllte seine Lungen tief mit der frischen Abendluft. Violet war anders als alle Damen, die ihm jemals begegnet waren. Ihre makellose Schönheit war ihm sofort ins Auge gestochen, dazu bedurfte es keine teuren Roben, kostbaren Schmuck oder eine perfekt aufgesteckte Frisur mit eingedrehten Löckchen, die ihr Gesicht umrahmten. Sie war perfekt, sogar in ihrem schlichten abgetragenen Kleid. Ihre ungezwungene, natürliche Art faszinierte ihn. Er verdrängte mit Macht die Bilder, die sich vor sein inneres Auge schoben, und das Gefühl, wie ihre Finger über seinen nackten Körper strichen, unsicher, beschämt und doch voller Neugier und Verzauberung. In ihr schwelte eine Leidenschaft, die er nur zu gern entfesseln wollte. Er liebte es, sie in den Armen zu halten, sie zu küssen, und es drängte ihn nach mehr, dabei war es nicht nur ihr Körper, der ihn reizte.

An ihrer Mädchenschule war ihr eine exzellente Ausbildung zuteilgeworden, die selbst den Erwartungen eines gestrengen und äußerst konservativen Dukes imponiert hätte. Dennoch konnte Vincent sich Violet niemals in einer solchen Position vorstellen; sie würde wie eine ausgeblühte Rose verwelken. Man konnte Violet nicht in eine Rolle drängen, die nicht ihrem Naturell entsprach. In dieser Hinsicht war Vincent gezwungen, dem Viscount, Anerkennung zu zollen, da er trotz seiner finanziellen Schwierigkeiten niemals den Versuch unternommen hatte, Violet profitabel an den Mann zu bringen. Immerhin war es im *ton* gang und gäbe, dass Ehen aus finanziell vorteilhaften Aspekten und selten aus Liebe geschlossen wurden.

Für junge Frauen ohne nennenswerte Mittel wurde es oftmals zur Dringlichkeit, einen wohlhabenden Partner zu finden und schnellstmöglich zu heiraten, damit sie ihre Familien vor dem Bankrott schützen konnten. Hingegen spekulierten Gentlemen in finanzieller Not in der Regel darauf, sich eine gut betuchte Lady als Ehefrau zu angeln.

Vincent war, genau wie sein Freund Wayne, nicht auf eine Geldheirat angewiesen. Er besaß, dank seines Erbes und kluger Investitionen ein großzügiges Vermögen. Er konnte es sich leisten, eine mittellose Frau zu der Seinen zu machen und sie mit allem auszustaffieren, was eine Lady benötigte, es würde ihm sogar Vergnügen bereiten. Violet war nicht anspruchsvoll, aber er würde sie verwöhnen – in jeder Hinsicht. Ein verträumtes Lächeln huschte über seine Lippen. Es gab genügend Gentlemen, die über die Verschwendungssucht ihrer verwöhnten Gemahlinnen klagten und deren angehäufte Rechnungen ihnen regelmäßig die Haare zu Berge stehen ließen. Auch ihm waren ein paar dieser bedauernswerten Herren bekannt.

Violet war anders, in jeder Hinsicht. Sie war ein Juwel, sein Juwel!

Aber was war mit dem Mann, als dessen Verlobte sie sich ausgab? Handelte es sich um diesen Hank? War sie freiwillig bei ihm oder war sie gezwungen worden?

Der Brief!, schoss es wie ein Blitz durch seine Eingeweide. Er schlug sich mit der flachen Hand gegen die Stirn. Wie hatte er nur an ihrer Zuneigung zweifeln können? Seine Hand schnellte zu der Stelle seiner Brust, wo er den Brief in seiner Aufregung verstaut hatte. Es beruhigte ihn, den geknickten Umriss unter den Stofflagen zu fühlen und er stieß erleichtert den Atem aus. Er hatte den Beweis die ganze Zeit bei sich. Hoffentlich war es noch nicht zu spät. Er lief zur Kut-

sche zurück, just in dem Augenblick, als Harris angeritten kam.

»Schlechte Neuigkeiten«, verkündete er unheilvoll.
»Es standen lediglich ein älterer Gig und ein zusätzli-
ches Pferd zur Verfügung, um die Fahrgäste zur Poststation zu bringen, aber …«

»Sehen Sie, meine Herren? Was ich Ihnen sagte!«,
triumphierte der Kutscher, doch niemand beachtete
ihn.

»Die beiden Damen wurden nacheinander mit dem
Gig kutschiert, während der junge Mann und die
Lady gezwungen waren, sich das andere Pferd zu
teilen.«

»Ja und?«, fragte Vincent ungehalten. »War es Miss
Saunders oder nicht?«

Harris druckste herum. »Das, ähm … weiß ich nicht,
Sir. Niemand hat die beiden in der Poststation gesehen. Der diensthabende Herr dort bestätigte mir auch,
dass lediglich zwei ältere Damen eingetroffen seien.
Er hat sich noch gewundert, weil ihm von vier Personen berichtet worden war. Wir haben daraufhin im
angrenzenden Stall nachgesehen, und tatsächlich, die
Box, in der die braune Fuchsstute stehen sollte, war
leer. Der Mitarbeiter, der den Gig lenkte, hat mir erzählt, dass er mitbekommen habe, dass die Frau sich
weigerte, vor dem Herrn im Sattel zu sitzen, und dieser deshalb ziemlich ungehalten gewesen sei. Aber er
hätte sich nicht weiter darum gekümmert und als er
die zweite Dame abholte, habe er die beiden nicht
mehr gesehen.«

»Und das hat ihn nicht stutzig gemacht?« Vincent
war außer sich.

»Sie hätten einander doch begegnen müssen«, ergänzte Wayne. »Schließlich gibt es hier nur diese eine Straße.«

»Normalerweise schon, aber der Mann ging davon aus, sie hätten einander verpasst, nachdem er die erste Dame hinein begleitet hatte. Sie war wohl ziemlich aufgewühlt gewesen und bedurfte einigen Zuspruch, bevor er sich wieder auf den Weg machen konnte.«

»Verflixt!«, fluchte der Kutscher und kratzte sich betreten am Hinterkopf. »Die junge Frau kam zu mir, flehte mich um Hilfe an und sagte, dass der Herr sie belästigen würde und sie um keinen Preis zu ihm auf das Pferd steigen werde. Sie behauptete auch, dass er nicht ihr Verlobter sei und sie ihn nie zuvor gesehen habe. Wie hätte ich denn ahnen sollen, dass …«

»Herrgott, verdammter! Und Sie haben nichts unternommen, um ihr zu helfen?«

Der Kutscher wich erschrocken zwei Schritte rückwärts, als befürchte er eine Tracht Prügel, aber Vincent konnte sich gerade noch beherrschen, dem Mann nicht an die Gurgel zu gehen und ihn für seine Nachlässigkeit zur Rechenschaft zu ziehen.

»Ich ging schließlich davon aus, dass die beiden verlobt wären«, versuchte er sich zu verteidigen. »Und Frauen sind nun mal widerspenstige Geschöpfe, das weiß man doch. Außerdem stecke ich meine Nase ungern in fremde Angelegenheiten. Ey Mann, ich habe hier genügend Ärger wegen des Schadens an der Kutsche. Ich muss hier die ganze Nacht ausharren.«

»Also hat dieser Mistkerl sie gewaltsam aufs Pferd gezerrt?«

»Woher soll ich das wissen? Ich bin zurück auf den Kutschbock und das Nächste, was ich hörte, war, wie er davonritt.«

»War sie bei ihm oder nicht?«

Der Kutscher warf verärgert beide Arme in die Luft. »Wird sie wohl! Hier ist sie jedenfalls nicht mehr!« Der Mann wandte sich um und stapfte vor sich hinfluchend davon.

»Ich könnte die beiden Damen in der Früh abfangen, bevor sie die Weiterreise antreten, und sie nach den Ereignissen in der Kutsche befragen. Womöglich können die uns nähere Informationen zu diesem ominösen Herrn geben«, schlug Harris vor.

»Und was machen wir bis dahin? Das sind noch Stunden!« Stunden, in denen wer weiß was passieren konnte, und Violet war ihm die ganze Zeit ausgeliefert. Er würde diesen Mistkerl umbringen, wenn er ihn zu fassen bekäme.

»Da wir nicht wissen, ob sie auf dem Pferd saß, sollten wir die nahe Umgebung absuchen, vielleicht konnte sie ihm entkommen«, überlegte Wayne laut.

Vincent nickte fahrig. Eine vage Hoffnung, aber das war alles, was sie hatten.

»Es ist zu dunkel, um etwaige Spuren zu finden«, warf Harris vorsichtig ein.

»Aber wir können nicht tatenlos herumstehen.« Vincent schnaufte hilflos. »Ich reite zur Station und befrage die beiden Mitreisenden. Ich will wissen, was da vorgefallen ist.«

»Vince, es ist mitten in der Nacht!«, gab Wayne zu bedenken. »Die beiden alten Damen werden sich schlafen gelegt haben.«

»Ihr Reisegepäck befindet sich auf dem Dach dieser Kutsche, also werde ich die Damen wohl kaum in ihrem Nachtgewand überraschen können.«

»Wohl wahr«, grunzte Harris. »Ich denke, Sie sollten es versuchen, Lord Sheridan. Und mit der Aussicht auf eine kleine finanzielle Entschädigung dürften sie sicher äußerst auskunftsfreudig sein.«

In den meisten Häusern des *ton* schätzten die Leute es gar nicht, wenn ihr Personal freimütig und ungefragt seine Meinung kundtat. Vincent fand es weder ungebührlich, noch störte es ihn, da vertraten er und Wayne dieselbe Ansicht.

Anerkennend klopfte Vincent ihm auf die Schulter. »Guter Mann, wahrhaft guter Mann!«

Harris grinste über das unerwartete Lob von einem Ohr zum anderen, und auch Wayne konnte ein Schmunzeln nicht unterdrücken.

»Die Station verfügt im hinteren Teil über einen komfortabel ausgestatteten Ruheraum, dort hat man die beiden untergebracht«, erklärte Harris. »Der diensthabende Angestellte schläft normalerweise in einem kleinen Zimmer neben dem Schalterbereich, bis die morgendliche Postkutsche aus London eintrifft. Nachdem die abgefertigt ist, ist seine Schicht beendet und ein anderer übernimmt seinen Posten.«

*

Der nahende Herbst machte sich zunehmend bemerkbar, Violet zitterte vor Kälte. Die letzten Häuser des Ortes hatte sie längst hinter sich gelassen, und gleich war die Luft kühler geworden. Fröstelnd kreuzte sie die Arme vor der Brust und stapfte vorwärts über steiniges, unebenes Gelände. Zweimal war sie bereits gestürzt, Knie und Handflächen waren aufgeschrammt und brannten. Irgendwie musste sie zur Kutsche zurück, um wenigstens ihre kleine Reisetasche aus dem Gefährt zu holen. Dabei mied sie die Straße, auch wenn zu nachtschlafender Zeit kaum jemand unterwegs sein dürfte, so bestand doch die Gefahr, dass Davis ihren Gedanken erriet und zur Kutsche ritt. Immer wieder schaute sie sich um, doch alles blieb ruhig.

Die beiden alten Schachteln, wie Davis sie abwertend betitelt hatte, saßen jetzt gemütlich im Warmen und wurden mit Tee bewirtet. Aus Furcht, Gordon Davis in die Arme zu laufen, hatte sie es nicht gewagt, sich zur Station zu begeben, zumal sie nicht wusste, wo der Mann abgeblieben war; womöglich lauerte er an der nächsten Ecke. Der Kutscher hatte ihr nicht helfen wollen und von den beiden Frauen durfte sie ebenfalls keine Unterstützung erwarten; sie hatten sich längst von dem charmant wirkenden Herrn um den Finger wickeln lassen. Die zwei hatten sie sogar gedrängt, sich von Davis auf dem Pferd zur Station geleiten zu lassen, da schließlich niemand von ihnen erwarten konnte, sich auf so ein *Ungetüm* zu setzen.

Violet hatte sein schadenfrohes Grinsen förmlich in den Ohren klingeln hören, und in einem unachtsamen Moment war es ihm gelungen, sie mit einem einzigen kräftigen Griff hinaufzuziehen und vor sich im Sattel zu platzieren. Ihr Versuch, sich zu wehren, endete damit, dass die Stute unruhig wurde und zu steigen drohte. Nur die Angst, zu stürzen und unter die Hufe des Tieres zu gelangen, stoppte ihre Gegenwehr.

Davis zeigte keinerlei Eile und genoss es, seinen Triumph auszukosten. Sie war der Meinung, dass er absichtlich einen Umweg wählte, weil er hinter den ersten Häusern in eine enge Gasse hineinritt, anstatt der Hauptstraße zu folgen. Seine Hand an ihrer Mitte wanderte wiederholt zum Ansatz ihrer Brust hinauf, während er sich von hinten an sie drückte und ihr anstößige Worte ins Ohr säuselte.

Die Poststation erschien linksseitig in Sichtweite, als er unverhofft neben einem Gebäude mit hohen Toren, das wie ein Lagerhaus aussah, ihr Pferd anhielt und aus dem Sattel glitt. Bevor sie begriff, was passierte, waren seine Hände an ihrer Hüfte und sie schwebte mit den Beinen über den Boden. Langsam ließ er sie an seinem Körper hinabgleiten, bis ihre Füße schließlich festen Grund spürten.

Nach der ganzen Aufregung könne sie ihm ein kurzes Vergnügen doch zugestehen, er sei schließlich kein Unmensch und es könne sie schlechter treffen, als von ihm beglückt zu werden. Sie solle also nicht so ein Aufheben machen, irgendwann müsse sie ihre Jungfräulichkeit ohnehin einbüßen, sofern die Geschichte mit der Unversehrtheit überhaupt der Wahrheit entspräche. Sein selbstgefälliges Grinsen hatte sie in dem Glauben bestätigt, dass er Violet ihre Beteuerung diesbezüglich nicht abgenommen hatte.

Sie war nicht wie Angelique und die anderen Mädchen von Madame Lemaire und würde niemals so sein können. Auch wenn Angelique durch die Dienstleistung, die sie anbot, ein zufriedenes und finanziell unabhängiges Leben genoss, was seinen eigenen Reiz hatte, so war Violet doch aus einem völlig anderen Holz geschnitzt. Sie hatte zu sehr nach Unabhängigkeit gestrebt und dabei das Wesentliche außer Acht gelassen.

Als Davis sie gegen einen Mauervorsprung stieß und begann, ihre Röcke zu raffen, wurde sie von der Panik übermannt. Dieses Mal war sie vollkommen allein mit ihm, kein Kutscher, der wenige Meter weiter auf seinem Bock hockte, keine Frauen, die wartend in der Kutsche ausharrten.

»Sie haben mich nicht danach gefragt, aber ich bin tatsächlich verlobt«, versuchte sie, ihn von seinem Vorhaben abzubringen. »Mein Zukünftiger ist kein Unbekannter und er wird sie zur Rechenschaft ziehen, Mister Davis.«

Davis lachte. »Ach ja, und wer soll der Glückliche sein?«

Auf die Schnelle war ihr kein adäquater Name eingefallen, also hatte sie den einzigen Namen genannt, der ihr ohnehin im Kopf herumschwirrte, Vincent Sheridan, der Earl of Cunningham.

Aber ihr Plan war nach hinten losgegangen, er hielt es für einen misslungenen Scherz.

So ein pikfeiner Gentleman würde niemals einer Person wie ihr den Hof machen, sondern sich höchstens für ein kleines Schäferstündchen mit ihr vergnügen, und etwas anderes hätte er schließlich auch nicht vor. Der Wahrheitsgehalt seiner Worte hatte sie für einen kurzen Moment handlungsunfähig gemacht, bis sie seine Hand unterhalb ihrer Röcke an ihrer intimsten Stelle spürte. In Panik begann sie, um sich zu schlagen. Als er ihre Arme packte, um sie zu fixieren, wandte sie denselben Notfallratschlag an, den sie zuvor gegen Warren eingesetzt hatte – sie rammte ihm das Knie zwischen seine Beine. Er jaulte auf, krümmte sich obszön fluchend, ging aber nicht zu Boden. Aufgrund des geringen Abstands war es nicht möglich gewesen, den Schlag mit voller Kraft auszuführen, doch es reichte, um die Flucht zu ergreifen. Blindlings war sie losgerannt, und als sie sich umdrehte, sah sie, wie er sich, noch ein wenig ungelenk, wieder aufrichtete. Hinter einem Gebüsch hatte sie sich geduckt und versucht, nicht den geringsten Laut von sich zu geben. Als sie sich schließlich hervorwagte, hatte sie ihn nirgends mehr entdecken können.

Sie schniefte ungeniert in die Nacht, während der Wind ihr tränennasses Gesicht gefühlt zu Eis erstarren ließ. Eineinhalb Meilen kamen ihr wie eine nicht enden wollende Strecke vor, während ihr ein Wirrwarr an Gedanken durch den Kopf raste. Sollte in diesem Moment Ashton vor ihr auftauchen, würde sie demütig seinen Zorn über sich ergehen lassen und jede Strafe erdulden, die er ihr für ihre Dummheit auferlegte. Sie war zu nichts zu gebrauchen und eine Last, die ihre Eltern ihm durch ihren frühen Tod aufgebürdet hatten. Nicht einmal allein nach London konnte sie reisen, ohne in Schwierigkeiten zu geraten.

Endlich kam die lädierte Kutsche in Sicht und Violet schlich vorsichtig näher heran. Alles war ruhig, die Pferde waren inzwischen abgeschirrt und standen unweit des Gefährts im kargen Grün. Ihr Herz pochte erneut bis zum Hals, während sie das Teil umrundete und bereits von außen ein lautes Schnarchen vernahm. Ihre kleine Reisetasche hatte sie unter die Sitzbank geschoben, glücklicherweise schlief der Kutscher so fest, dass sie unbemerkt ihre Tasche nehmen und sich zurückziehen konnte.

Erleichtert atmete sie auf, aber was sollte sie jetzt tun? Zurück konnte sie nicht, irgendwo dort lauerte Gordon Davis. Sie überdachte ihre Möglichkeiten: Entweder hielt sie sich bis zum Mittag des kommenden Tages verborgen und kehrte erst zur Station zurück, wenn sie annehmen konnte, dass ihre ehemaligen Mitreisenden den Ort verlassen hatten, oder sie marschierte weiter Richtung London. Keine dieser Optionen wirkte verlockend, ganz zu schweigen davon, dass ihre Füße bereits schmerzten.

Wenigstens hatte sie vorausschauend heimlich etwas Brot, Käse und Schinken aus der Küche des Crofford-Haushaltes eingesteckt.

Aus den mitgehörten Gesprächen der beiden Frauen schloss sie, dass es bis zum Berkeley Square in London drei weitere Stopps geben musste, an denen Fahrgäste aus- oder zusteigen konnten; kleinere Stationen, die allerdings nur tagsüber angefahren wurden. Wenn sie es schaffte, eine zu erreichen, könnte sie dort eine Fahrkarte für ihre Weiterfahrt erwerben, falls ihr Abendfahrschein nicht anerkannt werden sollte. Das Problem war, dass sie keine Ahnung hatte, wie weit die kleine Poststelle entfernt war und ob sie überhaupt den richtigen Weg finden würde.

Sie war müde und erschöpft, aber sie musste das Zentrum Londons erreichen. Erst dann konnte sie sich Gedanken über ihre nächsten Schritte machen. In ihrer Fantasie sah sie sich bereits an die Tür eines jeden Hauses klopfen und um eine Anstellung betteln. Dabei durfte sie nicht wählerisch sein, selbst wenn man ihr auftrug, Fußböden zu schrubben oder Latrinen zu putzen.

Schwerfällig und mutlos setzte sie einen Fuß vor den anderen, sie hatte keine Wahl!

Dieses Mal blieb sie allerdings auf dem befahrbaren Weg, den sie durch den Schein des Mondes gerade so ausmachen konnte. Rechts und links waren nur Bäume, Buschwerk und Grünflächen, als befände sie sich in einer Art Park, und weit und breit kein Licht, das auf ein Haus hinwies. Nur unheimliche Finsternis und die Geräusche der Nacht umgaben sie, sie war der Hysterie nahe. Um nicht den Verstand zu verlieren, konzentrierte sie sich darauf, zügig voranzugehen; ihre Reisetasche schien dabei mit jedem Schritt an Gewicht zuzunehmen.

Sie bemühte sich, ihr Hirn zu beschäftigen, indem sie über eine Geschichte grübelte, die sie möglichen Arbeitgebern in London bezüglich ihrer Herkunft auftischen konnte. Sie stieß einen zynischen Laut aus. Bei ihrem Hang zum Unglück landete sie womöglich auf einem Anwesen, dessen Herrschaften Lord Sheridan zu seinen Freunden zählte und wo er ein- und ausging. Er würde nichts von ihrer Nähe ahnen, während sie ihn heimlich aus dem Verborgenen anschmachtete und mit jedem Blick auf ihn innerlich ein Stückchen mehr starb.

Das schlimmste Szenario wäre allerdings, in einem Haushalt zu arbeiten, in dem eine hübsche Lady zu Hause war, die ein Auge auf den attraktiven Earl geworfen hatte, und sie mitansehen müsste, wie die beiden umeinander herumscharwenzelten oder sich gar küssten.

An diesem Schmerz würde sie endgültig zerbrechen. Sie liebte ihn schließlich!

*

Wayne bestand darauf, ihn zu begleiten, vermutlich, um zu verhindern, dass er die Kontrolle verlor. Sie sicherten die Zügel ihrer Pferde seitlich der Eingangstür um den dafür vorgesehenen Balken und stürmten ins Gebäude.

Der Angestellte hatte offensichtlich nur halbherzig geschlafen und steckte nach ihrem veranstalteten Lärm bereits den Kopf aus der Tür seines Ruheraumes.

»Mann, oh Mann, was für eine Nacht«, brummte der Mann und richtete seine etwas in Unordnung geratene Kleidung, bevor er auf Vincents Fragen reagierte. »Ich muss Sie leider enttäuschen, außer den beiden älteren Frauen sind keine weiteren Fahrgäste eingetroffen. Offensichtlich haben die beiden jungen Leute beschlossen, ihre Reise nach London auf unserer Stute fortzusetzen. Das war so nicht gedacht! Sollte die Stute bis zum Morgen nicht wieder nebenan im Stall stehen, bin ich gezwungen, das zur Anzeige zu bringen. Wo kommen wir denn da hin? Wir sind eine Poststation und kein Mietstall.«

Vincent musste tief durchatmen. »Da gebe ich Ihnen vollkommen recht. Leider müssen wir davon ausgehen, dass die junge Frau nicht freiwillig bei ihm ist.

Daher verstehen Sie sicherlich, dass eine Befragung der beiden älteren Damen nicht warten kann.«

»Sie meinen eine Entführung?« Er riss schockiert die Augen auf. »Wenn das so ist … kommen Sie, meine Herren.« Er führte sie zum Ruheraum und klopfte kraftvoll an die Tür.

»Verzeihung, meine Damen, hier sind zwei Herren, die Ihnen ein paar Fragen zu Ihren Mitreisenden stellen möchten.«

Fast unmittelbar wurden sie hineingebeten. Der Raum war schwach erleuchtet und die Frauen ruhten auf gemütlich anmutenden Kanapees, die Beine hochgelagert und unter einer Wolldecke verborgen. Eine von ihnen rührte sich nicht und schien zu schlafen, also wandte Vincent sich der anderen zu, stellte sie beide vor, erklärte das Anliegen und stellte seine Fragen.

»Nein, ich kannte den Herrn nicht. Er ist in Sheerwater zugestiegen, ein äußerst netter und sympathischer junger Mensch, ein Mister Gordon Davis, ein Advokat, so hat er sich der jungen Dame vorgestellt. Aber sie sagte, ihr Name sei Southfield, *Misses* Southfield und dass sie ihre erkrankte Cousine besuchen wolle.«

»Was ist denn los? Geht es weiter?«, kam es gemurmelt von der gegenüberliegenden Seite.

»Es geht um die junge Frau, Gwenny. Diese Herrschaften suchen sie«, antwortete ihre Auskunftsgeberin.

Wayne wandte sich der Erwachten zu, während Vincent weiterhin die erste Dame befragte.

»Wenigstens haben wir einen Namen«, sagte Vincent, als sie wieder in den Flur hinausgetreten waren. »Da müssten wir diesen Mistkerl doch ausfindig machen können.«

»Hm«, Wayne rieb sich das Kinn. »Irgendwas stimmt hier nicht. Ich kenne Gordon Davis. Nicht gut, aber ich bin ihm ein paar Mal begegnet und er passt nicht auf die Beschreibung der beiden. Gordon Davis ist um die fünfzig, hat stark ergrautes Haar und einen Schnauzbart. Außerdem besitzt er einen Phaeton sowie einen exquisiten Landauer und beschäftigt seinen eigenen Kutscher. Der Mann reist nicht mit der Postkutsche!«

»Verdammt!« Vincent kniff die Augen zusammen, um die Information zu verdauen. »Aber zumindest müsste dieser Davis eine Vermutung haben, wer sich für ihn ausgeben könnte.«

»Davon gehe ich auch aus. Ich kann meinen Parteikollegen Hayden Rice kontaktieren, er wird wissen, wo sich Davis' Kanzlei befindet, und danach suche ich ihn auf. Er wird schockiert sein, zu hören, dass jemand unter seinem Namen junge Damen entführt«, schlug Wayne vor.

»Ich danke dir, mein Freund.«

Waynes Hand legte sich auf seine Schulter. »Wir kriegen den Kerl ... und wir werden Miss Saunders finden.«

»Wir müssen nach London!«

»Binnen einer Stunde sollten wir das bei dieser klaren Sicht schaffen. Und dort sollten wir uns wenigstens zwei, drei Stunden im Stadthaus zur Ruhe legen.«

Vincent nickte zwar, aber er war viel zu aufgewühlt, um an Schlaf zu denken.

Wayne ahnte seine Gedanken. »Wir können während der Nacht ohnehin nichts mehr ausrichten. Harris und Boyd können bei der Kutsche bleiben und schauen, ob sich neue Informationen ergeben.«

Vincent mochte gar nicht daran denken, welche Ängste Violet derzeit ausstehen mochte, und er wünschte, er könnte irgendetwas Sinnvolles tun. Was der Kerl von ihr wollte, war nicht schwer zu erraten, schließlich wird er Augen im Kopf haben und bemerken, was für eine attraktive Frau dort mutterseelenallein mit der Postkutsche reiste. Dabei war sich die unschuldige Violet ihrer Wirkung auf das andere Geschlecht gar nicht bewusst. Er ballte die Hände zu Fäusten, während sie ihre Pferde ansteuerten. Wenn der Schweinehund ihr nur ein Haar krümmte, würde er sich wünschen, nie geboren worden zu sein.

»In aller Herrgottsfrühe wirst du Mister Rice auch keinen Hausbesuch abstatten können«, äußerte Vincent brummig.

»Oh, das muss ich gar nicht. Er geht jeden Morgen mit seinen geliebten Windhunden in den Hyde Park, bevor dieser sich mit Reitern, Kutschen und flanierenden Menschen füllt. Das ist die einzige Zeit des Tages, wo er seine Tiere frei herumtollen lassen kann, das hat er mir selbst erzählt.«

In London trennten sich vorerst ihre Wege. Nach einem kurzen Nickerchen auf der Chaiselongue im Salon seines Stadthauses und einem hastig hinuntergeschlungenen Imbiss begab sich Vincent zur Poststation, an der die Postkutsche eigentlich am gestrigen

Abend hätte eintreffen sollen. Irgendwo musste er schließlich mit seiner Suche beginnen, und das war das Erste, was ihm einfiel. Bis hierher hatte Violet ihren Fahrschein gelöst.

Dort herrschte bereits zur frühen Stunde hektische Betriebsamkeit. Durch die fahruntüchtige und nicht eingetroffene Abendpostkutsche musste einiges umstrukturiert und Planänderungen getroffen werden. Zudem standen etliche ungeduldige und reisewillige Passagiere im Wartebereich, die auf nähere Informationen drängten und besänftigt werden mussten. Dennoch hörte der Leiter der Poststation sich geduldig seinen Bericht an und versprach, die Ohren offenzuhalten und ihn sofort zu benachrichtigen, sollte eine junge Frau auftauchen, auf die seine Beschreibung passte.

Von der verunglückten Postkutsche hatte man dort über einen Boten bereits während der Nacht erfahren und die Ersatzkutsche mit den Postsendungen und den gestrandeten Fahrgästen wurde innerhalb der kommenden Stunde erwartet.

Vincent wollte nicht auf ihr Eintreffen warten, befürchtete er doch, dass er wieder nur die beiden älteren Damen vorfinden würde.

Er bedankte sich höflich und entlohnte den Mann großzügig.

Harris und Boyd müssten bald eintreffen, hoffentlich hatten sie neue Informationen. Wayne hatte seinen Männern gesagt, sie sollten zuerst bei ihm Halt machen, bevor sie zu seinem Stadthaus ritten, das wenige hundert Meter entfernt lag.

Seiner Haushälterin Mrs Brownie hatte Vincent aufgetragen, die beiden Ankömmlinge ordentlich zu
bewirten, schließlich hatten sie sich seinetwegen die
ganze Nacht um die Ohren geschlagen.

Er überlegte gerade, ob es Sinn machte, sich im
Umkreis der Poststation umzuhören. Vielleicht war
jemandem ein Mann aufgefallen, zusammen mit einer
Frau auf einer Fuchsstute. Als er in den Sattel steigen
wollte, sah er bereits Boyd und Harris auf ihren Pferden heranreiten.

»Keine besonderen Vorkommnisse«, berichtete Harris. »Das Gepäck der Damen und die Postsendungen
wurden mit einem Fuhrwerk abtransportiert. Von
Miss Saunders war kein Gepäck vorhanden gewesen
und auch dieser Gordon Davis hatte nichts dabei. Die
Postkutsche wird derzeit zu einem Mister Lewis in
die Werkhalle seiner Tischlerei gebracht, die Strecke
ist also wieder frei passierbar.«

»Er gibt aber auch gute Nachrichten«, ergänzte
Boyd. »Es gibt Zeugen, die einen Mann beobachtet
haben, der mit seinem Einspänner in wilder Fahrt
unterwegs war und höchstwahrscheinlich für das
Malheur mit der Kutsche verantwortlich ist. Und sie
können sagen, wo der Mann sich gerade aufhält.«

Das waren zwar erfreuliche Informationen, die Vincent aber derweil nicht weiterbrachten. Gemeinsam
ritten sie zu seinem Stadthaus, wo die Männer sich
stärkten, bevor sie sich in den Quartieren von Waynes
Stadthaus ausruhen konnten. Er selbst war zu ruhe-
los, um sich dem Mahl anzuschließen.

»Ich glaube, ich werde die Strecke noch einmal
überprüfen, wenn es komplett hell ist«, bemerkte

Vincent in den Raum hinein und fuhr sich durch sein Haar.

»Ich bezweifle, dass es viel bringen wird«, erwiderte Harris kauend. »Der Kerl kann sie überall hingebracht haben. Vielleicht sollten Sie warten, bis Lord Crofford von seinem Treffen mit dem echten Gordon Davis zurück ist.«

»Mmmh«, brummte er. Nur dass Warten momentan nicht zu seinen Stärken zählte. Immer wieder ging er vor den Erkerfenstern auf und ab, die einen guten Überblick über die Straße boten. Minuten erschienen ihm wie Stunden.

»Es tut mir leid, ich muss irgendetwas tun«, beschloss er, verabschiedete sich knapp und stürmte aus dem Raum. In der Eingangshalle instruierte er seinen Diener. »Wenn Lord Crofford eintrifft, sagen Sie ihm, dass ich die Strecke der Postkutsche abreite. Es kann auch sein, dass eine Nachricht von der Poststation eintrifft. Was immer es ist, solange ich nicht zurück bin, informieren Sie Lord Crofford über alle Vorkommnisse.«

»Sehr wohl, Lord Sheridan.«

Seinem Personal hatte er lediglich mitgeteilt, dass eine junge Frau aus einer verunglückten Postkutsche verschwunden sei und dass sie vermutlich entführt worden wäre. Was ihn mit dieser Frau verband, würden sie früh genug spitzbekommen.

Inzwischen dürfte die Ersatzkutsche ihren Zielort erreicht haben, doch Violet konnte unmöglich in der Kutsche sein, da gab es keine Zweifel. Vielleicht hatte sie sich entschieden, eine spätere Kutsche zu nehmen, aber das ergab für ihn keinen Sinn. Viele Dinge beschäftigten ihn, während er langsam die Fahrstrecke entlangritt und auf mögliche Hinweise achtete. Reiter überholten ihn und musterten ihn eigenartig, wegen seines gemächlichen Tempos. Auch die erste Kutsche kam ihm entgegen, ein Landauer mit dem Familienwappen der Griffiths.

Vincent wusste nicht, ob er Violet für ihren Leichtsinn erwürgen oder sie bis zur Besinnungslosigkeit küssen sollte, wenn er sie endlich fand. Was, wenn dieser Mistkerl sie nun geschändet hatte … er krallte die Hände so fest um die Zügel, dass die Knöchel weiß hervortraten. Wayne würde seinen Namen in Erfahrung bringen und dann – Gnade ihm Gott.

Von hinten nahte ein Reiter im rasanten Galopp. Vincent lenkte seinen Wallach ganz an den Wegrand, um ihn ungehindert passieren zu lassen, doch dann bemerkte er, dass die Person sein Pferd zügelte. Als er sich umschaute, erkannte er Harris.

»Was ist los?«, rief er ihm verwundert zu und wartete, bis der Mann neben ihm zum Stehen kam.

»Wir wissen, wo Miss Saunders ist, Lord Sheridan«, begann Harris. »Boyd und ich wollten nach dem feudalen Frühstück gerade aufbrechen, als ein Botenjunge eintraf, der von der Poststation geschickt wurde, bei der Sie heute Morgen waren.«

Vincents Magen krampfte sich zusammen und er hatte Mühe, den Mann aussprechen zu lassen.

»Dieser Bote aus Kingston, der die Nachricht von der fahruntüchtigen Kutsche überbrachte, hat auf seinem Ritt eine bewusstlose junge Frau am Wegrand liegend vorgefunden. Er wusste nicht, was er mit ihr machen sollte, schließlich konnte er sie nicht dort zurücklassen. Daher hat er sie nach Roehampton gebracht, dies schien ihm der geringste Umweg zu sein. Offensichtlich kannte der Mann sich dort gut aus. Hier ist die Adresse.« Harris reichte ihm ein Papier. »Es handelt sich um einen Arzt, ein Doktor William Shepman.«

Seine Hände zitterten leicht, als er das Schriftstück entgegennahm und entfaltete. »Sie hätten einen meiner Männer schicken können, Harris. Ich möchte nicht riskieren, dass Sie vor Erschöpfung vom Pferd fallen.«

»Ach, es geht schon, Lord Sheridan«, wehrte Harris ab. »Ich dachte, Sie sollten diese Information so schnell wie möglich erhalten und Lord Crofford war noch nicht wieder zurück.«

»Vielen Dank, Harris. Ich werde mich erkenntlich zeigen.«

»Boyd ist losgeritten, um Lord Crofford abzufangen, sobald er aus dem Gebäude von Gordon Davis herauskommt, um ihm die Neuigkeit mitzuteilen.«

Vincent zog die Stirn in Falten. »Er weiß doch überhaupt nicht, wo das ist.«

Harris grinste. »Doch jetzt schon! Ihre Bedienstete … Sie wissen schon, die hübsche Blonde, sie hat mitbekommen, wie wir uns über den Mann unterhalten haben. Ihre Cousine ist bei einem Marquess Wolverton in Stellung und Davis' Kanzlei befindet sich schräg gegenüber auf der anderen Straßenseite.«

»Ich bin mit dem Marquess bekannt, ich war ein paar Mal bei ihm zu Gast. Folglich müsste sich die Kanzlei in dem gelblich getünchten Gebäude mit den breiten Eingangsstufen befinden.«

Harris zuckte mit den Schultern. »Dazu kann ich leider nichts sagen, Lord Sheridan.«

Vincent nickte, bedankte sich lobend und spornte seinen Wallach an, um die genannte Adresse aufzusuchen. Das kleine gepflegte Häuschen war das letzte in einer schmalen Seitengasse. Kein Licht drang aus den beiden Fenstern neben dem Eingang nach draußen, und ihm wurde peinlich bewusst, dass es immer noch recht früh am Morgen war. Er zögerte, den massiven Türklopfer zu betätigen, doch letztlich war die Ungewissheit größer, was mit Violet geschehen war.

Trotz der unchristlichen Stunde wurde ihm nur Augenblicke später geöffnet und eine kräftig gebaute Frau mittleren Alters erkundigte sich nach seinem Anliegen. Ihre nackten Füße steckten in plüschigen Hauspantoffeln, ansonsten war sie anständig bedeckt, das Haar war offenbar auf die Schnelle am Hinterkopf aufgesteckt worden, wobei aber fast die gesamte linke Seite dem Knoten entkommen war.

Sie beäugte ihn argwöhnisch, nachdem er den Grund seiner morgendlichen Störung genannt hatte.

»Sie sind hoffentlich nicht jener Flegel, der dem armen Ding nachgestellt hat?«

»Ganz sicher nicht, Misses Shepman, das kann ich Ihnen versichern!«

»Oh, ich bin nicht Misses Shepman«, winkte sie verlegen ab. »Ich bin Marjorie Brown, die Haushälterin des Doktors. Und Sie sind …?«

In seiner Aufregung hatte er völlig versäumt, sich vorzustellen. Eine Unhöflichkeit, die ihm nie zuvor passiert war. Er holte das Versäumnis unverzüglich nach. Sie trat einen Schritt zurück und musterte ihn detailliert von Kopf bis Fuß.

»Ein Earl? Na, wenn das so ist, treten Sie ein, Lord Sheridan.«

Dankend folgte Vincent der Aufforderung.

»Der Doktor hat sich hingelegt, es waren anstrengende Stunden. Erst wurde er spätabends zu einer Geburt gerufen und in der Nacht noch die Sache mit der bewusstlosen Frau, die Robin hergebracht hat.«

Vincent horchte auf. »Sie kennen den Mann, der sie gefunden hat?«

»Aye, der Robin Ward. Er lebt mit seiner Frau in Kingston, im Haus seines verstorbenen Onkels, aber seine Mutter wohnt nach wie vor mit den beiden kleineren Geschwistern am Anfang dieser Straße. Es ist das dritte Haus, das mit dem Apfelbaum im Vorgarten.«

Robin Ward, den Namen musste er sich unbedingt merken, dachte Vincent, während er der Haushälterin durch den Flur folgte.

Sein Herz schlug ihm bis zum Hals, als sie behutsam die letzte Tür öffnete. »Der Doktor hat ihr was zur Beruhigung gegeben, sie wird tief schlafen, doch Sie dürfen sich gern überzeugen, dass es der Dame, außer ein paar leichten Blessuren, gut geht.«

Kastanienbraunes Haar hob sich von dem weißen Kopfkissen ab und leichte, gleichmäßige Atemzüge schlugen ihm entgegen, als er an das Bett herantrat. Erleichtert seufzte er, endlich hatte er sie gefunden. Zärtlich strich er ihr eine Haarsträhne aus dem Gesicht und gab ihr einen federleichten Kuss auf die Wange. Ihre Haut war warm und weich. Wie bezaubernd sie aussah, wenn sie schlief. Er würde sich an diesem Anblick niemals sattsehen können, eine Woge der Zuneigung erfasste ihn.

»Sie wird wahrscheinlich noch ein paar Stunden schlafen, Lord Sheridan. Am besten, Sie schauen gegen Mittag wieder vorbei, dann dürfte sie wach sein.«

»Wenn Sie gestatten, Misses Brown, würde ich gern bei ihr bleiben.« Er sah sich um und zog sich einen Stuhl mit gepolsterter Sitzfläche ans Bett.

»Aber, Lord Sheridan …« Ihre Augen wurden tellergroß. »Das, ähm … das geht doch nicht. Sie können doch nicht … ich meine … ähm …«

»Seien Sie unbesorgt, Misses Brown, die Dame ist meine Braut.«

»Oh!«, entfuhr es ihr, die Hand flog überrascht zu ihrem Mund und eine peinliche Röte zierte ihre Wangen.

Diese Reaktion entlockte ihm ein Schmunzeln, und er musste zugeben, dass es ihn mit Stolz erfüllte, sie seine Braut nennen zu dürfen.

Sie räusperte sich. »Das … das wusste ich nicht, verzeihen Sie. Doktor Shepman wird mich sicher schelten, aber ich kenne mich in Adelskreisen nun mal nicht aus. Ich hätte Ihnen selbstverständlich gern ein respektables Zimmer angeboten, aber wir haben leider nur dieses eine für Patientennotfälle. Sie sehen ja selbst, dass es nicht dem Komfort entspricht, den Sie gewohnt sein dürften, und dieser Stuhl ist nicht sonderlich bequem, wenn man länger darauf sitzt.«

Vincent ging auf die Frau zu, ergriff ihre beiden Hände und sah sie eindringlich an. »Gute Frau, ich stehe in Ihrer Schuld. Sie und Dr. Shepman haben sich

274

um meine Braut gekümmert, als sie Hilfe brauchte, und dafür bin ich Ihnen zu tiefstem Dank verpflichtet. Ich wünsche keinerlei Sonderbehandlung, nur weil ich einen Titel trage, und für alle Kosten und Unannehmlichkeiten werde ich selbstverständlich aufkommen. Wenn Dr. Shepman aufgestanden und gefrühstückt hat, würde ich gern mit ihm sprechen und mich persönlich bedanken, bis dahin bleibe ich an der Seite meiner Zukünftigen.«

Mrs Brown nickte beflissen. »Kann ich Ihnen denn wenigstens einen Tee oder irgendetwas anderes bringen, Lord Sheridan?«

Vincent lächelte und lehnte höflich ab, er mochte die sympathische Haushälterin. Sie zeigte Ehrfurcht, plötzlich einen Earl unter ihrem Dach zu wissen, wodurch sie ein wenig unsicher wurde. Dabei war er weiß Gott kein anspruchsvoller, verwöhnter Gockel, was leider auf viele seiner Adelsgenossen zutraf.

Nachdem er mit Violet allein im Zimmer war, schob er den Stuhl näher ans Bett heran und nahm ihre Hand zwischen seine. Mehrere rote Schrammen zierten die Innenfläche. Sie waren gründlich gereinigt worden und ihr medizinischer Geruch kroch ihm in die Nase, als er einen Kuss auf ihren Handrücken hauchte.

Jetzt, wo er aufatmen konnte, weil er sie gefunden hatte, begann die Müdigkeit an ihm zu zerren und er gähnte vermehrt. Der Stuhl war in der Tat nicht sonderlich bequem und das Holz der Lehne drückte unangenehm im Rücken, als er eine legere Position testete. Seine Augen suchten das Zimmer nach einem Kissen oder einer kleinen Decke ab, doch es gab nichts.

Das einzige Kissen war ein zweites Kopfkissen, das neben Violets Hinterkopf lag.

Die kleine zweisitzige Chaiselongue am Fenster war kahl. Kurz erwog er, das Teil anstelle des Stuhles neben das Bett zu schieben, doch dann überlegte er es sich anders. Er entledigte sich seines Mantels und der Halsbinde sowie seiner Reitstiefel und streckte sich auf der freien Seite des Bettes aus.

Wider Erwarten musste er eingeschlafen sein, jemand rüttelte sanft an seiner Schulter. Als er die Augen aufschlug, war es bedeutend heller im Zimmer, nur die halb zugezogenen Vorhänge dämpften das einfallende Licht ein wenig. Verschlafen blinzelte er der Störung entgegen und sah sich einem älteren grauhaarigen Herrn gegenüber, der ihn freundlich anlächelte.

»Ich hoffe, Sie haben wohl geruht, Lord Sheridan. Gestatten, Doktor William Shepman.«

Sofort war er hellwach und schoss in die Höhe. Violet hatte sich im Schlaf gedreht und lag nun mit dem Gesicht ihm zugewandt, sie murmelte etwas, schlief aber weiter.

Er riss sich von ihrem Anblick los und sprang auf die Beine. »Verzeihung, Dr. Shepman, ich muss eingeschlafen sein.«

»Ja, das war nicht zu übersehen«, er gluckste. »Die gute Marjorie hat bereits vor über einer Stunde versucht, Sie zu wecken, aber Sie waren nicht wachzubekommen.«

Verlegen räusperte Vincent sich. »Ich habe die ganze Nacht mit der Suche nach meiner Verlobten zugebracht und ich ...«

Dr. Shepman winkte ab. »Das dachte ich mir schon! Ich hätte Sie auch gern noch länger schlafen lassen, aber ein Lord Crofford ist eingetroffen. Ich denke, er hat interessante Neuigkeiten, die Sie interessieren dürften.«

»In der Tat.« Er schlüpfte eilig in die Stiefel und versuchte, das Halstuch ohne die Hilfe seines Kammerdieners oder eines Spiegels zu binden, gab den Versuch aber rasch auf.

Wayne zog die Augenbrauen hoch und war bemüht, ein Grinsen zu unterdrücken, als er ihn erblickte. Wahrscheinlich musste er reichlich zerknittert aussehen.

Mrs Brown bugsierte sie alle in die Küche, der ein gemütliches Esszimmer angeschlossen war. Es duftete herrlich nach gebratenen Eiern mit Speck und sein Magen gab sogleich ein verräterisches Knurren von sich.

Der Teller des Arztes war noch zur Hälfte gefüllt. Für Vincent stand bereits ein Gedeck parat und für Wayne deckte sie rasch ein weiteres ein. Wayne lehnte zwar dankend ab, doch das ließ die Haushälterin nicht durchgehen, und so saßen die drei Männer gemeinsam am Frühstückstisch, aßen und ließen sich aromatisch duftenden Kaffee einschenken, während sie das Geschehen der letzten Nacht besprachen.

»Die junge Miss hatte großes Glück, dass Robin sie gefunden hat, wäre sie bis zum Morgen da gelegen, hätte sie sich eine Lungenentzündung zuziehen können. Die nächtliche Kälte, die vom Erdboden aufsteigt, darf nicht unterschätzt werden, selbst wenn die

Temperaturen am Tage als recht angenehm empfunden werden«, klärte der Arzt auf. »Ich hoffe, Sie finden den Schurken, der sie mutterseelenallein in die Nacht hinausgetrieben hat.«

»Wir wissen zumindest, wer er ist«, sagte Wayne. »Er hatte sich seinen Mitreisenden als Gordon Davis vorgestellt, doch der echte Gordon Davis ist bedeutend älter.«

Sie beschlossen, in Anwesenheit des Arztes offen zu sprechen. Er machte einen vertrauensvollen Eindruck und unterlag als Arzt ohnehin der Schweigepflicht.

»Was hat dieser Gordon Davis gesagt?«, fragte Vincent daher direkt.

»Sein wahrer Name ist Eliah Torres«, beantwortete Wayne die Frage, nahm einen Schluck Kaffee und stellte die Tasse zurück auf die Untertasse. »Das ist sein nichtsnutziger Neffe.« Er hob abwehrend beide Hände, als Vincent ihn verwundert ansah. »Seine Worte!«, er grinste. »Ich möchte nicht in Torres Haut stecken, sein Onkel war furchtbar wütend, als er von den neusten Eskapaden seines Neffen erfuhr. Es war wohl nicht das erste Mal, dass er unangenehm auffiel.«

»Ich habe den Namen schon mal gehört«, überlegte Dr. Shepman laut. »Das muss etwas über ein Jahr her sein. Er soll die Tochter eines angesehenen Kaufmannes entehrt, sich aber geweigert haben, zu seiner Pflicht zu stehen und sie zu ehelichen. Da es keine Zeugen gab, die die beiden zusammen gesehen hatten, ist der Kerl davongekommen. Das Mädchen war nach dem Vorfall relativ schnell verheiratet und hat ein Kind zur Welt gebracht.«

Glücklicherweise war Violet ein solches Schicksal erspart geblieben, sie war unversehrt, das konnte Dr. Shepman bestätigen.

Mrs Brown eilte an ihnen mit Violets Kleid über dem Arm vorbei. »Ich habe es, so gut es ging, ausgebürstet. Sie wird es sicher haben wollen, sobald sie wach wird.«

Vincent wollte schon aufspringen, doch der Arm des Arztes legte sich auf seinen. »Machen Sie sich keine Sorgen, sie ist bei Marjorie in guten Händen. Sie wird Sie sofort benachrichtigen, sobald Ihre Verlobte erwacht ist.«

*

Langsam kam Violet zu sich, entfernte Stimmen drangen an ihr Ohr. Sie wusste nicht, wo sie sich befand, und war auch nicht sicher, ob sie das wissen wollte. Der Untergrund war warm und weich, daher kostete sie diesen wohligen Zustand aus, während sich in ihrem Kopf der Schleier über ihren Erinnerungen allmählich auflöste.

Ihr war, als habe sie Lord Sheridan vernommen, doch das musste ein Traum sein, ein wunderschöner Traum, den sie nicht loslassen wollte. Er war nicht existent! Sie seufzte traurig, als sein Antlitz mehr und mehr verschwamm und die Realität sie einholte.

Sie war zu Fuß unterwegs gewesen, es war Nacht, sie war erschöpft, fror und hatte keine Ahnung, wie weit es noch bis zur nächsten Station sein würde, geschweige denn, wo genau sie sich befand. Wie kam es, dass sie nun offenkundig in einem Bett erwachte?

Hatte Gordon Davis sie gefunden und …

Sie schoss erschrocken in eine sitzende Position und blickte sich um. Das Zimmer war recht spartanisch eingerichtet, eine kleine Chaiselongue am Fenster, davor ein rundes Tischchen und ein Stuhl, ein weiterer stand neben ihrem Bett, ein Mantel lag über der Stuhllehne. Kein Schrank oder eine Kommode, keine Teppiche auf dem Holzfußboden oder Bilder an den Wänden. Wem gehörte dieses Zimmer? Davis? Oder war sie doch irgendwie in der Poststation gelandet, zu der auch die beiden älteren Frauen gebracht wurden? Doch das konnte nicht sein.

Ihr Atem beschleunigte sich, sie musste fort von hier! Sie floh aus dem Bett und bemerkte, dass sie nur ihre Unterkleider trug. Hektisch schaute sie sich um, keine Spur von ihrem Kleid, aber sie entdeckte ihre kleine Reisetasche. Jemand hatte sie unter das Bett geschoben. Sie zerrte sie hervor und hätte beinahe aufgeschrien, alles schien da zu sein, selbst das Geld ihres Bruders war noch vorhanden. Offensichtlich hatte niemand ihre Habseligkeiten durchwühlt.

Rasch schlüpfte sie in ein praktisches Kleidungsstück, das vorne zu schließen war. Der stibitzte Proviant strahlte einen unwiderstehlichen Reiz aus, ihre letzte Mahlzeit lag immerhin Stunden zurück. Eilig riss sie eine Ecke von dem Brot ab, biss hinein und stopfte sich zusätzlich ein großes Stück Käse in den Mund. Die kleinen Pasteten und die zwei gebratenen Wachteln würde sie für später aufheben, wenn es sicherer war. Ihr Blick flog zwischen Tür und Fenster hin und her. Da sie nicht wusste, was sich hinter der

Tür befand, müsste das Fenster herhalten, sofern sie sich nicht in einem oberen Stockwerk befand.

Sie griff nach ihrer Reisetasche, um ihr Vorhaben in die Tat umzusetzen, als sich plötzlich die Tür des Zimmers öffnete und eine ihr unbekannte Frau mit ihrem Kleid über dem Arm vor ihr stand.

Violet verfiel in eine Art Schockstarre.

Ihr Gegenüber fing sich als Erste wieder. »Oh, wie schön, Sie sind wach. Wie fühlen Sie sich?«

Violet war nicht in der Lage zu antworten, sie hatte sogar das Kauen vergessen. Mit ihren Hamsterbacken musste sie aussehen wie eine Diebin, die sie im Grunde ja auch war. Eine verlegene Röte schoss ihr ins Gesicht und sie bemühte sich, ihren Mund zu leeren, was sich schwerwiegender gestaltete als gedacht.

Die Frau kam mit mitfühlender Miene auf sie zugelaufen. »Aber was machen Sie denn da?« Sie warf das Kleid achtlos auf das Fußende des Bettes. »Sie müssen doch nicht in aller Hast Ihr Reiseproviant verschlingen. In der Küche habe ich frisches Rührei mit Speck, oder wenn Sie lieber gebutterten Toast mögen … es ist alles da. Ich habe nicht damit gerechnet, dass Sie schon wach sein würden, sonst hätte ich Ihnen bereits etwas zusammengestellt.«

Ihr lief bei der Vorstellung von dampfendem Rührei das Wasser im Mund zusammen, nachdem sie es endlich geschafft hatte, den letzten Rest hinunterzuwürgen. »Wo bin ich hier?«, krächzte sie und musste aufgrund verbliebener Krümel im Mund husten.

»Dies ist das Haus von Doktor Shepman und ich bin Marjorie, seine Haushälterin. Es ist alles in Ordnung, Miss Saunders, machen Sie sich bitte keine Sorgen.«

»Sie kennen meinen Namen?« Violet war verwirrt.

»Aber ja … von dem überaus sympathischen Gentleman, der in meiner Küche sitzt und gerade mit dem Doktor ein Frühstück genießt. Er war wirklich sehr besorgt um Sie, wollte nicht von Ihrer Seite weichen.« Sie klatschte in die Hände und seufzte hingerissen.

Violet unterdessen schluckte hart. Wie hatte Ashton sie so schnell finden können? Oh, er musste furchtbar wütend sein.

»Er hat darauf bestanden, unverzüglich informiert zu werden, wenn Sie zu sich gekommen sind. Darf ich dem Herrn Bescheid geben?« Verschwörerisch zwinkerte Marjorie ihr zu.

Sie nickte und zwang sich zu einem Lächeln; besser, sie brachte die Standpauke rasch hinter sich. Hier im Haus eines Fremden würde er sich vermutlich noch zurücknehmen und seinen Zorn zügeln. Mit tiefen Atemzügen wappnete sie sich für die Vorhaltungen ihres Bruders. Sie hatte ihm in dem Brief all ihre Beweggründe erklärt. Sie konnte nur hoffen, dass er sich die Erklärungen zu Herzen genommen hatte und wenigstens ein bisschen Verständnis für sie aufbringen konnte.

»Violet!«

Sie schoss herum, die Kinnlade klappte herunter und ihre Augen füllten sich mit Tränen. »Lord Sheridan?«

»Hast du etwa jemand anderen erwartet?« Er lachte.

Beide stürzten aufeinander zu und fielen sich in die Arme. Violet versuchte gar nicht erst, ihre Tränen zurückzuhalten. Es fühlte sich an, als würde ein Damm brechen, und sie schluchzte hemmungslos in seinen starken Armen, die sie eng an seinen Körper pressten. Sie hatte geglaubt, ihn niemals wiederzusehen, und nun war er hier. Und dieses Mal war er kein Produkt ihrer Traumwelt. Als der Tränenfluss allmählich abebbte, stemmte sie die Hände gegen seine Brust, um ihm ins Gesicht sehen zu können.

»Du bist es wirklich!«

Sie sah sein bewegtes Schlucken an dem Hüpfen seines Adamsapfels. »Ja, mein Liebling.« Er strich immer wieder mit der Hand über ihr Haar, verteilte Küsse auf ihrem tränennassen Gesicht und murmelte eine Vielzahl an liebenswerten Beteuerungen, die sie tief berührten. Sie schmeckte das Salz ihrer eigenen Tränen, als ihre Lippen schließlich zu einem verzehrenden Kuss zusammenfanden.

»Ich hatte solche Angst, in London deine Spur zu verlieren. Ich glaube, ich hätte es nicht ertragen, wenn ich dich verloren hätte.«

»Ich war so dumm. In meinen Hirngespinsten schien alles so einfach zu sein, aber die Realität sieht ganz anders aus. Ich gehöre nicht in die Welt, von der ich glaubte, sie könne mein Überleben sichern. Doch als ich das erkannte, war es zu spät, ich war bereits auf dem Weg nach London.«

»Dann hast du also nicht länger erotische Fantasien, dich jedem Mann hinzugeben, der bereit ist, dafür zu zahlen?«

Beschämt senkte sie den Kopf. »Die hatte ich nie! Das war immer der Teil, vor dem ich mich fürchtete, aber ich habe versucht, stark zu sein. Ich wollte mir weismachen, dass ich allein zurechtkomme und mit dieser vermeintlich einfachen Tätigkeit mein Auskommen bestreiten könne. Ich habe mich geirrt.«

»Da bin ich aber froh! Verzeih mir, dass ich angenommen habe, diese Art von Liebesdiensten entspräche deinen Wunschträumen. Ich war ein Narr!«

Erstaunt schaute sie zu ihm auf. Hatte er das wirklich angenommen? Sie konnte es ihm jedoch nicht verdenken, schließlich hatte sie ein äußerst liederliches Verhalten an den Tag gelegt. Und doch war er jetzt hier und hielt sie in seinen Armen. Sie löste die Hand von seiner Brust, fuhr hinauf zu seinem Gesicht und streichelte voller Bewunderung seine Wange.

Einer plötzlichen Eingebung folgend, flog ihr Blick zur Tür. »Oh Gott, Ashton? Er wird …«

»Keine Sorge, der kommt uns so schnell nicht in die Quere. Er ist auf dem Weg nach Herefordshire.«

»Herefordshire? Warum das, was will er dort?«

Vincent grinste breit. »Na, dein Bruder war überzeugt, du hättest dich nach eurem Streit allein auf die Reise zu dieser alten Tante begeben. Mir war sofort klar, dass das völliger Unsinn ist, aber ich habe keinen Versuch unternommen, es ihm auszureden.«

Violet musste kichern.

»Inzwischen dürfte er festgestellt haben, dass er sich auf der falschen Fährte befindet. Aber er wird weiterhin keine Ahnung haben, wo er dich suchen soll. Das verschafft uns Zeit, und ich beabsichtige, sie zu nutzen. Ich werde dich nach allen Regeln der Kunst verführen und dich zu der meinen machen. Ich will dich in meinem Leben und in meinem Bett, und ich habe nicht vor, damit zu warten, bis wir endlich miteinander vermählt sind.«

»Oh, Ashton wird dich dafür hassen.«

»Das tut er ohnehin schon, aber damit kann ich leben!« Beide lachten vergnügt, doch dann wurde er ernst. »Was ist mit dir, Violet?«

»Solange du versprichst, dich von ihm nicht zum Duell fordern zu lassen.« Auch sie wurde nun ernst und dachte einen Moment über ihre eigenen Worte nach. »Er wird sich irgendwann beruhigen, das hoffe ich jedenfalls. Schließlich ist er an all dem, was geschehen ist, nicht gänzlich unschuldig.«

»Dann erlaubst du mir, dich zu lieben?« Er wiegte sie verführerisch in seinen Armen.

Sie tat, als müsste sie überlegen. »Bedeutet es, dass ich dort ansetzen darf, wo ich in der alten Behausung aufgehört habe?«

Er gab einen Laut von sich, der wie ein schmerzhaftes Stöhnen klang. »Unbedingt! Und noch sehr viel mehr.« Schelmisch drückte er ihr einen Kuss auf die Nasenspitze.

»Damit wäre ich einverstanden«, erklärte sie neckend.

Ein Quieken entfuhr ihr, als er sie lachend von den Füßen hob und sich mit ihr im Kreis drehte. »Dann lass uns schleunigst von hier verschwinden, mein Stadthaus wartet auf uns.«

Epilog

Fünf Jahre später

»Schatz, sollten wir nicht allmählich los?« Violet schlang von hinten die Arme um ihren Gemahl, der an seinem Arbeitstisch saß und soeben eine Korrespondenz beendete, indem er sie mit Sand ablöschte.

»Keine Sorge, mein Liebling, wir werden rechtzeitig dort sein, um nichts von dem Ereignis zu verpassen.« Er wirbelte auf seinem Stuhl herum und zog sie auf den Schoß. »Sam hat genaue Anweisungen, wann er mit der Kutsche vor dem Haupteingang zu stehen hat. Mach dir also keine Sorgen.«

»Ich bin nur so wahnsinnig aufgeregt und so unfassbar stolz auf meinen Bruder.«

»Das darfst du auch sein, er hat uns alle überrascht. Sind die Kinder auch schon fertig?«

»Ja, Mary beschäftigt sie bis zur Abfahrt in ihrem Spielzimmer … hey, was machst du denn …?«

Vincent schuf mit dem Unterarm eine freie Fläche auf dem Arbeitstisch und platzierte sie mit ihrem Hinterteil an dessen Kante, während er langsam ihre Röcke hochschob und sich darunter zu schaffen machte.

Violet stützte sich mit den Handflächen auf der Platte ab, warf den Kopf in den Nacken und stöhnte verlangend, als seine Finger zielstrebig ihr Zentrum fanden. »Du wirst noch mein Kleid zerknittern und meine Frisur ruinieren. Wie soll ich das Nina erklären?«

Vincent lachte vergnügt und sein warmer Atem an ihrer intimsten Stelle ließ sie erschaudern.

»Du weißt, dass ich dir nicht widerstehen kann, insbesondere wenn du so hinreißend aussiehst wie jetzt.«

»Du Schuft! Und du weißt, dass ich machtlos gegen deine Verführung bin.«

Lachend kam er unter ihre Röcke hervor, richtete sich zwischen ihren gespreizten Beinen auf und küsste sie innig, während er seine pralle Männlichkeit von störender Kleidung befreite.

Langsam drang er in sie ein.

Selbst fünf Jahre nach ihrer Hochzeit hatte sich an ihrer Liebe und ihrem gegenseitigen Verlangen nichts geändert. Sie waren glücklich und ihre beiden Kinder waren die Krönung dieser Liebe. Der vierjährige Maurice, der ganz seinem Vater gleichkam, und die zweieinhalbjährige Rebecca, ein Wirbelwind, der nur schwer zu bremsen war. In sechs Monaten würde ein weiteres Familienmitglied hinzukommen.

Violet war zu einer geschätzten Countess gereift, die bereits dreimal einen Ball organisiert und mehrere Soireen gegeben hatte. Zudem waren der Earl of Cunningham und seine Gemahlin auf jeder Veranstaltung des *ton* gern gesehene Gäste.

Auch Viscount Saunders hatte sich in der Gesellschaft erfolgreich etabliert und galt mittlerweile bei der Damenwelt als gute Partie, nicht des Titels wegen, aber er galt als wohlhabend. Es gab immer noch Gentlemen, die die Nase rümpften, weil er sein Vermögen mit Arbeit statt durch Erbe errungen hatte, aber Neid existierte in jeder Gesellschaftsschicht.

Heute war der große Tag, an dem Virgel Donovan sich offiziell zur Ruhe setzen wollte und sein Handelskontor an Viscount Ashton Saunders überschrieb, der damit nun eigenständiger Geschäftsmann war.

Donovans einziger Sohn und Erbe war vor Jahren tödlich verunglückt, seine Tochter Josefine war mit einem finanziellen Ausgleich mehr als zufrieden gewesen und froh, sich ganz ihrem Privatleben mit ihrem Ehemann und den vier Kindern widmen zu können.

Ashton Saunders hatte sich als wahres Talent in geschäftlichen Angelegenheiten bewiesen, ihm machte diese Art der Tätigkeit Freude und er war rasch von allen Mitarbeitern respektiert worden. Bereits nach zwei Jahren florierten die Geschäfte wieder wie zu seinen besten Zeiten, da Donovan seine Verbesserungsvorschläge abgesegnet und Saunders daraufhin einige Umstrukturierungen vorgenommen hatte.

Da Virgel Donovan schon länger mit gesundheitlichen Problemen kämpfte, war Saunders bereits vor eineinhalb Jahren zum Geschäftsführer ernannt worden. Donovan war seitdem nur noch selten im Kontor anwesend gewesen.

Die heutige Übergabe sollte mit einem großen Fest gefeiert werden, wo alle Mitarbeiter, diverse Handelspartner, einige Kapitäne sowie auch eine Handvoll Mitglieder des *ton* zugegen sein würden.

Saunders machte keinen Unterschied zwischen dem einfachen Arbeiter und einem Mitglied der Gesellschaft, was ihm großen Respekt unter dem einfachen Volk einbrachte, im *ton* aber nicht von jedermann gut aufgenommen wurde. Doch angesichts seines wach-

senden Einflusses, sowie familiärer und freundschaft-
licher Verbindungen zu hochrangigen Mitgliedern
des *ton*, sprachen diese Leute ihre Vorurteile nie offen
aus, sondern verbargen sie vornehmlich hinter vorgehaltener Hand.

Das Stadthaus am Grosvenor Square befand sich
wieder im Familienbesitz und diente als Ashtons
Hauptwohnsitz, obwohl er auch des Öfteren, wenn es
spät wurde, im Kontor übernachtete.

Die angespannte Beziehung zwischen Ashton und
Vincent hatte sich anfänglich verschärft, gehörte aber
spätestens mit der Geburt seines Neffen Maurice endgültig zur Geschichte. Nach einer gründlichen Aus-
sprache begruben sie ihre Differenzen und waren
inzwischen sogar zu guten Freunden geworden.

Kurz nach Maurice' Geburt, wurde Ashton plötzlich
von seiner Vergangenheit eingeholt, als Hank Ellis in
London auftauchte und vom Viscount Geld für sein
Schweigen erpressen wollte.

Auch Vincent und Violet gerieten in sein Visier und
ihr Ruf schien gefährdet, als er drohte, öffentlich zu
machen, dass sie einen Verbrecher gedeckt hatten,
wenn sie ihm nicht ein stattliches Sümmchen zahlen
würden. Natürlich ließen sich weder Ashton noch
Vincent erpressen und hielten eisern zusammen.
Dennoch sorgte die Geschichte für Wirbel und
Tratsch, als Hank in einer Bar betrunken herumpo-
saunte, er habe zusammen mit Saunders Kutschen
überfallen und die Reisenden um Schmuck und Bar-
geld erleichtert. Aber nun, wo der Viscount zu Geld
gekommen sei, sei der Herr sich zu fein, seinen alten
Kumpel zu unterstützen, und dass ihm das noch leid-

tun würde. Dass er sich damit selbst an den Pranger stellte, war ihm in seinem benebelten Hirn entgangen. Die Justiz schaltete sich ein, aber da Hank Ellis seine Anschuldigungen nicht belegen konnte, hielt man ihn für einen Spinner, der sich wichtigmachen wollte.

Vincent und Wayne taten alles, um diese Theorie zu untermauern, und standen geschlossen hinter dem Viscount. Letztlich hatten die übereinstimmenden Aussagen zweier Earls und eines Viscounts mehr Gewicht als das Geschwätz eines Gauners.

Hank wurde verhaftet und später bei einem Fluchtversuch von einem Mithäftling erstochen. Von Warren fehlte seit jenem Aufeinandertreffen im Ganovenunterschlupf jede Spur, niemand wusste, ob er noch am Leben war oder längst das Land verlassen hatte.

»Können wir jetzt endlich zu Onkel Ashton fahren?« Maurice kam jauchzend ins Arbeitszimmer gestürmt, gefolgt von einer gehetzten Mary.

»Verzeihung, Mylord, er ist mir entwischt.«

»Es geht in wenigen Augenblicken los, Maurice. Aber du wirst dich benehmen«, mahnte Vincent seinen Sprössling. »Das ist eine offizielle Veranstaltung und du und Rebecca werdet brav bei Mary bleiben und tun, was sie euch sagt, verstanden? Es gibt kein Herumtollen und kein Gezanke, sonst schicke ich euch mit der nächsten Kutsche nach Hause und es gibt keine Leckerei zum Essen.«

»Das ist gemein«, maulte der Vierjährige, verschränkte trotzig die Arme vor der Brust und stampfte mit dem Fuß auf.

»Gemein!«, plapperte Rebecca nach und stampfte ebenfalls auf.

»Also gut! Mary? Die Kinder möchten zu Hause bleiben, du kannst ihnen die guten Sachen wieder ausziehen.«

»Nein!« Maurice riss erschrocken die Augen auf. »Ich möchte mitkommen, bitte Daddy. Ich bin auch wirklich artig. Versprochen!«

»Wirklich? Du weißt, ein Versprechen bricht man nicht.«

Maurice nickte ehrfurchtsvoll und stieß seine Schwester an, damit sie ebenfalls zustimmte.

»Na schön, dann lasst euch Schuhe und Mäntel anziehen und wartet in der Halle.«

Ohne ein Wort, ließen sie sich von Mary an die Hand nehmen und hinausführen.

Grinsend wandte Vincent sich wieder seiner Gemahlin zu. »Da können wir ja froh sein, dass sie nicht ein paar Augenblicke früher hereingeplatzt sind.«

»Du sagst es«, Violet kicherte. »Es wäre schwierig gewesen, die Situation zu erklären.«

»Oh, ich denke, Mary hätte keine Erklärung bedurft«, neckte er.

Sie schlug spielerisch nach ihm. »Das vielleicht nicht, aber ich hätte ihr nie wieder ins Gesicht sehen können, ohne daran zu denken, wobei sie uns ertappt hat.«

Vincent lachte schallend und bot ihr seinen Arm. »Lasst uns gehen, meine Liebste.«

Sie hakte sich bei ihm unter, ebenfalls lachend. »Ja, gehen wir.«

Weitere Bücher von Emilia Doyle

Highlanderromane:

Ein Highlander in Bedrängnis
Die entführte Braut des Highlanders
Das Medaillon der Highlands - Zeitreise
Das Kleid der Highlanderin - Zeitreise
Im Bann des Schotten

Südstaatenromane:

Dunkle Schatten über Meadowfield
Ball der Hoffnung
Entgegen aller Vernunft
Ruf des Südes - Zeitreise

Romantic-Fantasy:

Der Fluch der Greystokes
-Die Suche
-Verbotene Gefühle
-Macht der Liebe
(Jedes Buch ist in sich abgeschlossen.)